# Magisterium
# O Desafio de Ferro

Obras das autoras publicadas pela Galera Record:

**Série Magisterium**
*O desafio de ferro*
*A luva de cobre*
*A chave de bronze*
*A máscara de prata*
*A torre de ouro*

**Holly Black**

**Série O Povo do Ar**
*O príncipe cruel*
*O rei perverso*
*A rainha do nada*

*O canto mais escuro da floresta*
*Como o rei de Elfhame aprendeu a odiar histórias*

*Zumbis x unicórnios*

**Cassandra Clare**

**Série Os Instrumentos Mortais**
*Cidade dos ossos*
*Cidade das cinzas*
*Cidade de vidro*
*Cidade dos anjos caídos*
*Cidade das almas perdidas*
*Cidade do fogo celestial*

**Série As Peças Infernais**
*Anjo mecânico*
*Príncipe mecânico*
*Princesa mecânica*

**Série Os Artifícios das Trevas**
*Dama da meia-noite*
*Senhor das sombras*
*Rainha do ar e da escuridão*

**Série As Últimas Horas**
*Corrente de ouro*

**Série As Maldições Ancestrais**
*Os pergaminhos vermelhos da magia*
*O livro branco perdido*

*O códex dos Caçadores de Sombras*
*As crônicas de Bane*
*Uma história de notáveis Caçadores de Sombras e seres do Submundo:*
*contada na linguagem das flores*
*Contos da Academia dos Caçadores de Sombras*

# HOLLY BLACK × CASSANDRA CLARE

# MAGISTERIUM

# O DESAFIO DE FERRO

*Tradução*
Raquel Zampil

1ª edição

GALERA
— junior —
RIO DE JANEIRO
2021

CIP-BRASIL. CATALOGAÇÃO NA PUBLICAÇÃO
SINDICATO NACIONAL DOS EDITORES DE LIVROS, RJ

Clare, Cassandra, 1973-
C541d    O desafio de ferro / Cassandra Clare, Holly Black; tradução Raquel Zampil. – 1ª ed. – Rio de Janeiro: Galera Record, 2021.
(Magisterium; 1)

Tradução de: The iron trial
ISBN 978-65-5981-015-4.
Ficção. 2. Literatura infantojuvenil americana. I. Black, Holly, 1971-. II. Zampil, Raquel. III. Título. IV. Série.

21-71902                                                       CDD: 808.899282
                                                             CDU: 82-93(73)

Meri Gleice Rodrigues de Souza – Bibliotecária – CRB-7/6439

Título original:
*The iron trial*

Essa é uma obra de ficção. Nomes, personagens, lugares e acontecimentos são produto da imaginação do autor ou são usados de forma ficcional. Qualquer semelhança com eventos, lugares ou pessoas vivas ou mortas é mera coincidência.

Copyright ©2014 by Holly Black and Cassandra Clare LLC.
Publicado mediante acordo com as autoras e Baror International, INC, Armonk, New York, USA.

Todos os direitos reservados.
Texto revisado segundo o novo Acordo Ortográfico da Língua Portuguesa.
Proibida a reprodução, no todo ou em parte, através de quaisquer meios.
Os direitos morais das autoras foram assegurados.
Editoração eletrônica: Abreu's System
Design de capa: Renata Vidal

Direitos exclusivos de publicação em língua portuguesa somente para o Brasil
adquiridos pela
EDITORA RECORD LTDA.
Rua Argentina, 171 – Rio de Janeiro, RJ – 20921-380 – Tel.: (21) 2585-2000,
que se reserva a propriedade literária desta tradução.

Impresso no Brasil

ISBN 978-65-5981-015-4

Seja um leitor preferencial Record.
Cadastre-se e receba informações sobre nossos
lançamentos e nossas promoções.

Atendimento e venda direta ao leitor:
sac@record.com.br.

PARA SEBASTIAN FOX BLACK,
SOBRE O QUAL NINGUÉM ESCREVEU
UMA MENSAGEM AMEAÇADORA NO GELO.

↑≋△○@

# PRÓLOGO

À distância, o homem lutando para escalar a face branca da geleira talvez parecesse uma formiga rastejando lentamente pela lateral de um prato fundo. A favela de La Rinconada era uma coleção de pontos espalhados muito abaixo, e o vento ia aumentando de intensidade à medida que ele ganhava altitude, soprando rajadas de neve em seu rosto e congelando as mechas úmidas dos cabelos pretos. Apesar dos óculos de proteção, ele franziu o rosto contra os ofuscantes reflexos do pôr do sol.

Ainda assim, o homem não tinha medo de cair, embora não usasse cordas nem linhas de segurança, somente grampos e um único machado de gelo. Seu nome era Alastair Hunt, e ele era um mago. Enquanto escalava, dava forma e moldava a substância congelada da geleira sob suas mãos. Apoios para pés e mãos surgiam à medida que ele avançava pouco a pouco em seu caminho ascendente.

Quando alcançou a caverna, a meio caminho do topo, estava parcialmente congelado e totalmente exausto de curvar sua vontade para domar o pior dos elementos. Exercer a magia de maneira tão contínua minava sua energia, mas ele não ousara diminuir o ritmo.

A caverna se abria como uma boca na encosta da montanha, impossível de ser vista de cima ou de baixo. Ele içou o corpo sobre a borda da abertura e arquejou, inspirando profundamente e amaldiçoando-se por não ter chegado antes, por ter permitido ser enganado. Em La Rinconada, as pessoas tinham visto a explosão e sussurrado sobre o que ela significava, o fogo dentro do gelo.

*Fogo dentro do gelo.* Tinha de ser um pedido de socorro... ou um ataque. A caverna estava repleta de magos velhos demais ou jovens demais para lutar, os feridos e os doentes, mães de crianças muito pequenas que não podiam ser deixadas para trás — como a mulher e o filho do próprio Alastair. Eles haviam se escondido ali, em um dos lugares mais remotos da terra.

Mestre Rufus insistira que, de outro modo, estariam vulneráveis, reféns do destino, e Alastair confiara nele. Depois, quando o Inimigo da Morte não apareceu no campo para encarar a campeã dos magos, uma garota Makar em quem eles haviam depositado todas as suas esperanças, Alastair se dera conta de seu erro. Ele chegara a La Rinconada o mais depressa que pôde, voando a maior parte do caminho no dorso de um elemental do ar. De lá, seguira a pé, pois o controle do Inimigo sobre os elementais era imprevisível e forte. Quanto mais alto ele subia, mais assustado ficava.

*Que eles estejam bem,* pensou ao entrar na caverna. *Por favor, que eles estejam bem.*

Deveria ouvir o choramingo de crianças. Deveria ouvir o burburinho de conversas nervosas e o zumbido da magia dominada. Em vez disso, havia apenas o uivo do vento que varria o pico deserto da montanha. As paredes da caverna eram de gelo branco salpicado de vermelho e marrom nos pontos em que o sangue tinha respingado e derretido em manchas. Alastair tirou os óculos de proteção e os largou no chão, avançando pela passagem, lançando mão dos resquícios de seu poder para se acalmar.

As paredes da caverna emitiam um sinistro brilho fosforescente. Longe da entrada, aquela era a única luz que havia, o que provavelmente explicava por que ele tropeçou no primeiro corpo e quase caiu de joelhos. Alastair afastou-se com um grito, então estremeceu ao ouvir a própria voz ecoar. A maga caída parecia irreconhecível de tão queimada, mas usava a pulseira de couro com a grande peça de cobre martelada que a identificava como aluna do segundo ano do Magisterium. Não devia ter mais que 13 anos.

*Já devia estar acostumado com a morte a esta altura*, disse a si mesmo. Eles estavam em guerra com o Inimigo fazia uma década que, às vezes, parecia um século. Primeiro, tinha sido considerado impossível — um único jovem, mesmo sendo um dos Makaris, planejando conquistar a morte. Mas à medida que o poder do Inimigo aumentava, e crescia seu exército de Dominados pelo Caos, a ameaça havia se tornado inescapavelmente cruel... culminando naquele impiedoso massacre dos mais indefesos, dos mais inocentes.

Alastair se aprumou e adentrou ainda mais na caverna, procurando desesperadamente por um rosto acima de todos. Forçou sua passagem entre os corpos dos Mestres idosos do Magisterium e do Collegium, filhos de amigos e conhecidos, e magos que tinham sido feridos em batalhas anteriores. Entre eles jaziam os corpos despedaçados dos Dominados pelo Caos, os olhos revirados escurecidos para sempre. Embora estivessem despreparados, os magos provavelmente se lançaram em uma luta e tanto para conseguir matar tantos integrantes das forças do Inimigo. Com o terror lhe agitando as entranhas, os dedos das mãos e dos pés dormentes, Alastair passou por cima de tudo ali, cambaleando... até que a viu.

Sarah.

Ele a encontrou caída no fundo da caverna, encostada a uma parede de gelo embaçado. Seus olhos estavam abertos, fitando o nada. As duas íris estavam turvas e os cílios, grudados com o gelo. Ele se abaixou e acariciou com os dedos seu rosto gelado. Respirou fundo, seu soluço cortando o ar.

Holly Black & Cassandra Clare

Mas onde estava o filho deles? Onde estava Callum?

A mão direita de Sarah segurava uma adaga. Ela havia se destacado na moldagem de minérios obtidos das profundezas do solo. Ela mesma tinha feito a adaga em seu último ano no Magisterium. A arma tinha um nome: Semíramis. Alastair sabia o quanto Sarah estimava aquela faca. *Se eu tiver de morrer, que seja empunhando minha própria arma*, sempre lhe dizia. Mas ele não queria que ela morresse de jeito nenhum.

Seus dedos roçaram o rosto gelado.

Um choro o fez dar meia-volta. Naquela caverna cheia de morte e silêncio, um choro.

Uma criança.

Ele se virou, procurando desesperadamente a origem do frágil choramingo. Parecia vir de perto da entrada da caverna. Ele refez o caminho pelo qual viera, tropeçando em cadáveres, alguns rígidos e congelados como estátuas — até que, de repente, outro rosto conhecido o fitou do meio da carnificina.

Declan. O irmão de Sarah, ferido na última batalha. Pelo visto, fora estrangulado por um uso particularmente cruel da magia do ar; o rosto estava azul e os olhos, injetados por vasos rompidos. Um de seus braços estava aberto, e, embaixo dele, protegido do chão gelado da caverna por uma manta feita no tear, estava o filho bebê de Alastair. Enquanto ele o olhava com espanto, o menino abriu a boca e soltou outro choro baixo e fraco.

Como que num transe, tremendo de alívio, Alastair se curvou e levantou o filho. O menino olhou para ele com grandes olhos cinzentos e abriu a boca para gritar de novo. Quando a manta caiu para o lado, Alastair entendeu o porquê. A perna esquerda do bebê pendia em um ângulo horrível, como um galho de árvore partido.

Alastair tentou evocar a magia da terra para curar o menino, mas só lhe restava poder suficiente para amenizar um pouco a dor. Com o coração disparado, tornou a envolver bem seu filho na manta e ziguezagueou pela caverna até onde Sarah estava. Segurando o bebê como se ela pudesse vê-lo, ele se ajoelhou ao lado do corpo.

— Sarah — sussurrou, as lágrimas espessas em sua garganta. — Vou contar a ele que você morreu o protegendo. Vou criá-lo na lembrança do quanto você foi corajosa.

Os olhos da mulher o fitavam, vazios e pálidos. Ele apertou a criança junto ao corpo e estendeu o braço para lhe tirar Semíramis da mão. Foi então que viu que o gelo perto da lâmina estava estranhamente marcado, como se ela o tivesse arranhado enquanto morria. Mas as marcas eram propositais demais para isso. Ao inclinar-se mais para perto, percebeu que eram palavras... palavras que sua mulher tinha gravado no gelo da caverna com as últimas forças.

Enquanto lia, sentiu cada palavra como três fortes golpes no estômago.

*MATE O MENINO*

# CAPÍTULO UM

Callum Hunt era uma lenda em sua pequena cidade da Carolina do Norte, mas não por bons motivos. Famoso por afugentar professores substitutos com comentários sarcásticos, também era especialista em aborrecer diretores e inspetores escolares, além das senhoras da cantina. Os orientadores, que sempre começavam querendo ajudá-lo (afinal, a mãe do pobre garoto havia morrido), acabavam por esperar que ele nunca mais tornasse a aparecer em suas salas. Não havia nada mais constrangedor do que ser incapaz de dar uma resposta rápida a um garoto de 12 anos cheio de raiva.

A perpétua expressão fechada, os cabelos pretos despenteados e os olhos cinzentos desconfiados de Call eram bem conhecidos de seus vizinhos. Ele gostava de andar de skate, embora tivesse demorado um pouco para pegar o jeito; vários carros ainda exibiam as marcas de algumas de suas primeiras tentativas. Era visto com frequência à espreita diante da vitrine da loja de livros e revistas em quadrinhos, da galeria e da loja de video games. Até o prefeito o conhecia. Seria difícil esquecê-lo depois que passou furtivamente pelo atendente do pet-shop durante a Parada de Primeiro de Maio e pegou uma toupeira, cujo destino seria alimentar uma jiboia. Ele lamentara pela criatura cega e enrugada que parecia incapaz de cuidar de si mesma — em nome da justiça, também libertara todos os camundongos brancos que teriam sido os próximos no cardápio da cobra.

Ele jamais imaginara que os camundongos fossem investir enlouquecidos contra os pés dos participantes do desfile, mas camundongos não são muito espertos. Tampouco imaginara que os espectadores fugissem dos camundongos, mas as pessoas também não são muito espertas, como o pai de Call explicara quando tudo terminou. Não era culpa de Call se o desfile tinha sido arruinado, mas todos — especialmente o prefeito — agiram como se fosse. Além do mais, seu pai obrigara Call a devolver a toupeira.

O pai de Call não aprovava furtos.

Em sua opinião, eram tão nocivos quanto magia.

↑≈△○◎

Callum se mexia irrequieto na cadeira dura em frente à sala do diretor, perguntando-se se estaria de volta à escola no dia seguinte e se alguém sentiria sua falta se ele não estivesse. Muitas e muitas vezes, recordou as diferentes maneiras de não passar na prova do mago — de preferência, da forma mais espetacular possível. Seu pai tinha listado centenas de vezes as formas de ser reprovado: *Esvazie totalmente sua mente. Ou concentre-se em alguma coisa oposta ao que aqueles monstros querem. Ou foque sua mente na prova de outra pessoa em vez da sua.* Call esfregou a panturrilha, que estivera rígida e dolorida na aula daquela manhã; ficava assim às vezes. Quanto mais alto ele se tornava, mais ela parecia doer. Pelo menos na parte física da prova do mago — fosse ela qual fosse — seria fácil ser reprovado.

Mais adiante no corredor, podia ouvir as outras crianças na aula de educação física, os tênis guinchando na madeira lustrosa do piso, as vozes elevadas enquanto gritavam provocações uns para os outros. Ele queria ao menos uma vez conseguir jogar. Podia não ser tão rápido quanto os outros meninos ou manter o equilíbrio tão bem, mas estava cheio de energia inquieta. Fora dispensado da exigência da educação física por causa da perna; até o ensino fundamental, quando tentava correr, pular ou subir em algum brinquedo na hora do recreio, um dos inspetores se aproximava e o lembrava de que precisava ir mais devagar para não se machucar. Se ele insistisse, eles o faziam entrar.

Como se alguns hematomas fossem a coisa mais terrível que poderia acontecer a alguém. Como se sua perna fosse piorar.

Call suspirou e olhou através das portas de vidro da escola, para o lugar onde seu pai em breve encostaria o carro. Ele dirigia o tipo de carro impossível de passar despercebido, um Rolls-Royce Phantom 1937, prata brilhante. Ninguém mais na cidade tinha um daqueles. O pai de Call era dono de uma loja de antiguidades na rua principal, a Agora e Sempre; não havia nada de que ele gostasse mais do que pegar objetos velhos e quebrados e deixá-los brilhantes, como novos. Para manter o carro funcionando, precisava fazer manutenção quase todo fim de semana. E vivia pedindo a Call que o lavasse e passasse algum estranho tipo de cera para carros, para evitar a ferrugem.

Holly Black & Cassandra Clare

O Rolls-Royce funcionava perfeitamente... ao contrário de Call. Ele baixou os olhos para os tênis enquanto batia com os pés no chão. Quando usava jeans como aqueles, não dava para perceber nada de errado com sua perna, mas sem dúvida ficava evidente no instante em que ele se levantava e começava a andar. Quando bebê, tinha passado por sucessivas cirurgias e todos os tipos de fisioterapia, mas nada tinha realmente ajudado. Ele ainda mancava e arrastava um pouco a perna, como se tentasse se equilibrar em um barco sendo jogado de um lado para o outro.

Quando era mais novo, às vezes brincava que era um pirata ou mesmo um bravo marinheiro com uma perna de pau, naufragando com o navio após uma longa batalha de canhões. Brincava de piratas e ninjas, caubóis e exploradores alienígenas.

Mas jamais brincadeiras que envolvessem magia.

Jamais.

Ele ouviu o ronco de um motor e começou a se levantar — só para voltar a se sentar, aborrecido. Não era seu pai; só um Toyota vermelho comum. Um instante depois, Kylie Myles, uma aluna de sua turma, passou depressa por ele, com uma professora a seu lado.

— Boa sorte nos testes de balé — desejou a Sra. Kemal, e virou-se para voltar para a sala de aula.

— Ok, obrigada — respondeu Kylie, e depois olhou de um jeito estranho para Call, como se o estivesse avaliando.

Kylie *nunca* olhava para Call. Aquela era uma das características que a definiam, assim como os cabelos louros brilhantes e a mochila de unicórnio. Nos corredores, o olhar da garota passava direto por ele, como se fosse invisível.

Com um meio aceno ainda mais estranho e surpreendente, ela se dirigiu para o Toyota. Ele viu seus pais nos bancos dianteiros, parecendo ansiosos.

Não era possível que estivesse a caminho do mesmo lugar que ele, era? Não podia estar a caminho do Desafio de Ferro. Mas se estivesse...

Ele se levantou. Se ela ia para lá, alguém deveria alertá-la.

*Muitas crianças acham que se trata de algo para quem é especial,* dissera o pai de Call, a repugnância evidente em sua voz. *Os pais pensam assim também. Especialmente nas famílias em que a aptidão mágica remonta a gerações. E algumas famílias nas quais a magia se extinguiu quase totalmente veem o fato de terem uma filha ou filho mágico como a esperança de um retorno ao poder. Mas são as crianças sem nenhum parente mágico que merecem mais compaixão. São elas que pensam que vai ser como nos filmes.*

*Não tem nada a ver com os filmes.*

Nesse momento, o pai de Call encostou o carro junto ao meio-fio em frente à escola com um guinchar de pneus, bloqueando a visão que Call tinha de Kylie. Call mancou na direção das portas e saiu da escola, mas, quando alcançou o Rolls-Royce, o Toyota dos Myles já virava a esquina, saindo do seu ângulo de visão.

E lá se foi a oportunidade de adverti-la.

— Call.

O pai saíra do carro e estava encostado na porta do lado do passageiro. Seus cabelos pretos desgrenhados — os mesmos cabelos escuros embaraçados de Call — estavam ficando grisalhos nas têmporas, e ele vestia um blazer de *tweed* com cotoveleiras, apesar do calor. Call sempre achara que o pai se parecia com o Sherlock

Holmes da antiga série da BBC; às vezes as pessoas se surpreendiam por ele não falar com sotaque britânico.

— Está pronto?

Call encolheu os ombros. Como poderia estar pronto para algo que tinha potencial para estragar sua vida inteira caso desse as respostas erradas? Ou certas, no caso.

— Acho que sim.

O pai abriu a porta.

— Ótimo. Entre.

O interior do Rolls-Royce era tão impecável quanto o exterior. Call ficou surpreso de encontrar seu velho par de muletas jogado no banco detrás. Fazia anos que não precisava delas, não desde que caíra de um trepa-trepa e torcera o tornozelo — o tornozelo da perna *boa*. Quando o pai de Call entrou no carro e deu a partida, Call apontou para elas e perguntou:

— Para que isso?

— Quanto pior você parecer, maiores as chances de o rejeitarem — respondeu o pai em tom sombrio, olhando para trás quando dava a partida.

— Isso soa como trapaça — objetou Call.

— Call, as pessoas trapaceiam para *vencer*. Não se trapaceia para perder.

Call revirou os olhos, deixando o pai acreditar no que quisesse. Tudo que sabia com certeza era que de jeito nenhum ele iria usar aquelas muletas se não precisasse. Mas não queria discutir o assunto, não naquele dia, quando o pai tinha queimado a torrada no café da manhã, o que era bastante incomum, e sido ríspido com Call quando ele reclamou de precisar ir à escola para sair poucas horas depois.

Agora o pai estava curvado sobre o volante, os maxilares cerrados e os dedos da mão direita segurando com força a alavanca de câmbio, mudando a marcha com violência desnecessária.

Call tentou fixar o olhar nas árvores do lado de fora, cujas folhas começavam a amarelar, e se lembrar de tudo que sabia sobre o Magisterium. Da primeira vez que o pai disse alguma coisa sobre os Mestres e como eles escolhiam seus aprendizes, ele sentara Call em uma das grandes poltronas de couro em seu escritório. O cotovelo de Call tinha sido enfaixado e o lábio estava cortado, consequências de uma briga na escola, e ele não estava com energia para ouvir nada. Além disso, o pai parecia tão sério que Call ficara assustado. E foi assim também que seu pai falou, como se fosse contar a Call que ele estava com uma doença terrível. Acabou que a doença era o potencial para a magia.

Call tinha se encolhido na cadeira enquanto o pai falava. Estava habituado a ser provocado; as outras crianças achavam que a perna fazia dele um alvo fácil. Normalmente conseguia convencê-las do contrário. Daquela vez, porém, fora um bando de garotos mais velhos que o havia encurralado atrás do galpão perto do trepa-trepa no caminho da escola para casa. Eles o empurraram e avançaram sobre ele com os insultos de sempre. Callum tinha aprendido que a maioria das pessoas recuava quando ele partia para a briga, então tentara acertar o garoto mais alto. Aquele havia sido seu primeiro erro. Logo eles o atiraram no chão, um deles sentando-se sobre seus joelhos enquanto outro o esmurrava no rosto, tentando obrigá-lo a pedir desculpas e admitir que era um palhaço manco.

— Me desculpem por eu ser incrível, seus perdedores — dissera Call pouco antes de apagar.

Ele devia ter ficado desacordado por apenas um minuto, porque, quando abriu os olhos, pôde ver as figuras dos meninos em retirada já longe. Estavam fugindo. Call mal podia acreditar que sua frase de efeito tinha funcionado tão bem.

— Está certo — dissera, sentando-se. — É melhor correrem!

Então ele olhou ao redor e viu que o chão de concreto ao seu redor tinha rachado. Uma longa fissura ia dos balanços até a parede do galpão, dividindo a pequena construção ao meio.

Ele estava deitado exatamente no caminho do que parecia ter sido um miniterremoto.

Ele achou aquilo a coisa mais impressionante que já acontecera. O pai discordou.

— A magia é de família — disse o pai de Call. — Nem todos de uma mesma família necessariamente a terão, mas parece que você talvez tenha. Infelizmente. Lamento muito, Call.

— Então a rachadura no chão... está dizendo que eu fiz aquilo?

Call se sentira dividido entre uma alegria vertiginosa e um horror extremo, mas a alegria estava vencendo. Podia sentir os cantos da boca se levantando, e tentava forçá-los de volta para baixo.

— É isso que os magos fazem?

— Os magos recorrem aos elementos, terra, fogo, água e ar, e até ao vazio, que é a fonte da magia mais poderosa e terrível de todas: a magia do caos. Podem usar a magia para muitas coisas, inclusive para partir a própria terra, como você fez. — O pai assentiu para si mesmo. — No começo, quando a magia aparece, ela é muito intensa... É o poder em estado bruto... Mas o equilíbrio é o que modera a aptidão mágica. É preciso muito estudo para ter tanto poder quanto um mago recém-despertado. Jovens magos têm pouco controle. Mas, Call, você precisa lutar contra isso. E nunca deve usar sua magia de novo. Se usar, os magos vão levá-lo embora para os túneis.

— É onde fica a escola? O Magisterium fica no subterrâneo? — perguntara Call.

— Oculto sob a terra, onde ninguém pode encontrá-lo — respondeu o pai, em tom grave. — Não há luz lá embaixo. Nem janelas. O lugar é um labirinto. Você pode se perder nas cavernas e morrer, sem que ninguém jamais saiba.

Call passou a língua nos lábios repentinamente secos.

— Mas você é um mago, não é?

— Não uso minha magia desde que sua mãe morreu. Nunca mais vou usá-la.

— E mamãe foi para lá? Para os túneis? De verdade?

Call estava ansioso por ouvir qualquer coisa sobre a mãe. Não sabia muito sobre ela. Algumas fotografias amareladas num velho álbum, mostrando uma linda mulher com os cabelos pretos como os de Call e olhos de uma cor que ele não conseguia definir. Sabia que não devia fazer perguntas demais sobre ela ao pai, que nunca falava sobre a mãe de Call a menos que fosse absolutamente necessário.

— Sim, foi — confirmou o pai. — E foi por causa da magia que ela morreu. Quando entram em guerra, o que é frequente, os magos não se importam com as pessoas que morrem como consequência. E essa é outra razão para você não atrair a sua atenção.

Naquela noite, Call acordou gritando, acreditando que estava aprisionado sob a terra, que se empilhava sobre ele, como se estivesse sendo enterrado vivo. Por mais que se debatesse, não conseguia respirar. Depois, sonhou que fugia de um monstro feito de fumaça, cujos olhos giravam com mil cores diferentes e maléficas...

mas ele não conseguia correr rápido o bastante por causa da perna. No sonho, ele a arrastava atrás de si como um peso morto, até que desmaiou, com o hálito quente do monstro em seu pescoço.

Outras crianças da turma de Call tinham medo do escuro, do monstro debaixo da cama, zumbis ou assassinos com machados gigantescos. Call tinha medo de magos, e, mais ainda, de ser um deles.

Agora ia encontrá-los. Os mesmos magos que eram o motivo da morte de sua mãe e de seu pai quase nunca rir e não ter nenhum amigo, sentado no escritório em que transformara a garagem, consertando joias, móveis e carros caindo aos pedaços. Call achava que não precisava ser um gênio para entender por que o pai era obcecado por consertar coisas quebradas.

Passaram a toda velocidade por uma placa que dava boas-vindas à Virgínia. Tudo parecia igual. Ele não sabia o que esperar, mas tinha saído raras vezes da Carolina do Norte. As viagens para fora de Asheville eram pouco frequentes, na maioria das vezes para ir a encontros de permuta de peças de carros e feiras de antiguidade, onde Call perambulava entre montes de prataria escurecida, coleções de *cards* de beisebol em capas de plástico e cabeças de iaque empalhadas, antigas e esquisitas, enquanto o pai negociava alguma coisa inútil.

Ocorreu a Call que, se ele não trapaceasse no exame, talvez nunca mais fosse a um desses encontros de permuta. Sentiu um aperto no estômago e um calafrio o fez estremecer até os ossos. Forçou-se a pensar sobre o plano que o pai lhe incutira: *Esvazie totalmente sua mente. Ou concentre-se em alguma coisa oposta ao que aqueles monstros querem. Ou foque sua mente na prova de outra pessoa em vez da sua.*

Ele suspirou. O nervosismo do pai começava a afetá-lo. Ia dar tudo certo. Era fácil ser reprovado.

O carro saiu da rodovia e pegou uma estrada estreita. A única placa tinha o símbolo de um avião, com as palavras CAMPO DE AVIAÇÃO FECHADO PARA REFORMAS abaixo.

— Aonde estamos indo? — perguntou Call. — Vamos pegar um *avião* para algum lugar?

— Espero que não — murmurou o pai.

O pavimento da estrada passara abruptamente de asfalto para terra. Enquanto seguiam aos solavancos pelos poucos metros seguintes, Call se agarrava à porta para não sair voando nem bater com a cabeça no teto. Rolls-Royces não foram feitos para rodar em estradas de terra.

De repente, a rua alargou e as árvores se dispersaram. Estavam agora em um imenso espaço aberto. No meio, havia um enorme hangar feito de aço corrugado. Estacionados ao redor estavam cerca de uma centena de carros, desde picapes malconservadas até sedãs quase tão elegantes quanto o Rolls-Royce e muito mais novos. Call viu pais com os filhos mais ou menos da sua idade, caminhando apressados para o hangar.

— Acho que estamos atrasados — disse Call.

— Ótimo.

O pai pareceu sentir uma satisfação lúgubre. Estacionou o carro e saiu, gesticulando para que Call o seguisse. Call estava contente por ver que o pai aparentemente havia se esquecido das muletas. O dia estava quente, e o sol batia nas costas da camiseta cinza de Call. Ele enxugou a palma das mãos suadas na calça jeans enquanto atravessavam o terreno e passavam pela grande e escura abertura que era a entrada do hangar.

Lá dentro, encontraram o caos. Crianças andavam de um lado para o outro, suas vozes ecoando no espaço imenso. Havia arquibancadas montadas ao longo de uma parede de metal, e, embora pudessem acomodar muito mais pessoas do que as presentes, pareciam pequenas diante da imensidão do recinto. Uma fita de um azul vivo marcava xis e círculos no piso de concreto.

Do outro lado, em frente a um conjunto de portas de hangar que outrora se abriam para deixar sair os aviões para as pistas, estavam os magos.

## CAPÍTULO DOIS

Eram apenas seis magos, mas pareciam o suficiente para preencher o espaço com sua presença. Call não tinha certeza de como imaginara a aparência que eles teriam — sabia que seu pai era um mago, e ele era bastante comum, apesar do *tweed*. Ele presumiu que a maioria dos outros magos fosse muito mais esquisitos. Talvez com chapéus pontudos. Ou com estrelas prateadas estampadas nas vestes. Torcera para que algum deles fosse verde.

Para sua decepção, eles tinham um aspecto absolutamente normal.

Eram três mulheres e três homens, todos usando largas túnicas pretas com mangas compridas e cinto sobre calças do mesmo tecido. Tinham algemas de couro e metal nos pulsos, mas Call não sabia dizer se havia algo de especial sobre elas ou se eram apenas uma tendência da moda.

O mais alto dos magos, um homem grande, com ombros largos, nariz aquilino e cabelos castanhos despenteados, raiados de mechas prateadas, se adiantou e dirigiu-se às famílias nas arquibancadas.

— Sejam bem-vindos, aspirantes, e sejam bem-vindas, famílias de aspirantes, à tarde mais importante da vida de seus filhos.

*Certo*, pensou Call. *Nenhuma pressão ou coisa parecida.*

— Todos eles sabem que estão aqui para tentar entrar para a escola de magia? — perguntou Call baixinho.

O pai balançou a cabeça.

— Os pais acreditam no que desejam acreditar e ouvem o que desejam ouvir. Se querem que o filho seja um atleta famoso, eles acreditam que ele está entrando em um programa de treinamento exclusivo. Se esperam que a filha seja neurocirurgiã, é um pré-pré-preparatório para a escola de medicina. Se querem que o filho seja um homem rico, então acreditam que se trata de uma espécie de escola preparatória, onde ele vai conviver com os ricos e poderosos.

O mago continuou, explicando como a tarde transcorreria e quanto tempo demoraria:

— Alguns de vocês viajaram uma longa distância para dar esta oportunidade aos seus filhos, e queremos estender nossa gratidão a...

Call podia escutá-lo, mas ouvia também outra voz, que parecia vir de todos os lugares e de nenhum lugar ao mesmo tempo.

*Quando Mestre North terminar de falar, todos os aspirantes devem se levantar e se dirigir até a frente. O Desafio está prestes a começar.*

— Ouviu isso? — perguntou Call ao pai, que assentiu.

Call olhou os rostos ao redor, voltados para os magos, alguns apreensivos, outros sorridentes.

— E os candidatos?

O mago — Call achava que ele devia ser Mestre North, segundo a voz sem corpo — estava finalizando seu discurso. Call sabia que deveria começar a descer as arquibancadas, pois demoraria mais que os outros. Mas queria saber a resposta.

— Qualquer um com poder, por menor que seja, consegue ouvir Mestre Phineus. E a maioria dos aspirantes experimentou algum tipo de ocorrência mágica antes. Alguns já adivinharam o que são, outros têm certeza, e os demais estão prestes a descobrir.

Houve uma movimentação ruidosa quando os jovens se levantaram, sacudindo as arquibancadas de metal.

— Então este é o primeiro teste? — perguntou Call ao pai. — Se ouvimos Mestre Phineus?

O pai mal pareceu registrar o que ele estava dizendo. Parecia distraído.

— Acho que sim. Mas os outros testes serão muito piores. Apenas lembre-se do que eu falei e logo tudo estará terminado.

Ele segurou o pulso de Call, o que o surpreendeu. Sabia que o pai se importava com ele, mas não era muito chegado a contatos físicos na maior parte do tempo. Ele apertou forte a mão de Call e a soltou depressa.

— Agora vá.

Enquanto Call descia as arquibancadas, as outras crianças eram separadas em grupos. Uma das magas acenou para Call, indicando um grupo na ponta. Todos os outros aspirantes sussurravam entre si, aparentemente nervosos, mas cheios de expectativa. Call viu Kylie Myles a dois grupos do dele. Ele se perguntou se deveria gritar para ela que na verdade não estava ali para os testes da escola de balé; ela, porém, estava sorrindo e conversando com alguns dos outros aspirantes, então duvidou de que ela o teria escutado.

*Testes para a escola de balé,* pensou ele, sombrio. *É assim que pegam você.*

— Sou Mestra Milagros — dizia agora a maga que orientara Call, enquanto encaminhava habilmente seu grupo para fora do grande recinto e os levava por um corredor longo, pintado com uma cor suave. — Para este primeiro teste, vocês permanecerão juntos. Por favor, venham comigo, mantendo a ordem.

Call, quase o último, apressou-se para alcançar o grupo. Sabia que estar atrasado era provavelmente uma vantagem se ele queria que pensassem que ele não ligava para os testes ou não sabia o que estava fazendo, mas odiou os olhares que recebeu quando ficou para trás. Na verdade, ele avançou tão depressa que acidentalmente esbarrou no ombro de uma menina bonita, com grandes olhos escuros. Ela lhe dirigiu um olhar irritado por baixo da cortina de cabelos, ainda mais escuros que os olhos.

— Desculpe — disse Call, automaticamente.

— Estamos todos nervosos — respondeu a menina, o que foi engraçado, porque ela não aparentava nervosismo. Parecia completamente calma. Suas sobrancelhas formavam arcos perfeitos. Não havia um grão de poeira em seu suéter cor de caramelo, nem nos jeans de aspecto caro. Usava um delicado pendente de filigrana em forma de mão ao redor do pescoço, que Call reconheceu de visitas a antiquários como sendo a Mão de Fátima. Os brincos de ouro em suas orelhas bem podiam ter um dia pertencido a uma princesa, ou mesmo a uma rainha. Imediatamente Call se sentiu inibido, como se estivesse coberto de pó.

— Ei, Tamara! — chamou um garoto asiático alto, com cabelos pretos escorridos cortados a navalha, e a menina afastou-se de Call.

O garoto disse mais alguma coisa, zombando enquanto falava, mas Call não conseguiu ouvir e ficou preocupado, achando que fosse algo sobre como ele era um aleijado que vivia esbarrando nas pessoas. Como se fosse o monstro de Frankenstein. O ressentimento borbulhou em seu cérebro — especialmente porque Tamara não tinha olhado para ele como alguém que notara sua perna. Ela havia se irritado, como se ele fosse um garoto normal. Ele lembrou a si mesmo que, tão logo fosse reprovado nos testes, não precisaria tornar a rever nenhuma daquelas pessoas.

Além disso, eles iam morrer no subterrâneo.

O pensamento o fez seguir em frente por uma série infinita de corredores até uma grande sala branca onde carteiras estavam dispostas em fileiras. Era parecida com todas as salas em que Call havia feito um teste padronizado. As carteiras tinham mesas simples de madeira, presas a cadeiras frágeis. Cada uma continha um caderno azul, etiquetado com o nome da criança, e uma caneta sobre ele. Houve certa algazarra quando todos saíram de carteira em carteira, procurando os respectivos nomes. Call encontrou o seu na terceira fileira e deslizou para o assento, atrás de um garoto de cabelos claros e ondulados que usava um agasalho de time de futebol. Estava mais para um aficionado por esportes do que para um candidato à escola de magos. O garoto sorriu para Call, como se estivesse genuinamente feliz por estar sentado perto dele.

Call não se deu ao trabalho de retribuir o sorriso. Abriu o caderno azul, olhando as páginas com perguntas e círculos vazios para *A*, *B*, *C*, *D* ou *E*. Imaginara que as provas seriam assustadoras, mas o único perigo aparente era o de morrer de tédio.

— Por favor, mantenham os cadernos fechados até o início da prova — disse Mestra Milagros na frente da sala.

# Holly Black & Cassandra Clare

A Mestra era alta, com uma aparência extremamente jovem, que lembrava a Call um pouco sua professora substituta. Ela transmitia a mesma sensação de tenso constrangimento, como se não estivesse acostumada a passar muito tempo com crianças. Seus cabelos eram pretos e curtos, com uma mecha cor de rosa.

Call fechou o caderno e olhou à sua volta, percebendo que tinha sido o único a abri-lo. Decidiu que não contaria ao pai o quanto fora fácil evitar ser aceito.

— Em primeiro lugar, sejam todos bem-vindos ao Desafio de Ferro — prosseguiu Mestra Milagros, pigarreando. — Agora que estamos longe dos seus guardiões, podemos explicar com mais detalhes o que vai acontecer hoje. Alguns de vocês receberam convites para inscrição em uma escola de música ou uma escola especializada em astronomia, matemática avançada ou equitação. Mas, como vocês já devem ter presumido a esta altura, na verdade estão aqui a fim de serem avaliados para admissão no Magisterium.

Ela ergueu os braços, e as paredes pareceram sumir. Em seu lugar, agora havia pedras brutas. As crianças permaneceram em suas carteiras, mas o chão sob elas se transformara em pedra salpicada de mica, que cintilava como se coberta de glitter. Estalactites brilhantes pendiam do teto como pingentes de gelo.

O garoto louro respirou fundo. Por toda a sala, Call ouvia exclamações abafadas de espanto.

Era como se estivessem dentro das cavernas do Magisterium.

— Que legal — disse uma menina bonita com contas brancas na ponta das tranças.

Nesse momento, apesar de tudo que o pai tinha lhe contado, Call quis entrar para o Magisterium. O lugar já não parecia escuro nem assustador, mas, sim, fantástico. Era como ser um explorador ou ir para outro planeta. Ele pensou nas palavras do pai:

*Os magos vão tentar você com belas ilusões e mentiras elaboradas. Não se deixe envolver.*

Mestra Milagros continuou, a voz ganhando confiança:

— Alguns de vocês são alunos de legado, cujos pais ou outros membros da família frequentaram o Magisterium. Outros foram escolhidos porque acreditamos que têm potencial para se tornar magos. Mas nenhum de vocês tem lugar assegurado. Só os Mestres sabem o que torna um candidato perfeito.

Call levantou a mão e, sem esperar ser chamado, perguntou:

— E se alguém não quiser ir?

— Por que alguém não ia querer ir para a escola de pôneis? — perguntou a si mesmo um menino com uma cabeleira castanha, sentado na diagonal de Call. Ele era baixo e pálido, com pernas magricelas e braços que se projetavam de uma camiseta azul com a estampa desbotada de um cavalo.

Mestra Milagros aparentemente estava tão irritada que se esqueceu de ficar nervosa.

— Drew Wallace — disse ela. — Isto aqui não é uma escola de pôneis. Vocês estão sendo testados para sabermos se possuem as qualidades que os permitirão ser escolhidos como aprendizes, e para acompanhar seu professor ou professora, chamados de Mestre ou Mestra, ao Magisterium. E, se possuírem um grau suficiente de magia, a *frequência não é opcional.* — Ela dirigiu a Call um olhar furioso. — O Desafio é para sua própria segurança. Aqueles de vocês que são alunos de legado conhecem os perigos que os magos não treinados representam a si mesmos.

Um murmúrio percorreu a sala. Call percebeu que diversas crianças encaravam Tamara. Ela estava sentada muito ereta na cadeira, os olhos fixos adiante, o queixo projetado para a frente. Ele conhecia aquele olhar. Era o mesmo olhar que ele exibia quando as pessoas cochichavam sobre sua perna, sua mãe morta ou seu pai esquisitão. Era o olhar de alguém que tentava fingir não saber que estavam falando sobre ela.

— E o que acontece se você não for admitido no Magisterium?

— Boa pergunta, Gwenda Mason — disse Mestra Milagros, encorajadora. — Para ser um mago bem-sucedido, é preciso três qualidades. Uma é o poder intrínseco da magia. Isso todos vocês têm, em algum grau. A segunda é o conhecimento para usar esse poder. Isso podemos dar a vocês. A terceira é o controle... e isso, isso precisa vir de dentro de vocês. Agora, em seu primeiro ano, como magos não treinados, vocês chegam ao ápice do próprio poder, mas não têm conhecimento nem controle. Se aparentemente vocês não tiverem aptidão para o conhecimento nem para o controle, não terão lugar no Magisterium. Nesse caso, vamos garantir que vocês e suas famílias estejam permanentemente a salvo da magia ou de qualquer perigo de sucumbir aos elementos.

*Sucumbir aos elementos? O que* isso *significava?*, perguntou-se Call. Outras pessoas pareciam igualmente confusas.

— Isso significa que não passei em um dos testes? —perguntou alguém.

— Espere, o que ela quer dizer com isso? — perguntou outra criança.

— Então aqui não é mesmo uma escola de pôneis? — perguntou Drew, melancólico.

Mestra Milagros ignorou tudo isso. As imagens da caverna lentamente se apagaram. Eles se encontravam na mesma sala branca em que sempre estiveram.

— A caneta em frente a vocês é especial — explicou ela, parecendo ter se lembrado de ficar nervosa novamente.

Call se perguntou quantos anos ela teria. Sua aparência era jovem, ainda mais por causa do cabelo cor-de-rosa, mas ele imaginou que ela precisava ser uma maga muito talentosa para ser Mestra.

— Se vocês não usarem a caneta, não poderemos ler as provas. É preciso sacudi-la para ativar a tinta. E lembrem-se de incluir seus cálculos nas respostas. Podem começar.

Call tornou a abrir o caderno. Ele estreitou os olhos e leu a primeira pergunta:

1. Um dragão e um dragonete partiram às 14 horas da mesma caverna, seguindo na mesma direção. A velocidade média do dragão é 48 km/h mais lenta do que o dobro da velocidade do dragonete. Em duas horas, o dragão está 32 km à frente do dragonete. Calcule a velocidade de voo do dragão, considerando que o dragonete está empenhado em uma vingança.

*Vingança?* Call fitou a página com surpresa, depois a virou. A pergunta seguinte não era melhor.

2. Lucretia está se preparando para semear vários tipos de beladona no outono. Ela vai plantar quatro canteiros de beladona comum, com 15 plantas em cada canteiro.

Ela estima que 20 por cento do campo será ocupado com uma plantação de controle de falsa-beladona. Quantos pés de beladona haverá ao todo? Quantos pés de falsa--beladona serão plantados? Se Lucretia for uma maga da terra que cruzou três dos portões, quantas pessoas ela pode envenenar com a beladona antes de ser apanhada e decapitada?

Call ficou surpreso com a prova. Ele realmente tinha de se esforçar para descobrir quais respostas estavam erradas, para não acertar acidentalmente? Seria melhor apenas escrever a mesma coisa várias vezes, imaginando que receberia uma nota baixa? Conforme a lei das probabilidades, de qualquer modo acertaria cerca de 20 por cento da prova, e isso era mais do que ele queria.

Enquanto ponderava freneticamente sobre o que fazer, ele pegou a caneta, sacudiu-a e tentou marcar o papel.

Não funcionou.

Tentou de novo, pressionando com mais força. Nada. Olhou em volta, e aparentemente a maioria das outras crianças estava escrevendo bem, embora algumas poucas parecessem também lutar com suas canetas.

Pelo visto, ele não ia se sair mal na prova como uma pessoa normal, não mágica — ele não ia nem mesmo conseguir *fazê-la*. Mas e se os magos o obrigassem a refazer o teste repetidas vezes caso alguém o deixasse em branco? Isso não seria o mesmo que se recusar a comparecer?

Franzindo a testa, tentou se lembrar do que Milagros tinha dito sobre a caneta. Algo sobre sacudi-la para ativar a tinta. Talvez ele não a tivesse sacudido o suficiente.

Apertou a caneta na mão e a sacudiu com força, a irritação com a prova acrescentando uma energia extra ao vigor do seu pulso. *Vamos*, pensou ele. *Vamos, coisa estúpida, FUNCIONE!*

A tinta azul explodiu da ponta da caneta. Ele tentou deter o fluxo, pressionando os dedos contra o ponto onde ele pensava que a rachadura podia estar... mas isso só fez a tinta jorrar com mais força. Ela espirrou nas costas da cadeira à sua frente; o garoto louro, sentindo a tempestade de tinta que acabara de ser desencadeada, abaixou-se para escapar do alcance da sujeira. Mais tinta do que parecia possível sair de uma caneta tão pequena jorrava para todos os lados, e as pessoas começavam a encará-lo com raiva.

Call largou a caneta, que imediatamente parou de soltar tinta. Mas o estrago estava feito. Suas mãos e sua carteira, seu caderno de provas e seus cabelos, tudo estava coberto de tinta. Tentou limpá-la dos dedos, mas só conseguiu deixar marcas de mão azuis por toda a camiseta.

Ele esperava que a tinta não fosse venenosa, pois com certeza tinha engolido um pouco.

A turma inteira estava olhando para ele. Até mesmo Mestra Milagros o observava, com espanto escancarado, como se ninguém jamais tivesse conseguido destruir uma caneta tão completamente. Todos estavam em silêncio, exceto o magricela que estivera conversando com Tamara antes. Ele tinha se inclinado para sussurrar algo para a garota outra vez. Tamara não sorriu, mas pelo sorriso falso no rosto do garoto e pelo brilho de superioridade nos olhos dela, Call podia dizer que estavam zombando dele. Sentiu a ponta das orelhas ficando vermelhas.

— Callum Hunt — disse Mestra Milagros, em choque —, por favor... por favor, saia da sala e vá se limpar, depois aguarde no corredor até o grupo se juntar a você.

Call se levantou com dificuldade, mal percebendo que o garoto louro que quase tinha se ensopado de tinta lhe dirigiu um sorriso de simpatia. Ele ainda podia ouvir risadinhas quando saiu batendo a porta — e ainda podia se lembrar do olhar de deboche de Tamara. Quem ligava para o que ela pensava? Quem ligava para o que *qualquer um* deles pensava, estivessem tentando ser simpáticos ou maldosos? Eles não tinham importância. Não faziam parte da sua vida. Nada daquilo fazia.

*Só mais algumas horas.* Repetiu isso para si mesmo diversas vezes enquanto estava no banheiro, fazendo o melhor possível para limpar a tinta com sabão e ásperas toalhas de papel. Ele se perguntou se a tinta era mágica. Com certeza não queria sair. Parte dela tinha secado em seus cabelos pretos, e ainda havia marcas de mão azul-escuras em sua camiseta branca quando saiu do banheiro e encontrou os outros aspirantes à sua espera no corredor. Ele os escutou murmurando entre si sobre o "maluco da tinta".

— Ficou bem com essa camiseta — disse o garoto de cabelos pretos.

Call achou que ele parecia rico, rico como Tamara. Não saberia dizer por que exatamente, mas as roupas dele eram o tipo de roupa esportiva e sofisticada que custa muito dinheiro.

— Para o seu bem, espero que o próximo teste não envolva explosões. Ou, ah, não... Espero que *envolva.*

— Cale a boca — murmurou Call, ciente de que aquela não era a melhor resposta.

Ele se encostou na parede até que Mestra Milagros, reaparecendo, mandou que todos se aquietassem. Todos ficaram em silêncio enquanto ela chamava os nomes em grupos de cinco, direcionando cada grupo para um corredor e dizendo que esperassem do outro lado. Call não fazia ideia de como o hangar conseguia abrigar aquela rede de corredores. Provavelmente essa era uma daquelas coisas que o pai dizia ser melhor não pensar a respeito.

— Callum Hunt! — chamou ela, e Call saiu arrastando os pés para juntar-se ao seu grupo, no qual também estavam, para seu desalento, o garoto de cabelos pretos, que se chamava Jasper deWinter, e o garoto louro em quem espirrara tinta, que era Aaron Stewart. Jasper fez um estardalhaço ao abraçar Tamara e desejar--lhe boa sorte antes de se dirigir devagar para o seu grupo. Uma vez lá, ele imediatamente começou a conversar com Aaron, dando as costas para Call, como se ele não existisse.

As outras duas crianças no novo grupo de Call eram Kylie Myles e uma garota com jeito nervoso chamada Celia alguma coisa, que tinha uma cabeleira louro-escura e uma presilha de flor azul na franja.

— Ei, Kylie — chamou Call, pensando que agora seria a oportunidade perfeita para avisá-la de que o quadro do Magisterium que Mestra Milagros estava criando para eles era mera ilusão. Ele sabia de fonte confiável que as cavernas verdadeiras estavam cheias de becos sem saída e peixes cegos.

Ela tinha um ar constrangido.

— Você poderia, por favor... não falar comigo?

— O quê? — Eles tinham começado a andar pelo corredor, e Call mancava mais depressa para acompanhá-los. — Está falando sério?

Ela deu de ombros.

— Você sabe como é. Estou tentando causar uma boa impressão, e falar com você não vai ajudar. Desculpe!

Holly Black & Cassandra Clare

Então saiu saltitando à frente para alcançar Jasper e Aaron. Call olhou fixamente para sua nuca, como se pudesse furá-la de tanta raiva.

— Espero que o peixe cego coma você! — gritou ele atrás dela.

Ela fingiu não ter escutado.

Mestra Milagros dobrou uma última esquina, guiando-os para uma sala imensa montada como um ginásio. Do centro do teto alto pendia uma grande bola vermelha, suspensa bem acima de suas cabeças. Ao lado da bola havia uma longa escada de cordas com degraus de madeira que pendia do teto até o chão.

Aquilo era ridículo. Ele não podia subir aquela escada com sua perna. Era para ele ser *reprovado* nesses testes de propósito, e não para sair-se tão mal que jamais teria conseguido ingressar na escola de magia para início de conversa.

— Agora vou deixá-los com Mestre Rockmaple — disse Mestra Milagros depois que o último grupo de cinco chegou, indicando um mago baixo, com uma barba ruiva rente e um nariz avermelhado. Ele segurava uma prancheta e tinha um apito pendurado no pescoço, como um professor de educação física, embora usasse o mesmo traje preto que os outros magos.

— Esta prova é enganosamente simples — disse Mestre Rockmaple, alisando a barba de um jeito pensado para parecer ameaçador. — Basta subir a escada de corda e pegar a bola. Quem gostaria de ser o primeiro?

Várias crianças levantaram a mão.

Mestre Rockmaple apontou para Jasper. O garoto saltou para a corda como se o fato de ter sido escolhido primeiro fosse alguma espécie de indicação do quão incrível era, e não apenas uma medida da ansiedade com que balançara a mão. Em vez de subir logo, ele deu a volta na escada, olhando para a bola com ar pensativo, batendo com o dedo no lábio inferior.

— Você está pronto mesmo? — perguntou Mestre Rockmaple, as sobrancelhas ligeiramente erguidas. Algumas crianças riram.

Jasper, nitidamente aborrecido por ter sido alvo das risadas quando estava levando tudo muito a sério, lançou-se violentamente para a escada de corda pendente no ar. Assim que subiu de um degrau para o outro, a escada pareceu aumentar, de modo que quanto mais subia, mais tinha de subir. Finalmente, a escada o derrotou e ele se desequilibrou e desabou no chão, cercado de espirais de corda e degraus de madeira.

*Isso foi engraçado*, pensou Callum.

— Muito bem — disse Mestre Rockmaple. — Quem gostaria de ser o próximo?

— Deixe-me tentar de novo — pediu Jasper, um gemido permeando sua voz. — Eu sei como fazer agora.

— Temos muitos aspirantes esperando a vez — argumentou Mestre Rockmaple, que aparentava estar se divertindo.

— Mas *não é justo*. Alguém vai acertar, e depois todos vão saber como se faz. Estou sendo punido por ter sido o primeiro.

— A mim pareceu que você quis ser o primeiro. Mas muito bem, Jasper. Se houver tempo depois que todos os demais terminarem e você ainda quiser, poderá tentar novamente.

Tudo indicava que Jasper teria outra chance. Call presumiu que, pela maneira como ele estava agindo, seu pai provavelmente era alguém importante.

A maioria das outras crianças não se saiu muito melhor do que ele, algumas chegando à metade da subida e em seguida deslizando para baixo outra vez, e uma delas nem chegou a sair do chão. Celia foi quem chegou mais longe antes de se soltar e cair sobre um colchonete. Sua presilha de flor ficou meio estropiada. Embora ela não quisesse demonstrar que estava chateada, Call sabia que estava pela maneira como continuava ansiosamente tentando colocar a presilha de volta no lugar.

Mestre Rockmaple olhou sua lista.

— Aaron Stewart.

Aaron parou em frente à escada de corda, flexionando os dedos das mãos como se estivesse prestes a entrar em uma quadra de basquete. Ele tinha um ar esportivo e confiante, e Call sentiu aquela familiar e rapidamente sufocada dor da inveja em seu estômago, que ele sempre sentia quando olhava crianças jogando basquete ou beisebol, totalmente à vontade com seu corpo. Esportes de equipe não eram uma opção para Call; a oportunidade para constrangimentos era grande demais, mesmo que lhe deixassem jogar. Garotos como Aaron nunca tiveram de se preocupar com coisas desse tipo.

Aaron correu na direção da escada e se lançou sobre ela. Subiu rápido, os pés empurrando enquanto os braços o puxavam para cima num movimento único e fluido. Movia-se tão depressa que subia mais rápido do que a corda caía. E foi subindo cada vez mais alto. Callum prendeu a respiração e percebeu que, ao seu redor, todos tinham baixado a voz.

Aaron, sorrindo feito um doido, alcançou o topo. Bateu na bola com a lateral de uma das mãos e a soltou do teto, antes de deslizar de volta pela escada, caindo de pé como um ginasta.

Algumas das outras crianças explodiram em aplausos espontâneos. Até Jasper parecia estar feliz por ele, adiantando-se, relutante, para dar tapinhas em suas costas.

— Muito bem — parabenizou Mestre Rockmaple, usando exatamente as mesmas palavras e o mesmo tom que usara com todos os outros.

Callum achou que o velho mago rabugento estava provavelmente apenas irritado por alguém ter passado em seu teste estúpido.

— Callum Hunt — chamou o mago em seguida.

Callum deu um passo à frente, desejando ter se lembrado de trazer um atestado médico.

— Não posso.

Mestre Rockmaple olhou-o de cima a baixo.

— Por que não?

*Ah, pare com isso. Olhe para mim. Basta olhar para mim.* Call levantou a cabeça e encarou desafiadoramente o mago.

— Minha perna. Não posso fazer exercícios físicos.

O mago deu de ombros.

— Então não faça.

Call reprimiu uma explosão de raiva. Sabia que as outras crianças estavam olhando para ele, algumas com pena e outras com irritação. A pior parte era que, normalmente, ele não perderia a oportunidade de fazer qualquer tipo de exercício. Estava apenas tentando fazer o que fosse preciso para *ser reprovado*.

— Não estou dando *desculpa* — disse ele. — Os ossos da minha perna foram estilhaçados quando eu era bebê. Passei por dez cirurgias e, como resultado, tenho sessenta parafusos de ferro para manter minha perna no lugar. Precisa ver as cicatrizes?

Callum esperava fervorosamente que Mestre Rockmaple respondesse que não. Sua perna esquerda era um emaranhado de marcas de incisões e um feio tecido enrugado. Nunca deixava nin-

Holly Black & Cassandra Clare

guém vê-la; nunca usara short, jamais, desde que tinha idade bastante para saber o que significavam os olhares de estranhos para sua perna. Ele não sabia por que dera tantas explicações, sabia apenas que estava com tanta raiva que não fazia ideia do que falava.

Mestre Rockmaple, que mantivera o apito em uma das mãos, girou-o, pensativo.

— Estes testes não são totalmente óbvios — disse. — Ao menos tente, Callum. Se não conseguir, passamos para o próximo.

Call jogou as mãos para o alto.

— Está bem. *Está bem.*

Ele andou na direção da escada de corda e a segurou com uma das mãos. Deliberadamente pôs a perna esquerda no degrau mais baixo e apoiou ali seu peso, esticando o corpo para cima.

A dor atravessou sua panturrilha e ele voltou para o chão, ainda agarrado à escada. Podia ouvir Jasper rindo atrás de si. Sua perna doía e sua barriga estava dormente. Olhou novamente a escada, depois a bola de borracha vermelha no alto e sentiu a cabeça começar a latejar de dor. Anos e anos sendo obrigado a sentar-se nas arquibancadas, a claudicar atrás de todos quando estavam correndo na pista, vieram à tona por trás dos seus olhos, e Call fitou furiosamente a bola que ele sabia que não podia alcançar, pensando: *odeio você, odeio você, odeio você...*

Ouviu-se um estouro seco, e a bola vermelha pegou fogo. Alguém gritou, talvez Kylie, mas Call esperava que fosse Jasper. Todos, inclusive Mestre Rockmaple, ficaram olhando enquanto a bola vermelha queimava alegremente até o fim, como se estivesse repleta de fogos de artifício. O cheiro horrível da combustão de substâncias químicas perigosas encheu o ar, e Call saltou para trás quando um pedaço grande de plástico derretido despencou no chão. Ele se afastou com dificuldade quando mais gosma começou a pingar da bola em chamas, atingindo o ombro de sua camiseta.

Tinta *e* gosma. Aquele foi um grande dia para ele se sentir na moda.

— Saiam — disse Mestre Rockmaple quando as crianças começaram a tossir e se engasgar com a fumaça. — Saiam todos daqui!

— Mas e a minha vez? — protestou Jasper. — Como vou ter minha segunda chance agora que o maluco destruiu a bola? Mestre Rockmaple...

— EU DISSE SAIAM! — rugiu o mago, e as crianças saíram correndo do salão, Call por último, intensamente consciente de que Jasper *e* Mestre Rockmaple olhavam para ele com algo muito semelhante a ódio.

Como o cheiro de queimado, a palavra *maluco* pairava no ar.

## CAPÍTULO TRÊS

Mestre Rockmaple marchava, irritado, conduzindo o grupo por um corredor, distante da sala da prova. Andavam todos tão depressa que era impossível para Call acompanhá-los. Sua perna doía mais do que nunca, e ele cheirava como uma fábrica de pneus incendiada. Mancava atrás do grupo, perguntando-se se algum dia, na história do Magisterium, alguém teria bagunçado tanto assim aquele teste. Talvez eles o deixassem voltar para casa mais cedo, para sua segurança e a de todos os outros também.

— Você está bem? — perguntou Aaron, ficando para trás a fim de poder caminhar ao lado de Callum.

Ele sorriu com simpatia, como se não houvesse nada de estranho em conversar com Call, quando o restante do grupo o evitava como a uma praga.

— Tudo bem — respondeu Call, rangendo os dentes. — Nunca estive melhor.

— Não faço ideia de como você fez aquilo, mas foi *épico*. A expressão no rosto de Mestre Rockmaple era tipo... — Aaron tentou imitá-la, franzindo o cenho, arregalando os olhos e deixando o queixo cair.

Call começou a rir, mas rapidamente se conteve. Não queria gostar de nenhum dos outros candidatos, especialmente não do supercompetente Aaron.

Eles viraram na curva do corredor. O restante da turma estava esperando. Mestre Rockmaple pigarreou, aparentemente prestes a repreender Call, quando percebeu Aaron parado ao seu lado. Deixando de lado o que pretendia falar, o mago abriu a porta para uma nova sala.

Call entrou com o restante do grupo. Era um espaço industrial sem graça como aquele onde haviam estado para a primeira prova, com fileiras de carteiras e uma única folha de papel sobre cada uma delas.

*Quantos testes escritos vão ser?*, Callum queria perguntar, mas não achou que Mestre Rockmaple estivesse disposto a responder. Nenhuma das carteiras tinha nome, então ele se sentou em uma e cruzou os braços diante do peito.

— Mestre Rockmaple! — chamou Kylie, sentando-se. — Mestre Rockmaple, eu não tenho caneta.

— Não vai precisar de uma — disse o mago. — Este é um teste da habilidade de controle da sua magia. Vocês vão usar o elemento ar. Concentrem-se no papel à sua frente até serem capazes de erguê-lo da carteira, usando apenas a energia dos seus pensamentos. Elevem o papel para o alto, sem deixar que ele oscile ou caia. Uma vez concluída a tarefa, levantem-se e juntem-se a mim na frente da sala.

O alívio inundou Call. Tudo que ele precisava fazer era não deixar o papel subir pelo ar, o que lhe pareceu bem simples. A vida inteira ele conseguira não fazer com que folhas de papel voassem pela sala de aula.

Aaron estava sentado em sua direção, na fileira seguinte. Estava com a mão no queixo, os olhos verdes estreitados. Quando Call o olhou de lado, o papel sobre a carteira de Aaron ergueu-se no ar, perfeitamente nivelado. Pairou por um momento antes de esvoaçar de volta à carteira. Com um sorriso, Aaron se levantou para ficar com Mestre Rockmaple na frente da sala.

Call ouviu uma risada à sua esquerda. Olhou e viu Jasper pegar o que parecia ser um alfinete comum e furar o dedo. Uma gota de sangue surgiu e Jasper enfiou o dedo na boca e o sugou. *Que esquisitão*, pensou Call. Então Jasper afundou de volta na cadeira, fazendo o tipo posso-fazer-mágica-com-as-mãos-atadas. E talvez pudesse mesmo, pois o papel em sua carteira estava se dobrando e amassando — enrolando-se numa nova forma. Com mais algumas dobras e pregas, ele se transformou em um avião de papel, que decolou da carteira de Jasper e atravessou a sala voando, acertando a testa de Call. Ele deu um tapa no avião, que caiu no chão.

— Jasper, já chega — censurou Mestre Rockmaple, embora sem transparecer irritação nenhuma. — Venha até aqui.

Call voltou a atenção para o seu papel enquanto Jasper seguia até a frente da sala. Ao redor de Callum as crianças estavam olhando e sussurrando diante do papel sobre a carteira, tentando *fazê-lo* se mover.

*Fique parado*, pensou ele com raiva para o papel em sua carteira. *Não se mexa*. Ele se imaginou segurando-o contra a madeira, a mão espalmada, impedindo o papel de se mover. *Cara, isto é uma idiotice*, pensou. *Que forma de desperdiçar o dia*. Mas ficou onde estava, concentrando-se. Dessa vez ele não estava só. Diversas outras crianças não conseguiam mover o papel, incluindo Kylie.

— Callum? — chamou Mestre Rockmaple, parecendo exausto. Call recostou-se na cadeira.

— Não consigo.

— Se ele não consegue, *realmente* não consegue — disse Jasper. — Dê logo um zero a esse palhaço e vamos embora, antes que ele crie um vendaval e a gente morra cortado com papel.

— Muito bem — disse o mago. — Vamos lá, vamos deixar a sala limpa para o grupo seguinte.

Aliviado, Call esticou o braço para o papel em sua carteira e congelou. Desesperadamente, arranhou as bordas do papel com as unhas, mas, de alguma forma, ele não sabia como, o papel tinha afundado na madeira da carteira e ele não conseguia pegá-lo.

— Mestre Rockmaple, tem algo errado com meu papel.

— Todo mundo debaixo das carteiras! — exclamou Jasper, mas ninguém estava prestando atenção a ele. Todos olhavam para Call.

Mestre Rockmaple andou com impaciência até ele e observou o papel, que havia, de fato, se fundido à carteira.

— Quem fez isso? — perguntou Mestre Rockmaple. Ele parecia surpreso. — Alguém quis pregar uma peça?

Todos na turma ficaram em silêncio.

— *Você* fez isso? — perguntou Mestre Rockmaple a Call.

*Só estava tentando impedir que o papel se mexesse*, pensou Call, sentindo-se infeliz, mas não podia dizer isso.

— Eu não sei.

— Não sabe?

— Não sei. Talvez o papel tenha algum defeito.

# Holly Black & Cassandra Clare

— É só um papel! — gritou o mago, e depois se controlou. — Está certo. Tudo bem. Sua nota é zero. Não, espere, você vai ser o primeiro aspirante da história do Magisterium a receber uma nota negativa em uma das provas do Desafio de Ferro. Menos dez. — Ele balançou a cabeça. — Acho que todos podemos nos sentir gratos, porque a última prova é feita individualmente.

Àquela altura, Callum estava grato porque em breve tudo estaria terminado.

↑≋△○◉

Dessa vez, os aspirantes ficaram em pé no corredor, do lado de fora de uma porta dupla, esperando ser chamados. Jasper estava conversando com Aaron, olhando para Call como se ele fosse o assunto.

Call suspirou. Aquele era o último teste. Parte da tensão se esvaiu do garoto com o pensamento. Não importava como se sairia, um último teste não ia fazer tanta diferença na sua nota horrível. Em menos de uma hora, estaria voltando para casa com o pai.

— Callum Hunt — chamou uma maga que não tinha se apresentado antes. Ela usava um elaborado colar em forma de serpente e lia algo na prancheta. — Mestre Rufus o aguarda lá dentro.

Ele se afastou da parede onde estava encostado e a seguiu pelas portas duplas. A sala era ampla, vazia e mal-iluminada. Um único mago encontrava-se sentado no piso de madeira ao lado de uma grande tigela também de madeira. A tigela estava cheia de água, e uma chama queimava no centro, sem pavio nem vela.

Call parou e olhou, sentindo um pequeno formigamento na nuca. Ele tinha visto muitas coisas esquisitas naquele dia, mas aquela era a primeira vez, desde a ilusão da caverna, que ele realmente sentia a presença de magia.

O mago falou:

— Sabia que, para ter uma boa postura, as pessoas costumavam praticar equilibrando livros na cabeça? — A voz soou baixa e retumbante, o som de um incêndio distante. Mestre Rufus era um homem grande, negro, e tinha uma careca lisa como uma noz de macadâmia. Ele ficou em pé em um movimento único e fácil, erguendo a tigela em seus dedos largos e calejados.

A chama não tremeu. No máximo, brilhou um pouco mais forte.

— Não eram garotas que faziam isso? — perguntou Call.

— Faziam o quê? — Mestre Rufus franziu o cenho.

— Andar com livros na cabeça.

O mago dirigiu-lhe um olhar que fez Callum ter a sensação de que dissera algo decepcionante.

— Pegue a tigela — disse ele.

— Mas a chama vai se apagar — protestou Call.

— Esse é o teste — retrucou Rufus. — Veja se você consegue manter a chama queimando, e por quanto tempo.

Ele estendeu a tigela para Call.

Até então, nenhum dos testes tinha sido o que Call esperava. Ainda assim, conseguira fracassar em todos — fosse porque se esforçara para isso ou porque não servia para ser um mago. Havia em Mestre Rufus algo que o fez querer se sair melhor, mas isso não importava. De jeito nenhum ele iria para o Magisterium.

Call pegou a tigela.

Quase de imediato, a chama aumentou, como se Call tivesse girado o botão de uma lâmpada a gás muito forte. Ele pulou e deliberadamente inclinou a tigela para o lado, tentando respingar água na chama. No entanto, ao invés de se apagar, ela queimou através da água. Em pânico, Call sacudiu a tigela, jogando mais ondinhas sobre o fogo, que começou a crepitar.

— Callum Hunt. — Era Mestre Rufus olhando-o de cima, o rosto impassível, os braços cruzados sobre o peito largo. — Estou surpreso com você.

Call não disse nada. Ele segurava a tigela com a água respingando e a chama crepitando.

— Dei aulas a seu pai e sua mãe no Magisterium — disse Mestre Rufus. Ele parecia sério e triste. A chama criava sombras escuras sob seus olhos. — Eles foram meus aprendizes. Os melhores de sua turma, as melhores notas no Desafio. Sua mãe teria ficado desapontada se visse o filho tentando de maneira tão óbvia ser reprovado em um teste, simplesmente porque...

Mestre Rufus não concluiu a frase, porque, à menção da mãe de Call, a tigela de madeira rachou — não ao meio, mas em uma dúzia de pedaços pontiagudos, afiados o bastante para perfurar a palma das mãos de Call. Ele largou o que estava segurando, e observou cada parte da tigela pegar fogo e queimar calma e gradativamente, como pequenas piras espalhadas a seus pés. Enquanto olhava as chamas, porém, não sentiu medo. Pareceu-lhe que, naquele momento, o fogo o convidava a entrar na labareda, a afogar a raiva e o medo em sua luz.

As chamas aumentaram enquanto ele corria os olhos pela sala, inflamando a água derramada como se fosse gasolina. Tudo que Call sentia era uma raiva terrível e arrebatadora por esse mago ter conhecido sua mãe, por esse homem à sua frente talvez ter tido alguma coisa a ver com a sua morte.

— Pare! Pare com isso agora! — gritou Mestre Rufus, agarrando as duas mãos de Call e batendo uma na outra. O choque fez doer os cortes recentes.

Abruptamente, todas as chamas se apagaram.

— Me solte! — Call puxou as mãos, libertando-as de Mestre Rufus, e limpou as palmas ensanguentadas na calça, acrescentando outra camada de manchas. — Não tive a intenção de fazer isso. Nem sei o que aconteceu.

— O que aconteceu é que você fracassou em outro teste — retrucou Mestre Rufus, a raiva substituída pelo que parecia uma curiosidade fria. Ele estava analisando Call como um cientista examina um inseto espetado em um quadro.

— Você pode voltar e juntar-se ao seu pai na arquibancada para aguardar a nota final.

Felizmente havia uma porta do outro lado da sala, então Call pôde sair por ela, sem ter de encarar nenhum dos outros aspirantes. Podia imaginar a expressão no rosto de Jasper se visse o sangue em suas roupas.

Suas mãos tremiam.

As arquibancadas estavam cheias de pais com ar entediado, e alguns irmãos mais novos perambulavam por ali. O zumbido baixo das conversas ecoava no hangar, e Call se deu conta de que os corredores, por sua vez, pareciam estranhamente silenciosos — foi um choque tornar a ouvir o barulho das pessoas. Os aspirantes saíam por cinco portas diferentes, em um fluxo lento, indo ao encontro de suas famílias. Três quadros brancos foram instalados na base das arquibancadas, e neles os magos estavam registrando as notas à medida que chegavam. Call não olhou para eles. Seguiu direto até o pai.

Alastair tinha um livro no colo, fechado, como se pretendesse lê-lo, mas não tivesse começado. Call percebeu o alívio que surgiu no rosto do pai quando ele se aproximou, substituído de imediato por preocupação após observar mais atentamente o filho.

Alastair se levantou de um salto, o livro caindo ao chão.

— Callum! Você está coberto de sangue e tinta, e cheirando a plástico queimado! O que aconteceu?

— Estraguei tudo. Eu... eu acho que realmente estraguei tudo. — Call podia ouvir a própria voz tremendo. Continuava a ver os restos da tigela queimando e a expressão no rosto de Mestre Rufus.

Seu pai pôs uma reconfortante mão em seu ombro.

— Está tudo bem, Call. Você *devia mesmo* estragar tudo.

— Eu sei, mas achei que eu... — Ele enfiou as mãos nos bolsos, lembrando-se de todos os sermões que escutara do pai sobre como devia tentar ser reprovado. Mas nem precisara tentar. Ele fracassara em tudo porque não sabia o que estava fazendo, porque era ruim em magia. — Pensei que tudo seria diferente.

Seu pai baixou a voz.

— Sei que ninguém se sente bem ao fracassar, seja no que for, Call, mas é o melhor a fazer. Você foi muito bem.

— Se com "muito bem" você quer dizer "uma porcaria"... — murmurou Call.

O pai sorriu.

— Por um minuto fiquei preocupado quando você obteve a nota máxima no primeiro teste, mas depois eles a retiraram. Nunca vi ninguém *perder* pontos antes.

Call franziu a testa. Sabia que seu pai via aquilo como um elogio, mas ele não se sentia elogiado.

— Você ficou em último lugar. Há crianças sem nenhuma magia que se saíram melhor. Acho que você merece um sundae a caminho de casa, o maior que encontrarmos. O seu favorito, com *butterscotch*, pasta de amendoim *e* jujubas de urso. Ok?

— Sim — respondeu Call, sentando-se. Ele estava se sentindo tão mal que nem a ideia de jujubas de urso cobertas de pasta de amendoim e *butterscotch* o animava. — Ok.

Seu pai sentou-se de novo também. Assentia com a cabeça para si mesmo agora, com ar satisfeito. Ficou ainda mais satisfeito quando mais notas chegaram.

Call se permitiu olhar para os quadros brancos. Aaron e Tamara estavam no topo, suas notas totais, idênticas. Para sua irritação, Jasper estava três pontos abaixo, em segundo lugar.

*Ah, bem,* pensou Call. O que ele esperava? Os magos eram uns idiotas, como seu pai dissera, e os mais idiotas de todos os idiotas tiraram as melhores notas. Era de se esperar.

Embora nem *todos* os melhores fossem babacas. Kylie se saiu mal, enquanto Aaron foi muito bem. Isso era bom, supôs Call. Parece que Aaron havia realmente desejado sair-se bem. Exceto, é claro, que se sair bem significava ir para o Magisterium, e o pai de Call sempre dissera que isso era uma coisa que ele não desejaria nem ao seu pior inimigo.

Call não tinha certeza se estava feliz ou triste por Aaron, que pelo menos tinha sido legal com ele. A única coisa que sabia era que estava ficando com dor de cabeça de tanto pensar no assunto.

Mestre Rufus surgiu de uma das portas, andando a passos largos. Não disse nada em voz alta, mas todos os presentes fizeram silêncio como se ele tivesse falado alto. Examinando o salão, Call via alguns rostos conhecidos — Kylie parecendo ansiosa, Aaron mordendo o lábio. Jasper estava pálido e tenso, enquanto Tamara aparentava estar tranquila e controlada, nem um pouco preocupada. Estava sentada no meio de um casal elegante, de cabelos escuros, cujas roupas de cores claras ressaltavam a pele negra. A mãe usava um vestido marfim e luvas, enquanto o pai vestia um terno de cor creme.

— Aspirantes deste ano — disse Mestre Rufus, e todos se inclinaram para a frente ao mesmo tempo —, obrigado por estarem conosco hoje e por se esforçarem tanto no Desafio. Os agradecimentos do Magisterium também se estendem a todas as famílias que trouxeram seus filhos e esperaram que eles terminassem.

Ele colocou as mãos atrás das costas, o olhar percorrendo as arquibancadas.

— Há nove magos aqui, e cada um deles está autorizado a escolher até seis candidatos. Esses candidatos serão seus aprendizes pelos cinco anos que passarão no Magisterium, portanto, essa não é uma escolha a que um Mestre faça sem preocupação. Vocês também devem entender que existem mais crianças aqui do que as que vão se qualificar para vagas no Magisterium. Se você não for selecionado, é porque não é indicado para este tipo de treinamento. Por favor, entendam que existem muitos motivos possíveis pelos quais você pode não ser indicado, e uma exploração mais profunda de seus poderes poderia ser mortal. Antes de partirem, um mago vai explicar suas obrigações relativas à confidencialidade e lhes dar os meios para protegerem a si mesmos e a suas famílias.

*Ande logo e acabe com isso*, pensou Call, mal prestando atenção ao que Rufus dizia. Os outros candidatos também se mexiam desconfortavelmente em seus lugares. Jasper, sentado entre a mãe asiática e o pai branco, ambos exibindo cortes de cabelo sofisticados, tamborilava os dedos sobre os joelhos. Call olhou de relance para o pai, que fitava Rufus com uma expressão que Call nunca vira em seu rosto antes. Era como se ele estivesse pensando em atropelar o mago com o Rolls-Royce remodelado, mesmo que isso estragasse a transmissão novamente.

— Alguém tem perguntas? — indagou Rufus.

O salão ficou em silêncio. O pai sussurrou para Call:

— Está tudo bem — disse ele, embora Call não tivesse feito nada que indicasse que ele achava que *não estava* tudo bem. A pressão dos dedos do pai no ombro de Call se tornou mais forte. — Você não vai ser escolhido.

— Muito bem! — retumbou Rufus. — Vamos começar o processo de seleção! — Ele recuou até ficar diante do quadro com as notas. — Aspirantes, quando dissermos seus nomes, por favor, levantem-se e aproximem-se de seu novo Mestre. Quando o mago sênior se apresentar depois de Mestre North, que não assumirá nenhum aprendiz, darei início à seleção. — Seu olhar percorreu a plateia. — Aaron Stewart.

Houve aplausos esparsos, mas não da família de Tamara. Ela continuava sentada incrivelmente imóvel e rígida, como se estivesse embalsamada. Seus pais pareciam furiosos. O pai inclinou-se para a frente, a fim de dizer algo em seu ouvido, e Call a viu encolher-se em resposta. Talvez ela fosse humana, afinal.

Aaron levantou-se. *Uma escolha totalmente inesperada*, pensou Call com sarcasmo. Aaron era parecido com o Capitão América, com seus cabelos louros, corpo atlético e comportamento ostensivamente virtuoso. Call queria atirar o livro do pai na cabeça de Aaron, mesmo ele sendo legal. O Capitão América era legal também, mas isso não significava que você quisesse concorrer com ele.

Então, com um sobressalto, Call se deu conta de que, embora outras pessoas na plateia estivessem aplaudindo, Aaron não tinha ninguém da família sentado ao seu lado. Ninguém para abraçá-lo ou dar tapinhas em suas costas. Devia ter vindo sozinho. Engolindo em seco, Aaron sorriu e depois desceu os degraus entre as arquibancadas para ficar ao lado de Mestre Rufus.

Rufus pigarreou.

— Tamara Rajavi — disse ele.

Tamara ficou em pé, o cabelo escuro esvoaçante. Seus pais aplaudiram educadamente, como se estivessem na ópera. Tamara não parou para abraçar nenhum dos dois, simplesmente caminhou com firmeza e parou ao lado de Aaron, que lhe dirigiu um sorriso de parabéns.

Call se perguntou se os outros magos ficaram irritados porque Mestre Rufus foi o primeiro a escolher e mirou direto nos primeiros da lista. Call teria se incomodado.

Os olhos escuros de Mestre Rufus vasculharam o recinto mais uma vez. Call podia sentir o silêncio sobre cada um dos presentes enquanto esperavam que Rufus chamasse o próximo nome. Jasper já estava metade fora do assento.

— E meu último aprendiz será Callum Hunt — anunciou Mestre Rufus, e o mundo de Call caiu.

Alguns dos outros aspirantes arquejaram, surpresos, e murmúrios confusos vieram da plateia enquanto cada um dos presentes procurava o nome de Call nos quadros brancos e o encontravam em último lugar, com uma nota negativa.

Call fitou Mestre Rufus. Mestre Rufus o encarou de volta, com um olhar sem expressão. A seu lado, Aaron dirigia a Call um sorriso de encorajamento, enquanto Tamara olhava para ele com total espanto.

— Eu disse *Callum Hunt* — repetiu Mestre Rufus. — Callum Hunt, por favor, desça até aqui.

Call começou a se levantar, mas o pai o empurrou de volta a seu assento.

— De jeito nenhum — disse Alastair Hunt. — Isso já foi longe demais, Rufus. Não pode ficar com ele.

Mestre Rufus olhava para eles como se não houvesse mais ninguém no salão.

— Vamos, Alastair, você conhece muito bem as regras. Pare de fazer escândalo por uma coisa inevitável. O menino precisa receber ensinamentos.

Magos subiam as arquibancadas de ambos os lados de onde Call estava sentado, com o pai o segurando no lugar. Os magos, com suas roupas pretas, pareciam tão sinistros quanto o pai os havia descrito. Davam a impressão de estarem prontos para uma batalha. Quando chegaram à fileira de Call, eles pararam, aguardando o primeiro movimento do pai.

Alastair desistira da magia fazia anos; devia estar completamente sem prática. Não havia chance de os outros magos não acabarem com ele.

— Eu vou — disse Call ao pai, virando-se para ele. — Não se preocupe. Não sei o que estou fazendo. Vou ser expulso. Eles não vão me querer por muito tempo, e então irei para casa e tudo voltará a ser o mesmo...

— Você não entende — disse o pai de Call, puxando-o e forçando-o a se levantar. Todos no salão os observavam, e não era

para menos. Seu pai parecia perturbado, os olhos arregalados. —
Venha. Vamos ter de correr.

— Eu *não posso* — lembrou ele ao pai, que já não o escutava.

Alastair o puxou pelas arquibancadas, saltando de banco em
banco. As pessoas abriam caminho para eles, esquivando-se para o
lado ou levantando-se. Os magos nos degraus correram na direção
dos dois. Call seguia cambaleando, concentrado em manter o equilíbrio enquanto desciam.

Tão logo chegaram ao chão do hangar, Rufus se colocou na
frente do pai de Call.

— Chega — disse Mestre Rufus. — O menino fica aqui.

O pai de Call deteve-se bruscamente. Ele pôs os braços ao redor de Call por trás, o que foi esquisito — seu pai praticamente
nunca o abraçava, mas aquilo estava mais para um golpe de luta
livre. A perna de Call doía da corrida pelas arquibancadas. Ele tentou se virar para olhar o pai, mas ele encarava Mestre Rufus.

— Você já não matou gente o suficiente da minha família? —
perguntou.

Mestre Rufus baixou a voz para que a multidão sentada nas
arquibancadas não os pudesse ouvir, embora Aaron e Tamara
obviamente pudessem.

— Você não ensinou nada a ele — disse. — Um mago sem
treinamento andando por aí é como uma falha na terra esperando
para se abrir e, se isso acontecer, ele vai matar muitas outras pessoas, além de si mesmo. Então não me venha falar de morte.

— Ok — cedeu o pai de Call. — Eu mesmo vou ensiná-lo. Vou
levá-lo e treiná-lo. Vou prepará-lo para o Primeiro Portal.

— Você teve doze anos para isso e não o fez. Lamento, Alastair. É assim que tem de ser.

— Olhe estas notas... ele não deveria se qualificar. Ele não quer se qualificar! Certo, Call? Certo? — Alastair o sacudia enquanto falava.

O menino não conseguia falar nada, mesmo que quisesse.

— Solte-o, Alastair — disse Mestre Rufus, sua voz profunda cheia de tristeza.

— Não — retrucou o pai de Call. — Ele é meu filho. Tenho direitos. Eu decido o futuro dele.

— Não — disse Mestre Rufus. — Não decide.

O pai de Call saltou para trás, mas não depressa o bastante. Call sentiu que braços o agarravam enquanto dois magos o arrancavam das mãos do pai. Alastair gritava e Call se debatia, mas não surtia o menor efeito conforme era arrastado para perto de Aaron e Tamara. Ambos pareciam absolutamente horrorizados.

Call enfiou o cotovelo pontudo em um dos magos que o seguravam. Ouviu um grunhido de dor, e seu braço foi puxado para trás das costas. Ele estremeceu e se perguntou o que os pais nas arquibancadas, que estavam ali para mandar os filhos à escola de aerodinâmica, estariam pensando agora.

— Call! — O pai estava sendo contido por dois outros magos. — Call, não escute nada do que eles dizem! Eles não sabem o que estão fazendo! Não sabem nada sobre você!

Estavam arrastando Alastair para a saída. Call não podia acreditar no que estava acontecendo.

De repente, alguma coisa cintilou no ar. Ele não tinha visto o braço do pai se soltar dos magos. Agora uma adaga voava em sua direção. Ela vinha reta e com precisão, seu alcance maior do que o de qualquer outra. Call não conseguia desviar os olhos da faca enquanto girava no ar, vindo direto para ele, a lâmina na frente.

Sabia que devia fazer alguma coisa

Sabia que tinha de sair do caminho.

Mas, por algum motivo, não conseguia.

Seus pés pareciam enraizados ali.

A lâmina parou a centímetros de Call, colhida no ar por Aaron, tão facilmente como se ele estivesse colhendo uma maçã do galho mais baixo do pé.

Todos ficaram parados por um momento, olhando. O pai de Call havia sido levado pelos magos através das portas da outra ponta do hangar. Tinha desaparecido.

— Tome — disse uma voz ao lado de Call. Era Aaron, estendendo-lhe a adaga.

Ele nunca vira nada como aquilo antes. Era prata cintilante e havia espirais e arabescos no metal. O cabo tinha o formato de um pássaro de asas abertas. A palavra *Semíramis* estava gravada na lâmina com uma letra elaborada.

— Acho que é sua, certo? — disse Aaron.

— Obrigado — respondeu Call, pegando a faca.

— *Aquele* era seu pai? — perguntou Tamara em voz baixa, sem o encarar. Sua voz estava cheia de uma fria desaprovação.

Alguns dos magos observavam Call, como se achassem que ele era doido e entendessem como ele ficara daquele jeito. Sentiu-se melhor com a lâmina nas mãos, mesmo que só tivesse usado facas para passar pasta de amendoim no pão ou cortar o bife.

— Sim — respondeu ele. — Ele está preocupado com a minha segurança.

Mestre Rufus assentiu para Mestra Milagros e ela deu um passo à frente.

— Lamentamos muito essa interrupção. Agradecemos por terem ficado em seus lugares e mantido a calma — disse ela. — Esperamos que a cerimônia prossiga sem mais atrasos. Vou selecionar meus aprendizes agora.

A plateia silenciou novamente.

— Escolhi cinco — continuou Mestra Milagros. — O primeiro será Jasper deWinter. Jasper, por favor, desça e fique ao meu lado.

Jasper se levantou e caminhou até seu lugar ao lado de Mestra Milagros, com um único olhar cheio de ódio na direção de Call.

# CAPÍTULO QUATRO

O sol estava começando a se pôr quando todos os Mestres finalizaram a escolha de seus aprendizes. Muitas crianças foram embora chorando, incluindo, para a satisfação de Call, Kylie. Ele teria trocado de lugar com ela em um segundo, mas, como isso não era permitido, pelo menos ele conseguiu deixá-la realmente irritada sendo forçado a ficar. Era a única vantagem que lhe ocorria e, à medida que se aproximava a hora de partirem para o Magisterium, ele se apegava a qualquer conforto.

Para sua frustração, os avisos do pai sobre o Magisterium sempre foram vagos. Ali parado, chamuscado, ensanguentado e encharcado de tinta azul, com a perna doendo cada vez mais, Call não tinha nada para fazer a não ser repassar aqueles avisos em sua mente. *Os magos não se preocupam com nada nem com ninguém, exceto com o avanço de seus estudos. Eles roubam crianças de suas famílias.*

*Eles são monstros. Eles fazem experimentos em crianças. É por causa deles que sua mãe está morta.*

Aaron tentou puxar conversa, mas Call não estava com vontade de conversar. Ficou brincando com o cabo da adaga, que havia enfiado no cinto, e tentou parecer assustador. Aaron acabou desistindo e começou a conversar com Tamara. Ela sabia muito sobre o Magisterium, por meio de uma irmã mais velha que, segundo a garota, era o máximo em absolutamente tudo na escola. Tamara jurou que seria ainda melhor, o que soou preocupante para Call. Aaron parecia feliz apenas pela chance de frequentar a escola de magia.

Call se perguntou se deveria alertá-los. Então lembrou-se do tom horrorizado de Tamara quando viu quem era seu pai. *Esqueça*, pensou ele. Por ele, eles poderiam ser comidos por dragonetes voando a 40 quilômetros por hora e obcecados por vingança.

Por fim, a cerimônia acabou e todos foram conduzidos para o estacionamento. Os pais abraçaram e se despediram dos filhos com beijos lacrimosos, entregando-lhes malas, sacos de lona e pacotes com lanches. Call ficou por ali com as mãos nos bolsos. Não apenas seu pai não estava presente para se despedir, como Call também não tinha bagagem. Depois de alguns dias sem trocar de roupa, seu cheiro ia ficar ainda pior do que agora.

Dois ônibus escolares amarelos os aguardavam, e os magos começaram a dividir os alunos em grupos de acordo com seus Mestres. Cada ônibus transportava vários grupos. Os aprendizes de Mestre Rufus foram colocados com os de Mestra Milagros, Mestre Rockmaple e Mestre Lemuel.

Enquanto Call esperava, Jasper foi até ele. Suas malas pareciam tão caras quanto suas roupas, e exibiam um monograma com suas iniciais — *JDW* — no couro. Ele exibia um sorriso de escárnio estampado no rosto enquanto encarava Call.

— Aquela vaga no grupo do Mestre Rufus — disse Jasper. — Aquela vaga era *minha*. E você a pegou.

Embora devesse ter ficado feliz em irritar Jasper, Call estava cansado de ver as pessoas agindo como se o fato de ter sido escolhido por Rufus fosse uma grande honra.

— Olha, eu não fiz nada para que isso acontecesse. Eu nem queria ser escolhido, ok? Eu não quero estar aqui.

Jasper tremia de raiva. De perto, Call viu com espanto que sua mala, embora sofisticada, tinha buracos no couro que haviam sido cuidadosa e repetidamente remendados. Os punhos da camisa de Jasper também eram cerca de um centímetro mais curtos do que deveriam, percebeu Call, como se suas roupas fossem de segunda mão ou tivessem ficado pequenas para ele. Call podia apostar que até o nome do garoto era de segunda mão, para combinar com o monograma.

Talvez sua família houvesse tido dinheiro no passado, mas parecia que não tinha mais.

— Você é um mentiroso — disse Jasper em tom desesperado. — Você fez alguma coisa. Ninguém acaba sendo escolhido por acaso pelo Mestre de maior prestígio no Magisterium, então pode parar de tentar me enganar. Quando chegarmos à escola, terei como missão recuperar essa vaga. Você vai *implorar* para voltar para casa.

— Espere — disse Call. — Se implorar, eles te deixam ir para casa?

Jasper olhou para Call como se este tivesse acabado de soltar um monte de frases desconexas.

— Você não tem ideia do quanto isso é importante — disse ele, segurando a alça da mala com tanta força que os nós dos dedos ficaram brancos. — Nenhuma ideia. Não suporto nem estar no mesmo ônibus que você. — Ele girou e se afastou de Call, marchando em direção aos Mestres.

Call sempre odiara ônibus escolares. Ele nunca sabia ao lado de quem deveria se sentar, porque nunca teve um amigo no trajeto — ou melhor, nunca teve um amigo. As outras crianças achavam que ele era estranho. Mesmo durante o Desafio, mesmo entre pessoas que queriam ser *magos*, ele parecia se destacar como estranho. Naquele ônibus, pelo menos, havia espaço suficiente para que ele tivesse uma fileira de assentos só para si. *O fato de eu cheirar a pneus queimados provavelmente tem algo a ver com isso,* pensou ele. Mas mesmo assim foi um alívio. Ele só queria ser deixado sozinho para pensar sobre o que acabara de acontecer. Gostaria que o pai tivesse lhe dado um telefone no último aniversário, como ele havia implorado. Ele só queria ouvir a voz do pai. Queria que sua última lembrança do pai não fosse Alastair sendo arrastado aos gritos. Tudo que ele queria era saber o que fazer a seguir.

Quando pegaram a estrada, Mestre Rockmaple se levantou e começou a falar sobre a escola, explicando que os alunos do Ano de Ferro permaneceriam na escola durante o inverno, porque não era seguro que voltassem para casa parcialmente treinados. Também disse a eles que trabalhariam com seus mestres durante toda a semana, teriam palestras com outros mestres às sextas e participariam de uma espécie de grande teste uma vez por mês. Call achou difícil se concentrar nos detalhes, em especial quando Mestre Rockmaple listou os Cinco Princípios da Magia, que aparentemente tinham todos a ver com equilíbrio. Ou natureza. Ou alguma coisa. Call tentou prestar atenção, mas as palavras pareciam se perder antes que ele pudesse memorizá-las.

Depois de uma hora e meia de viagem, os ônibus fizeram uma parada de descanso, e Call percebeu que, além de não ter bagagem, também não tinha dinheiro. Fingiu não estar com fome nem sede enquanto todos os outros compravam chocolates, batata frita e refrigerantes.

Quando reembarcaram no ônibus, Call sentou-se atrás de Aaron.

— Sabe para onde estão nos levando? — perguntou Call.

— Para o Magisterium — respondeu Aaron, parecendo um pouco preocupado com o cérebro de Call. — Você sabe, a *escola*. Onde vamos ser *aprendizes*.

— Mas onde fica exatamente? Onde estão os túneis? — insistiu Call. — E você acha que eles nos trancam nos quartos à noite? As janelas têm grades? Ah, espera, não... porque não tem nenhuma janela, certo?

— Hã... — disse Aaron, estendendo o saco aberto de batata frita com sabor de pão de alho e queijo. — Quer?

Tamara se inclinou do outro lado do corredor.

— Você é mesmo perturbado? — perguntou ela. Dessa vez, suas palavras não soavam como um insulto. Eram mais como se ela quisesse sinceramente discutir o assunto.

— Vocês sabem que, quando chegarmos lá, vamos morrer, não sabem? — disse Call, alto o suficiente para que todo o ônibus ouvisse.

Suas palavras foram recebidas com um silêncio retumbante.

Por fim, Celia o rompeu.

— Todos nós?

Algumas das outras crianças riram.

— Bem, não, nem todos nós, é *óbvio* — disse Call. — Alguns de nós. Mas isso ainda é ruim!

Todos encaravam Call novamente, exceto Mestre Rufus e Mestre Rockmaple, que estavam sentados na frente e nesse momento não prestavam atenção ao que as crianças faziam nos fundos. Call fora tratado como louco mais vezes naquele dia do que em toda a sua vida, e estava ficando cansado disso. Só Aaron não o olhava como se ele fosse louco. Em vez disso, ele mastigava uma batata frita.

— Então, quem te disse isso? — perguntou ele. — Sobre nós morrermos.

— Meu pai — respondeu Call. — Ele frequentou o Magisterium, então sabe do que está falando. Ele diz que os magos vão fazer experimentos na gente.

— Aquele cara que estava gritando com você no Desafio? Que jogou a faca? — indagou Aaron.

— Ele não costuma agir assim — murmurou Call.

— Bem, obviamente ele frequentou o Magisterium e ainda está vivo — observou Tamara. Ela agora falava numa voz mais baixa. — E minha irmã está lá. E os pais de alguns de nós também estudaram lá.

— Sim, mas minha mãe está morta — argumentou Call. — E meu pai odeia tudo que tem a ver com a escola. Ele nem fala sobre ela. Diz que minha mãe morreu por causa do Magisterium.

— O que aconteceu com ela? — perguntou Celia. No seu colo, havia um pacote de chicletes aberto, e Call ficou tentado a pedir um, pois eles o lembraram do sundae que nunca iria ganhar e também porque ela parecia gentil, como se estivesse fazendo a pergunta porque queria que ele não se preocupasse com os magos, e não porque pensava que ele fosse maluco e esquisito. — Quero dizer, ela teve você, então não morreu no Magisterium, certo? Ela deve ter se formado primeiro.

Sua pergunta surpreendeu Call. Ele havia reunido todas as informações sem pensar muito sobre a linha do tempo. Em algum lugar houve uma luta, parte de uma guerra mágica. Seu pai sempre foi vago sobre os detalhes. Ele havia se concentrado no fato de que os magos tinham permitido que aquilo acontecesse.

*Quando os magos vão para a guerra, o que acontece com frequência, eles não se importam com as pessoas que morrem por causa do conflito.*

— Uma guerra — disse ele. — Houve uma guerra.

— Bem, isso não é muito específico — observou Tamara. — Mas se foi com sua mãe, tem de ser a Terceira Guerra dos Magos. A guerra do Inimigo.

— Tudo que sei é que eles morreram em algum lugar da América do Sul.

Celia arquejou.

— Então ela morreu na montanha — disse Jasper.

— Montanha? — perguntou Drew lá atrás, parecendo nervoso. Call lembrava-se dele como o garoto que havia perguntado sobre a escola de pôneis.

— O Massacre Gelado — disse Gwenda. Ele se lembrou da maneira como ela havia se levantado quando foi escolhida, sorrindo como se fosse seu aniversário, suas muitas tranças com contas balançando em torno do rosto. — Você não sabe de nada? Não ouviu falar do Inimigo, Drew?

A expressão de Drew pareceu congelar.

— Qual inimigo?

Gwenda suspirou, irritada.

— O *Inimigo da Morte*. Ele é o último dos Makaris e a razão da Terceira Guerra.

Drew ainda parecia confuso. Call também não tinha certeza de ter entendido o que Gwenda dissera. Makaris? Inimigo da Morte? Tamara olhou para trás e viu a expressão dos dois.

— A maioria dos magos pode acessar os quatro elementos — explicou ela. — Lembra-se do que Mestre Rockmaple disse sobre recorrermos ao ar, à água, à terra e ao fogo para fazer magia? E todas aquelas coisas sobre a magia do caos?

Call se lembrou de algo da palestra na frente do ônibus, algo sobre caos e devastação. Havia soado ruim na ocasião e não soava nem um pouco melhor agora.

— Eles criam algo do nada, e é por isso que os chamamos de Makaris. Que significa criadores. Eles são poderosos. E perigosos. Como o Inimigo.

Um arrepio percorreu a espinha de Call. A magia parecia ainda mais assustadora do que seu pai dissera.

— Ser o Inimigo da Morte não deve ser tão ruim assim — disse ele, principalmente para ser do contra. — Não é como se a morte fosse algo maravilhoso. Afinal, quem gostaria de ser o Amigo da Morte?

— A questão não é essa. — Tamara cruzou as mãos no colo, nitidamente irritada. — O Inimigo era um grande mago... talvez até o melhor. Mas enlouqueceu. Ele queria viver para sempre e fazer os mortos voltarem à vida. É por isso que o chamam de Inimigo da Morte, porque ele tentou vencer a morte. Começou a trazer o caos para o mundo, colocando o poder do vazio em animais... e até mesmo em pessoas. Quando ele colocava um pedaço do vazio nas pessoas, isso as transformava em monstros irracionais.

Do lado de fora do ônibus, o sol havia se posto, e apenas uma mancha vermelha e dourada no horizonte dava indícios que a noite caíra havia pouco. À medida que o ônibus avançava, adentrando a escuridão, Call podia ver mais e mais estrelas no céu pela janela do ônibus. Ele só conseguia distinguir formas vagas na floresta por onde passavam — até onde Call podia ver, eram apenas escuridão folhosa e rochas.

— E é provavelmente o que ele ainda está fazendo — disse Jasper. — Esperando para romper o Tratado.

— Ele não foi o único Makari de sua geração — afirmou Tamara, como se contasse uma história que aprendera mecanicamente ou recitasse um discurso já ouvido muitas vezes. — Havia outro. Era a nossa campeã, e seu nome era Verity Torres. Ela era apenas um pouco mais velha do que somos agora, mas muito corajosa, e liderou as batalhas contra o Inimigo. E estávamos ganhando. — Os olhos de Tamara brilhavam enquanto ela falava de Verity. — Mas então o Inimigo cometeu a maior traição que alguém poderia cometer. — Ela tornou a baixar o volume da voz para que os Mestres na frente do ônibus não pudessem ouvir. — Todos sabiam que uma grande batalha estava por vir. Nosso lado, o dos magos bons, esconderam suas famílias e filhos em uma caverna remota para que não pudessem ser usados como reféns. O Inimigo descobriu onde ficava a caverna e, em vez de comparecer ao campo de batalha, ele foi até lá para matar todos eles.

— Esperava que morressem facilmente — acrescentou Celia, entrando na conversa com sua voz suave. Era óbvio que ela também tinha ouvido a história muitas vezes. — Eram apenas crianças e idosos e algumas mães com bebês. Eles tentaram detê-lo. Mataram os Dominados pelo Caos na caverna, mas não eram fortes o suficiente para destruir o Inimigo. No fim, todos morreram e ele fugiu. Foi tão brutal que a Assembleia ofereceu uma trégua ao Inimigo e ele aceitou.

Fez-se um silêncio perplexo.

— Nenhum dos magos bons sobreviveu? — perguntou Drew.

— Todo mundo sobrevive na escola de pôneis — murmurou Call. De repente, ele estava feliz por não ter tido dinheiro para comprar comida na parada do ônibus, pois tinha certeza de que teria colocado tudo para fora agora. Ele sabia que a mãe havia morrido. Sabia até que ela morrera em uma batalha. Mas nunca tinha ouvido os detalhes.

— O quê? — Tamara se virou para ele, uma fúria gelada no rosto. — O que você disse?

— Nada. — Call recostou-se no assento com os braços cruzados. Pela expressão da garota, ele sabia que tinha ido longe demais.

— Você é inacreditável. Sua mãe morreu durante o Massacre Gelado, e você faz piada com o sacrifício dela. Age como se fosse culpa dos magos, e não do Inimigo.

Call desviou o olhar, o rosto quente. Ele sentia vergonha do que dissera, mas também sentia raiva, porque devia saber dessas coisas, não devia? Seu pai devia ter lhe contado. Mas não contou.

— Se sua mãe morreu na montanha, onde você estava? — interrompeu Celia, evidentemente tentando acalmar os ânimos. A flor em seu cabelo ainda estava amassada por causa da queda no Desafio, e uma das pontas se encontrava ligeiramente chamuscada.

— No hospital — respondeu Call. — Minha perna ficou machucada quando eu nasci, e eu fiz uma cirurgia. Acho que ela devia ter ficado na sala de espera do hospital, mesmo que o café fosse ruim. — Era sempre assim quando ele estava chateado. Era como se não conseguisse controlar as palavras que saíam de sua boca.

— Você é uma vergonha — cuspiu Tamara, não mais a garota fria e contida que tinha sido durante o Desafio. Seus olhos faiscavam de raiva. — Metade dos alunos de legado do Magisterium perdeu alguém da família na montanha. Se continuar falando assim, alguém vai afogar você em uma piscina subterrânea e ninguém vai lamentar, eu inclusive.

— Tamara — interveio Aaron. — Estamos todos no mesmo grupo de aprendizes. Dê um tempo a ele. A mãe dele morreu. Ele pode sentir o que quiser sobre isso.

— Minha tia-avó morreu lá também — disse Celia. — Meus pais falam dela o tempo todo, mas eu não a conheci. Não estou com raiva de você, Call. Eu só queria que isso não tivesse acontecido com nenhum de nós. Nem com nenhum deles.

— Bem, eu estou com raiva — disse um garoto no fundo do ônibus. Call achava que seu nome era Rafe. Ele era alto, tinha uma moita de cabelos escuros e encaracolados, e usava uma camiseta com uma caveira sorridente que brilhava com um tom levemente verde na luz fraca do ônibus.

Call se sentiu ainda pior. Ele quase disse algo para se desculpar com Celia e Rafe, mas Tamara virou-se para Aaron e disse ferozmente:

— Mas é como se ele não se importasse. Eles foram heróis.

— Não, não foram — explodiu Call antes que Aaron pudesse falar. — Eles foram vítimas. Foram mortos por causa da *magia*, e isso não pode ser consertado. Nem mesmo pelo seu Inimigo da Morte, certo?

Fez-se um silêncio estupefato. Até mesmo quem estava envolvido em outras conversas, em outras partes do ônibus, se voltou boquiaberto para Call.

O pai havia culpado os outros magos pela morte de sua mãe. E ele confiava no pai. Sim, confiava. Mas com todos os olhos voltados para ele, Call não sabia o que pensar.

O silêncio foi quebrado apenas pelo som do ronco de Mestre Rockmaple. O ônibus havia entrado em uma estrada de terra irregular.

Muito baixinho, Celia disse:

— Ouvi dizer que há animais Dominados pelo Caos perto da escola. Dos experimentos do Inimigo.

— Cavalos? — perguntou Drew.

— Espero que não — disse Tamara, com um tremor.

Drew parecia desapontado.

— Você não ia querer ter um cavalo Dominado pelo Caos. As criaturas Dominadas pelo Caos são os servos do Inimigo. Elas têm um pedaço do vazio no interior, e isso as torna mais espertas do que os outros animais, porém sanguinárias e insanas. Apenas o Inimigo ou um de seus servos pode controlá-las.

— Então seriam como cavalos-zumbis possuídos pelo mal? — perguntou Drew.

— Não exatamente. Você as reconheceria pelos olhos. Seus olhos cintilam... pálidos, com espirais de cores dentro deles. Fora isso, parecem comuns. Essa é a parte assustadora — acrescentou Gwenda. — Espero que a gente não tenha de sair muito.

— Eu, sim — afirmou Tamara. — Espero que a gente aprenda a reconhecê-los e matá-los. Eu quero fazer *isso*.

Holly Black & Cassandra Clare

— Ah, certo — disse Call baixinho. — E *eu* sou o louco. Nenhum motivo para se preocupar no velho Magisterium. Escola de pôneis do mal, aqui vamos nós.

Mas Tamara não estava prestando atenção. Inclinada para o corredor, escutava Celia dizer:

— Ouvi dizer que há um novo tipo de Dominado pelo Caos que não se pode identificar pelos olhos. A criatura nem sabe o que é até o Inimigo obrigá-la a fazer o que ele quer. Então, assim, o seu gato pode estar espionando você ou...

O ônibus parou com um solavanco. Por um segundo, Call pensou que talvez eles tivessem entrado em outro posto de gasolina, mas então Mestre Rufus se levantou.

— Chegamos — anunciou ele. — Por favor, saiam do ônibus em uma fila organizada.

E, por alguns minutos, tudo foi realmente normal, como se Call estivesse apenas em uma excursão da escola. As crianças pegaram sua bagagem e se dirigiram à frente do ônibus. Call desceu logo depois de Aaron e, como não precisava pegar nenhuma bagagem, foi o primeiro a realmente dar uma olhada à sua volta.

# CAPÍTULO CINCO

Call estava parado diante da encosta quase perpendicular de uma montanha. À esquerda e à direita estendia-se uma floresta, mas à sua frente havia maciças portas duplas. Eram de um tom desgastado de cinza, com dobradiças de ferro que se transformavam em espirais curvas, dobrando-se uma para dentro da outra. Call imaginou que à distância, ou sem a luz dos faróis do ônibus, elas seriam praticamente invisíveis. Gravado na pedra, acima das portas, estava um símbolo desconhecido:

Abaixo dele, as palavras: *O fogo quer queimar, a água quer correr, o ar quer levitar, a terra quer unir, o caos quer devorar.*

*Devorar*. A palavra provocou um calafrio por todo o seu corpo. *Última chance para fugir*, pensou ele. Mas ele não era muito rápido e, de qualquer maneira, não havia para onde correr.

As outras crianças tinham pegado suas bagagens e agora estavam paradas ali, como ele. Mestre Rufus foi até as portas, e todos se calaram. Mestre North deu um passo à frente.

— Vocês estão prestes a entrar no Magisterium — disse ele. — Para alguns de vocês, pode ser a realização de um sonho. Para outros, esperamos que seja o início de um. Para todos vocês, eu digo: o Magisterium existe para sua própria segurança. Vocês têm um grande poder e, sem treinamento, esse poder é perigoso. Aqui, vamos ajudá-los a aprender a ter controle e ensiná-los sobre a importante história de magos como vocês, que remonta ao início dos tempos. Cada um de vocês tem um destino único, fora do caminho normal que poderiam ter trilhado, um destino que vão encontrar aqui. Devem ter intuído isso quando viram as primeiras manifestações do seu poder. Mas, parados na entrada da montanha, imagino que ao menos alguns de vocês estejam se questionando no que foi que se meteram.

Alguns dos garotos riram, pouco à vontade.

— Há muito tempo, bem no princípio, os primeiros magos se perguntaram praticamente a mesma coisa. Intrigados pelos ensinamentos dos alquimistas, particularmente Paracelso, eles procuraram explorar a magia elemental. Tiveram um sucesso limitado, até que um alquimista percebeu que seu filho pequeno conseguia fazer com facilidade os mesmos exercícios com os quais ele lutava para executar. Os magos descobriram que a magia podia ser realizada por aqueles com um poder inato, e melhor ainda pelos mais novos. Depois disso, descobriram novos alunos para ensinar e com quem aprender, procurando em toda a Europa crianças com poder. Muito poucas o têm, talvez uma em cada vinte e cinco mil, mas os magos reuniram as que puderam e fundaram a primeira escola de magia. Ao longo do caminho, escutaram histórias de meninos e meninas sem treinamento que tinham incendiado casas e morrido queimados em meio às chamas, que tinham se afogado em tempestades, sido carregados por tornados ou sugados por sumidouros. Com os ensinamentos, os magos aprenderam a andar ilesos através da lava, a explorar as mais profundas partes do mar sem tanque de oxigênio, e até mesmo a voar.

Algo saltou dentro de Call ao ouvir o que Mestre North dizia. Ele se lembrou de pedir ao pai, quando era muito pequeno, para balançá-lo no ar, mas o pai se recusou e mandou-o parar de fingir. Ele realmente poderia aprender a voar?

*Se você pudesse voar*, sussurrou uma pequena e traiçoeira parte de seu cérebro, *não importaria tanto o fato de não poder correr*.

— Aqui vocês vão encontrar elementais, criaturas de grande beleza e perigo que existem em nosso mundo desde a aurora dos tempos. Vocês vão esculpir a terra, o ar, a água e o fogo, curvando-os à sua vontade. Vão estudar nosso passado enquanto se tornam nosso futuro. Vão descobrir o que o seu eu comum nunca teria tido o privilégio de ver. Vão aprender coisas importantes e fazer coisas mais importantes ainda. Sejam bem-vindos ao Magisterium.

Aplausos soaram. Call olhou à sua volta. Os olhos de todos brilhavam. E, por mais que ele lutasse contra a sensação, tinha certeza de que seus olhos brilhavam também.

Mestre Rufus adiantou-se.

— Amanhã vocês verão mais da escola, mas, esta noite, sigam seus Mestres e acomodem-se em seus quartos. Por favor, não se afastem enquanto eles os guiam pelo Magisterium. O sistema de túneis é complexo, e até que vocês o conheçam bem, é fácil se perder.

*Perdido nos túneis*, pensou Call. Era exatamente isso que ele temia desde que ouvira falar pela primeira vez daquele lugar. Estremeceu ao recordar do pesadelo em que estava preso no subterrâneo. Algumas de suas dúvidas estavam ressurgindo, os avisos do pai ecoando em sua cabeça.

*Mas eles vão me ensinar a voar*, pensou, como se estivesse argumentando com alguém que não estava ali.

Mestre Rufus ergueu uma de suas mãos grandes, os dedos espalmados, e sussurrou algo. O metal de sua pulseira começou a brilhar, como se estivesse extremamente quente. Um instante depois, com um rangido alto e agudo que pareceu quase um grito, as portas começaram a se abrir.

Uma luz se derramou pela fresta entre elas, e as crianças avançaram, entre arquejos e exclamações. Call entreouviu muitos "Legal!" e "Incrível!".

Um minuto depois, ele teve de admitir, contrariado, que aquilo *era* mesmo incrível.

Havia um hall de entrada imenso, maior do que qualquer ambiente coberto que Call pudesse imaginar. Poderia conter três quadras de basquete e ainda sobraria espaço. O piso era da mesma mica cintilante que ele vira na ilusão no hangar, mas as paredes eram de calcário, o que dava a impressão de que milhares de velas derretidas tinham coberto as paredes com cera gotejante. Estalagmites se erguiam ao longo dos limites da sala, e imensas estalactites pendiam, em alguns lugares quase tocando umas às outras. Havia um rio, de um azul vivo e brilhante como uma safira luminosa, que atravessava o amplo espaço, fluindo através de um arco em uma parede e saindo por outro, com uma ponte de pedra entalhada cruzando-o. Nas laterais da ponte, viam-se desenhos gravados, desenhos que Call ainda não reconhecia, mas que lhe lembravam os desenhos na faca que seu pai jogara para ele.

Call ficou para trás quando todos os aprendizes do Desafio entraram, formando um nó no meio da sala. Sua perna estava rígida da longa viagem de ônibus, e ele sabia que se moveria mais devagar ainda. Esperava que não fosse uma caminhada muito longa até onde iriam dormir.

As portas enormes se fecharam atrás deles com um estrondo que fez Call pular de susto. Ele se virou bem a tempo de ver uma fileira de estalactites de pontas afiadas, uma após a outra, despencar do teto e fincar-se no chão com um baque surdo, bloqueando as portas.

Drew, atrás de Call, engoliu em seco ruidosamente.

— Mas... como vamos sair?

— Não vamos — respondeu Call, feliz por ter uma resposta para aquilo, pelo menos. — Não vamos sair nunca mais.

Drew se afastou. Call pensou que não podia culpá-lo, embora ele estivesse ficando um pouco cansado de ser tratado como maluco por apontar o óbvio.

A mão de alguém puxou sua manga.

— Vamos.

Era Aaron.

Call virou-se e viu que Mestre Rufus e Tamara estavam começando a sair dali. Tamara tinha uma arrogância em seu andar que não estivera ali antes, sob o olhar vigilante dos pais. Resmungando baixinho, Call seguiu os três através de um dos arcos, adentrando os túneis do Magisterium.

Mestre Rufus ergueu a mão, e uma chama surgiu em sua palma, tremeluzindo como uma tocha. Call se lembrou do fogo repousando sobre a água no teste final. Ele se perguntou o que devia ter feito para realmente fracassar — fracassar de tal maneira que o impedisse de acabar ali.

Andaram em fila por um corredor longo e estreito que cheirava ligeiramente a enxofre. Ele saía em outra sala, esta com uma série de piscinas, uma das quais borbulhava, lamacenta, e outra cheia de peixes cegos e pálidos, que se dispersaram tão logo ouviram o som de passos humanos.

Call queria fazer uma piada sobre peixes cegos Dominados pelo Caos serem indetectáveis se fossem servos do Inimigo da Morte, porque, bem, não tinham olhos, mas acabou assustando a si mesmo, imaginando-os espionando os alunos.

Em seguida, chegaram a uma caverna com cinco portas no fundo. A primeira era feita de ferro; a segunda, de cobre; a terceira, de bronze; a quarta, de prata; e a última, de ouro reluzente. Todas as portas refletiam o fogo na mão de Mestre Rufus, fazendo as chamas dançarem estranhamente no espelho de suas superfícies polidas.

Bem no alto, acima deles, Call pensou ver o clarão de alguma coisa brilhando, alguma coisa com uma cauda, alguma coisa que se moveu rapidamente para as sombras e desapareceu.

Mestre Rufus não os levou para dentro da caverna por nenhuma das portas, mas continuaram andando até chegar a uma grande sala redonda, de pé-direito alto, com cinco passagens em forma de arco que levavam a diferentes direções.

No teto, Call avistou um grupo de lagartos com pedras preciosas nas costas, algumas parecendo queimar com chamas azuis.

— Elementais — ofegou Tamara.

— Por aqui — disse Mestre Rufus, as primeiras palavras que ele falava, sua voz ecoando no espaço vazio.

Call se perguntou onde estariam os outros magos. Talvez fosse mais tarde do que pensava e eles estivessem dormindo, mas o vazio dos quartos pelos quais passaram lhe deu a impressão de que estavam totalmente sozinhos ali, no subterrâneo.

Por fim, Mestre Rufus parou em frente a uma grande porta quadrada, com um painel de metal onde normalmente haveria uma aldrava. Ele ergueu o braço e sua pulseira tornou a brilhar, dessa vez com um rápido clarão. Alguma coisa estalou dentro da porta, e ela se abriu.

— Podemos fazer isso? — perguntou Aaron com assombro na voz.

Mestre Rufus sorriu para ele.

— Sim, vocês certamente serão capazes de entrar no próprio quarto com suas pulseiras, embora não possam ir a todos os lugares. Entrem e vejam onde vão passar o Ano de Ferro de seu aprendizado.

— Ano de Ferro? — repetiu Call, pensando nas portas.

Mestre Rufus entrou, fazendo um movimento circular com o braço para mostrar o que parecia uma combinação de sala de estar e área de estudos. As paredes da caverna eram altas e arqueadas, elevando-se até um domo. Do centro do domo pendia um imenso candelabro de cobre, do qual saía uma dúzia de braços curvos, cada um gravado com desenhos de chamas, cada um sustentando uma tocha acesa. No chão de pedra estavam três carteiras agrupadas em um círculo largo e dois amplos sofás aveludados, um de frente para o outro, diante de uma lareira grande o bastante para assar um boi. Não apenas um boi. Um *pônei*. Call pensou em Drew e disfarçou um sorriso de esguelha.

— É impressionante — disse Tamara, virando-se para olhar tudo.

Por um instante, ela pareceu uma criança comum, e não a integrante de uma antiga família de magos.

Veios brilhantes de quartzo e mica cruzavam as paredes de pedra e, quando a luz da tocha os iluminou, eles formaram um padrão de cinco símbolos como os que havia acima da entrada: um triângulo, um círculo, três linhas onduladas, uma seta apontando para cima e uma espiral.

— Fogo, terra, água, ar e caos — disse Aaron.

Ele devia estar prestando atenção, no ônibus.

— Muito bem — parabenizou Mestre Rufus.

— Por que estão dispostos assim? — perguntou Call, apontando.

— Porque assim os símbolos formam um quincunce. E, agora, isto é para vocês.

Ele pegou três pulseiras de uma mesa que parecia entalhada em um único bloco de pedra. Eram faixas largas de couro com uma tira de ferro presa na borda e fechadas com uma fivela do mesmo metal.

Tamara pegou a sua como se fosse um objeto sagrado.

— Uau.

— São mágicas? — perguntou Call, observando a sua com ar cético.

— Estas pulseiras marcam seu avanço ao longo do Magisterium. Desde que passem no teste de fim de ano, vocês vão ganhar um metal diferente. Ferro, depois cobre, bronze, prata e, finalmente, ouro. Quando concluírem seu Ano de Ouro, serão considerados não mais aprendizes, e sim magos artífices, aptos a ingressar no Collegium. Respondendo à sua pergunta, Call, sim, elas são mágicas. Foram feitas com um modelador de metal e funcionam como chaves, permitindo a vocês o acesso às salas de aula nos túneis. Vocês vão receber metais e pedras adicionais para prender na pulseira, simbolizando suas realizações, de maneira que, quando se formarem, ela será um reflexo de sua trajetória aqui.

Mestre Rufus seguiu até uma pequena cozinha. Acima de um fogão de aparência estranha, com círculos de pedra onde normalmente estariam os queimadores, ele abriu um armário e dali tirou três pratos de madeira vazios.

— Em geral achamos melhor deixar os novos aprendizes se acomodarem em seus quartos na primeira noite, em vez de sobrecarregá-los no Refeitório, então vocês comerão aqui esta noite.

— Esses pratos estão *vazios* — ressaltou Call.

Rufus pôs a mão no bolso e dele tirou um pacote de mortadela e um pão de forma, duas coisas que não poderiam ter cabido ali.

— Sim, estão. Mas não por muito tempo.

Ele abriu a mortadela e fez três sanduíches, colocando cada qual em um prato e depois cortando-os cuidadosamente em dois.

— Agora, visualizem seu prato predileto.

Call olhou de Mestre Rufus para Tamara e Aaron. Seria algum tipo de magia que eles deveriam fazer? Estaria Mestre Rufus sugerindo que, se você imaginasse algo delicioso enquanto comia o sanduíche de mortadela, ele ficaria mais gostoso? Ele podia *ler a mente de Call*? E se os magos estivessem monitorando seus pensamentos o tempo todo e...

— Call — entoou Mestre Rufus, fazendo-o dar um pulo. — Algum problema?

— O senhor pode ouvir meus pensamentos? — deixou escapar Call.

Mestre Rufus piscou para ele uma vez, devagar, como um dos sinistros lagartos no teto do Magisterium.

— Tamara, eu posso ler os pensamentos de Call?

— Magos só podem ler seus pensamentos se você os projetar — respondeu ela.

Mestre Rufus assentiu.

— E o que você acha que ela quer dizer com "os projetar", Aaron?

— Pensar com muita força? — respondeu ele após um momento.

— Sim — disse Mestre Rufus. — Então, por favor, pensem com muita força.

Call pensou em seus pratos prediletos, visualizando-os várias vezes em sua mente. Mas a todo momento ele se distraía com outras coisas, coisas que seriam muito engraçadas se ele imaginasse. Como uma torta assada dentro de um bolo. Ou trinta e sete bolinhos empilhados no formato de uma pirâmide.

Então Mestre Rufus ergueu as mãos, e Call se esqueceu de pensar no que quer que fosse. O primeiro sanduíche começou a se espalhar, tentáculos de mortadela se desenrolando, espirais crescendo pelo prato. Aromas deliciosos vinham dele.

Aaron se inclinou para a frente, nitidamente faminto apesar dos salgadinhos que havia comido no ônibus. A mortadela se transformou em uma travessa, uma tigela e uma jarra — a tigela estava cheia de macarrão com queijo coberto com farinha de rosca dourada, fumegante, como se tivesse acabado de sair do forno; a travessa tinha brownie com sorvete; e a jarra continha um líquido cor de âmbar que Call deduziu que fosse suco de maçã.

— Uau! — exclamou Aaron, pasmo. — É exatamente o que visualizei. Mas é real?

Mestre Rufus assentiu.

— Tão real quanto o sanduíche. Vocês podem recordar o Quarto Princípio da Magia: *você pode mudar a forma de uma coisa, mas não sua natureza essencial*. E, uma vez que não alterei a natureza do alimento, ele foi realmente transformado. Agora você, Tamara.

Call se perguntou se aquilo significava que o macarrão com queijo de Aaron teria gosto de mortadela. Mas ao menos parecia que Call não era o único que não se lembrava dos princípios da magia.

Tamara deu um passo à frente para pegar sua bandeja enquanto sua comida se transformava. Agora ali estava uma travessa de sushi com um montinho de uma massa verde em uma ponta, e uma pequena tigela de molho de soja na outra. Acompanhava outro prato com três bolinhos doces de arroz cor-de-rosa. Ela recebeu também chá verde quente, e parecia feliz com aquilo.

Então chegou a vez de Call. Ele estendeu a mão para sua bandeja com ceticismo, incerto do que iria encontrar. Mas ali estava, de fato, seu jantar favorito: tiras de frango com molho *ranch*, uma tigela de espaguete ao sugo e um sanduíche de pasta de amendoim com flocos de milho de sobremesa. Em sua caneca havia chocolate quente com chantili coberto por marshmellows coloridos.

Mestre Rufus tinha uma expressão satisfeita.

— Agora, deixo vocês para se acomodarem. Alguém virá encontrá-los daqui a pouco com suas coisas...

— Posso ligar para meu pai? — perguntou Call. — Quero dizer, existe um telefone que eu possa usar? Não estou com o meu.

Depois de um período de silêncio, Mestre Rufus disse, com mais gentileza do que Call esperava:

— Telefones celulares não funcionam no Magisterium, Callum. Estamos muito abaixo da superfície para isso. Nem temos telefones convencionais. Usamos os elementos para nos comunicar. Sugiro que dê um tempo para Alastair se acalmar e depois você e eu vamos contatá-lo juntos.

Call engoliu qualquer protesto. Não tinha sido um não cruel, mas era um não definitivo.

— Agora — prosseguiu Mestre Rufus —, espero vocês três acordados e vestidos às nove, amanhã. Além disso, espero que estejam com a mente afiada e prontos para aprender. Temos muito trabalho para fazer juntos, e eu lamentaria muito se vocês não estivessem à altura da promessa demonstrada no Desafio.

Call imaginou que ele estivesse se referindo a Tamara e Aaron, pois, se ele se mostrasse à altura da sua promessa, significaria incendiar o rio subterrâneo.

Depois que Mestre Rufus saiu, eles se sentaram nos bancos de estalagmite à mesa de pedra lisa para comer juntos.

— E se você ganhasse molho *ranch* no seu espaguete? — perguntou Tamara, olhando para o prato de Call com seus hashis parados no ar.

— Ficaria ainda mais delicioso — respondeu Call.

— Que nojo — disse Tamara, mergulhando o wasabi no molho de soja, sem respingar nenhuma gota fora do prato.

— Onde você acha que eles conseguiram peixe fresco para o seu sushi, uma vez que estamos em uma caverna? — perguntou

Call, colocando uma tira de frango na boca. — Aposto que levaram uma rede para uma daquelas piscinas subterrâneas e pegaram qualquer coisa presa a ela. *Glurp-lurp.*

— Pessoal — disse Aaron, como se estivesse sofrendo —, vocês estão me fazendo desistir do meu macarrão.

— *Glurp-lurp!* — repetiu Call, fechando os olhos e balançando a cabeça para a frente e para trás, como um peixe subterrâneo.

Tamara pegou sua bandeja e foi para um dos sofás, onde se sentou de costas para Call e começou a comer.

Eles terminaram suas refeições em silêncio. Apesar de quase não ter comido o dia inteiro, Call não conseguiu terminar o jantar. Imaginou o pai em casa, comendo na mesa bagunçada da cozinha. Sentiu saudade de tudo aquilo, mais do que já sentira de qualquer outra coisa. Então empurrou a bandeja e se levantou.

— Vou para a cama. Qual é o meu quarto?

Aaron recostou-se na cadeira e olhou na direção dos quartos.

— Nossos nomes estão nas portas.

— Ah... — disse Call, sentindo-se tolo e um pouco assustado.

Seu nome estava lá, destacado em veios de quartzo. *Callum Hunt.*

Ele entrou. Era um quarto luxuoso, muito maior do que seu quarto em casa. Um tapete espesso cobria o chão de pedra. Era tecido com os padrões repetidos dos cinco elementos. A mobília parecia feita de madeira petrificada e exibia um suave brilho dourado. A cama era imensa e estava coberta com mantas azuis grossas e grandes travesseiros. Havia um armário e uma cômoda com gavetas, mas, como Call não tinha nenhuma roupa para guardar e nada por chegar, ele se jogou na cama e cobriu o rosto com o travesseiro. Isso só ajudou um pouco. Vindo da sala comum, ele podia ouvir os risinhos de Tamara e Aaron. Eles não tinham conversado assim antes. Deviam estar esperando que ele saísse.

Sentiu que alguma coisa o espetava na lateral do corpo. Ele tinha se esquecido da faca que o pai lhe dera. Tirando-a do cinto, ele a examinou à luz da tocha. *Semíramis.* Call se perguntou qual seria o significado daquela palavra, e se passaria os próximos cinco anos sozinho naquele quarto com sua adaga esquisita, enquanto os outros riam dele. Com um suspiro, largou a lâmina sobre a mesinha de cabeceira, enfiou os pés sob os cobertores e tentou dormir.

Mas horas se passaram antes que conseguisse.

# CAPÍTULO SEIS

Call acordou com um barulho, como se alguém estivesse gritando em seu ouvido. Ele se jogou para o lado e despencou da cama, caindo agachado e batendo o joelho no chão da caverna. O ruído horrível continuava, ecoando através das paredes.

A porta do quarto se abriu de supetão quando os gritos começaram a se extinguir ao longe. Aaron apareceu, seguido por Tamara. Os dois vestiam o uniforme do primeiro ano: túnica de algodão cinza com calça larga do mesmo tecido. Ambos usavam a pulseira de ferro: Tamara, no pulso direito, e Aaron, no esquerdo. Tamara tinha feito duas tranças nos cabelos escuros, uma de cada lado da cabeça.

— Ai! — disse Call, sentando-se nos calcanhares.

— Foi só o sino — explicou Aaron. — Significa que está na hora do café da manhã.

Call jamais fora acordado para a escola por um alarme. Seu pai sempre o despertava, sacudindo-lhe o ombro gentilmente até Call se virar, sonolento e resmungando. Ele engoliu em seco com força, sentindo uma falta imensa de casa.

Tamara apontou para alguma coisa atrás de Call, erguendo as sobrancelhas bem-feitas.

— Você dormiu com sua *faca*? — perguntou ela.

Um olhar para a cama mostrou que o punhal que o pai lhe dera tinha sido derrubado da mesinha de cabeceira — provavelmente atingido por um braço agitado durante a noite — e ido parar em seu travesseiro. Ele sentiu o rosto arder.

— Algumas pessoas têm bichos de pelúcia — comentou Aaron, dando de ombros. — Outras têm facas.

Tamara atravessou o quarto e foi sentar-se na cama de Call, pegando a faca enquanto ele se levantava. Call não se segurou no pé da cama para manter o equilíbrio, por mais que quisesse. Com as roupas amassadas por ter dormido com elas e os cabelos espetados para todos os lados, estava ciente de que os dois o observavam e do quão lentamente ele tinha de se mover para evitar torcer a perna, que já doía.

— O que está escrito? — perguntou Tamara, levantando a faca e inclinando-a. — Na lateral. Semi... ra... mis?

De pé, Call disse:

— Aposto que está pronunciando errado.

— E eu aposto que você nem sabe o que o nome significa. — Tamara sorriu, debochada.

Não havia ocorrido a Call que a palavra na lâmina fosse o *nome* do punhal. Ele não pensava em facas como coisas com nomes. No entanto, lembrou-se que o Rei Arthur tinha Excalibur e, no *Hobbit*, Bilbo tinha Ferroada.

— Você deveria chamá-la de Miri, para abreviar — sugeriu Tamara, devolvendo-a a ele. — É uma bela faca. Muito bem-feita.

Call examinou sua expressão para saber se era de zombaria, mas Tamara parecia falar sério. Aparentemente, ela respeitava uma boa arma.

— Miri — repetiu ele, virando a faca várias vezes na mão, de modo a fazer a luz refletir na lâmina.

— Vamos, Tamara — chamou Aaron, puxando a manga da garota. — Deixe o Call se vestir.

— Não tenho uniforme — admitiu Call.

— Claro que tem. Está bem ali. — Tamara apontou para o pé da cama enquanto Aaron a puxava para fora do quarto. — Todos recebemos. Devem ter sido trazidos por elementais do ar.

Tamara estava certa. Alguém havia deixado um uniforme caprichosamente dobrado, do tamanho perfeito para Call, em cima das cobertas, junto de uma bolsa de couro. Quando isso tinha acontecido? Enquanto ele dormia? Ou será que não havia notado aquelas coisas na noite anterior? Ele se vestiu com cuidado, sacudindo primeiro o uniforme para o caso de haver algum botão ou ponta afiada que pudesse espetá-lo. O tecido era liso e macio, totalmente confortável. As botas que encontrou ao lado da cama eram pesadas e sustentavam o tornozelo fraco de Call com o aperto de um torno mecânico, estabilizando-o.

O único problema é que a roupa não tinha bolsos para guardar Miri. Acabou enrolando a faca em sua meia usada e a enfiou no cano da bota. Depois, passou a alça da bolsa de couro pela cabeça e foi para a sala compartilhada, onde Tamara e Aaron estavam sentados diante de um Mestre Rufus de cara fechada e braços cruzados.

— Os três estão atrasados — disse ele. — O alarme é o chamado para o café da manhã no Refeitório. Não é seu despertador pessoal. É melhor que isso não se repita, ou vão ficar sem o café da manhã.

— Mas nós... — começou Tamara, direcionado o olhar até Call.

Mestre Rufus a encarou, imobilizando-a.

— Vai me dizer que estavam prontos e outra pessoa os atrasou, Tamara? Porque, nesse caso, eu lhe diria que é responsabilidade dos meus aprendizes cuidar uns dos outros, e que a falha de um é a falha de todos. Então, o que você ia falar?

Tamara baixou a cabeça, as tranças balançando.

— Nada, Mestre Rufus — respondeu.

Ele assentiu, abriu a porta e passou depressa para o corredor, esperando que o seguissem. Call mancou na direção da porta, esperando fervorosamente evitar se meter em mais encrencas antes de comer alguma coisa.

De repente, Aaron apareceu ao seu lado. Call quase soltou um grito de susto. Aaron tinha aquele hábito espantoso, pensou ele, de surgir do nada perto dele como um ímã. Ele esbarrou em Call e lançou um olhar significativo para a própria mão. Call acompanhou seu olhar e viu que havia algo pendurado nos dedos de Aaron. Era a pulseira de Call.

— Coloque — sussurrou Aaron. — Antes que Rufus veja. Temos de usá-la o tempo todo.

Call resmungou, mas pegou a pulseira e a prendeu no pulso, onde ela cintilou em cinza metálico, como uma algema.

*Faz sentido*, pensou Call. *Afinal, sou um prisioneiro aqui.*

Como Call tinha imaginado, o Refeitório não ficava longe. À distância, não parecia muito diferente da cantina da sua escola: a algazarra da conversa de crianças, o ruído dos talheres.

O Refeitório ficava em outra grande caverna com mais dos pilares gigantescos que se assemelhavam a sorvete derretido transformado em pedra. Lascas de mica brilhavam na rocha, e o teto da caverna desaparecia nas sombras acima de sua cabeça. No entanto, era muito cedo ainda para Call ficar demasiadamente deslumbrado com a grandeza. Ele só queria mesmo voltar a dormir e fingir que o dia anterior não havia acontecido, e que ele estava em casa com o pai, esperando o ônibus para levá-lo à sua escola normal, onde o deixavam vestir roupas normais, dormir em uma cama normal e comer comida normal.

Certamente não era comida normal que o aguardava no Refeitório. Caldeirões de pedra fumegantes ao longo de uma das laterais continham uma variedade de pratos de aparência exótica: tubérculos roxos ensopados, verduras tão escuras que chegavam quase a ser pretas, líquen felpudo e um chapéu de cogumelo com pintas vermelhas tão grande quanto uma pizza, fatiado como uma torta. Uma tigela com um chá marrom, onde boiavam pedaços de casca de árvore em infusão. Alunos, em uniformes azuis, verdes, brancos, vermelhos e cinza, cada cor denotando um ano diferente no Magisterium, serviam a bebida em xícaras de madeira entalhada. Suas pulseiras brilhavam em ouro, prata, cobre e bronze, muitas enfeitadas com pedras de cores variadas. Call não tinha certeza do que as pedras significavam, mas pareciam bem legais.

Tamara já estava se servindo de uma porção das coisas verdes. Aaron, porém, fitava as opções com a mesma expressão de horror de Call.

— Por favor, me diga que Mestre Rufus vai transformar isto em outra coisa — pediu Aaron.

Tamara segurou o riso, com um ar quase de culpa. Call teve a sensação de que ela não vinha de uma família em que as pessoas riam muito.

— Vocês vão ver — disse ela.

— Vamos? — questionou Drew, a voz esganiçada.

Ele parecia um tanto perdido sem sua camiseta de pônei, agora vestido simplesmente com a túnica cinza de gola alta e a calça do uniforme dos alunos do Ano de Ferro. Hesitante, ele estendeu a mão para pegar uma tigela de líquen, derrubou-a e depois saiu de perto, fingindo que não tinha sido ele.

Uma das magas atrás das mesas — Call a tinha visto, com seu elaborado colar de cobra, no Desafio — suspirou e foi limpar a bagunça. Call piscou quando teve a impressão de que o colar de cobra se mexera por um segundo. Depois, concluiu que estava vendo coisas. Provavelmente sofria com a abstinência da cafeína.

— Onde fica o café? — perguntou ele a Aaron.

— Não se pode beber café — respondeu o menino, olhando de esguelha enquanto pegava uma fatia de cogumelo. — Faz mal para você. Prejudica o seu desenvolvimento.

— Mas em casa eu tomava café o tempo todo — protestou Call. — Sempre tomo café. Bebo *espresso*.

Aaron deu de ombros, o que aparentemente era sua resposta padrão ao ser apresentado a alguma nova maluquice relacionada a Callum.

— Tem aquele chá esquisito.

— Mas eu adoro café — insistiu Call, queixoso, em direção ao lodo verde à sua frente.

— Sinto falta de bacon — disse Celia, que estava atrás de Call na fila. Em seu cabelo estava uma nova presilha brilhante, dessa vez no formato de joaninha. Apesar da aparência alegre do enfeite, ela parecia desolada.

— A abstinência de cafeína faz você perder a cabeça! — Call disse a ela. — Eu poderia me descontrolar e matar alguém.

Ela riu como se ele tivesse feito uma piada realmente engraçada. Talvez ela pensasse isso mesmo. Ela era bonita, ele percebeu, com os cabelos louros e as sardas salpicadas sobre o nariz levemente queimado de sol. Ele lembrou que, ao lado de Jasper e Gwenda, ela era um dos aprendizes de Mestra Milagros. Uma onda de simpatia tomou conta dele ao pensar que ela teria de viver no mesmo recinto que um traste como Jasper.

— Ele *poderia* mesmo matar alguém — disse Tamara, tranquila, olhando por cima do ombro. — Ele tem uma faca enorme na...

— Tamara! — interrompeu Aaron.

Ela lhe dirigiu um sorriso inocente antes de voltar para a mesa de Mestre Rufus com seu prato. Pela primeira vez, Call se perguntou se tinha algo em comum com Tamara, afinal — um instinto para criar problemas.

O salão estava cheio de mesas de pedra em torno das quais grupos de aprendizes sentavam-se em bancos, alguns do Segundo e do Terceiro Ano com seus Mestres e outros, sem. Todos os alunos do Ano de Ferro estavam agrupados com seus Mestres: Jasper, Celia, Gwenda e um menino chamado Nigel com Mestra Milagros, o rosa de seu cabelo muito vivo naquele dia; Drew, Rafe e uma garota chamada Laurel com Mestre Lemuel, com sua expressão rabugenta. Somente uns poucos alunos de uniformes brancos e vermelhos, do Quarto e do Quinto Ano, estavam presentes, e todos estavam reunidos em um canto, aparentemente tendo uma conversa muito séria.

— Onde está o restante dos alunos mais velhos? — perguntou Call.

— Em missões — respondeu Celia. — Os aprendizes mais velhos têm aulas em campo, e alguns magos adultos vêm aqui para usar as instalações para pesquisas e experimentos.

— Estão vendo? — disse Call, baixando a voz. — *Experimentos!*

Celia não pareceu particularmente preocupada. Ela se limitou a sorrir para Call e seguiu para a mesa do seu Mestre.

Call deixou-se cair em uma cadeira entre Aaron e Mestre Rufus, que já estava sentado diante de um desjejum austero, contendo uma porção de líquen. O prato de Call estava coberto de cogumelos e coisas verdes — ele não se lembrava de ter se servido daquilo. *Devo estar pirando*, pensou. Em seguida, pôs na boca uma garfada de cogumelos.

O sabor explodiu na sua língua. E até que era gostoso. Muito *gostoso*. Crocante nas bordas e adocicado, como xarope de bordo servido com linguiça, quando tudo se misturava.

— Hum — gemeu Call, dando outra garfada.

As verduras estavam cremosas e suculentas, como mingau com açúcar mascavo. Aaron as devorava aos montes, com ar espantado. Ele esperava ver Tamara rindo, debochando de sua surpresa, porém ela nem o estava olhando. Ela acenava para o outro lado do salão, para uma garota alta e magra, com os mesmos cabelos longos e escuros e as sobrancelhas perfeitas. Uma pulseira de cobre brilhou no pulso da garota quando ela ergueu o braço em um gesto preguiçoso.

— Minha irmã — disse Tamara, com orgulho. — Kimiya.

Call olhou para a garota, sentada a uma mesa com alguns outros alunos vestidos de verde e Mestre Rockmaple, e depois de novo para Tamara. Ele se perguntou qual a sensação de ser feliz ali, estar alegre por ter sido escolhido, em vez de achar que fora um terrível acidente. Tamara e a irmã pareciam acreditar piamente que aquele era um bom lugar — que não era o covil do mal descrito por seu pai.

Mas por que o seu pai mentiria?

Mestre Rufus estava cortando o líquen em seu prato de um jeito muito estranho, fatiando-o em porções individuais de pão. Depois, ele cortou cada um desses pedaços individuais ao meio, e de novo ao meio. Aquilo perturbou Call de tal maneira que ele se virou para Aaron e perguntou:

— Tem alguém da sua família aqui?

— Não — respondeu Aaron, desviando o olhar, como se não gostasse de falar sobre o assunto. — Não tenho família em lugar nenhum. Ouvi falar do Magisterium por uma garota que eu conhecia. Ela viu um truque que eu fazia às vezes, quando estava entediado: levantava partículas de poeira, fazendo-as dançar no ar e assumir formas. Ela disse que tinha um irmão que estudara aqui, e, embora não devesse contar a ela sobre a escola, ele contou. Depois que ele se formou e ela foi morar com ele, comecei a treinar para o Desafio.

Call olhou para Aaron por cima de sua pilha de cogumelos. Havia alguma coisa naquela maneira despreocupada demais de contar a história que fez Call imaginar se não haveria algo além do que ele contara. Mas não quis perguntar. Ele detestava quando as pessoas se intrometiam na sua vida. Talvez Aaron detestasse isso também.

97

Holly Black & Cassandra Clare

Aaron e Call ficaram em silêncio, remexendo a comida no prato. Tamara voltou a comer. Do outro lado do salão, Jasper deWinter agitava os braços, evidentemente tentando chamar a atenção da garota. Call cutucou-a com o cotovelo e ela o olhou de cara feia.

Rufus pôs na boca um pedaço pequeno e preciso de líquen.

— Estou vendo que vocês três já se tornaram bastante próximos.

Ninguém disse nada. Os gestos de Jasper para Tamara estavam se tornando mais exagerados. Ele parecia nitidamente querendo incitá-la a fazer algo, embora Call não soubesse exatamente o quê. Saltar no ar? Atirar longe o mingau?

Tamara virou-se para Mestre Rufus e respirou fundo, como que se preparando para fazer algo que particularmente não queria.

— O senhor acha que algum dia poderia reconsiderar sobre Jasper? Sei que era o sonho dele ser escolhido pelo senhor, e há lugar para mais um em nosso grupo...

Ela parou de falar, provavelmente porque Mestre Rufus a encarava como uma ave de rapina prestes a arrancar a cabeça de um rato.

Quando ele por fim falou, seu tom era frio, mas não zangado:

— Vocês três são uma equipe. Vão trabalhar juntos e lutar juntos, e, sim, até mesmo comer juntos pelos próximos cinco anos. Escolhi vocês não apenas como indivíduos, mas como uma combinação. Ninguém mais vai se juntar a vocês, porque isso alteraria a combinação. — Ele se levantou, empurrando a cadeira para trás com firmeza. — Agora, levantem-se! Vamos para nossa primeira aula.

A educação de Call no uso da magia estava prestes a começar.

## CAPÍTULO SETE

Call estava preparado para uma caminhada longa e terrível pelas cavernas, mas Mestre Rufus os conduziu em linha reta por um corredor, até chegarem a um rio subterrâneo.

O lugar lembrava a Call um túnel de metrô em Nova York; ele tinha ido à cidade com o pai à procura de antiguidades, e se lembrava de olhar para a escuridão, à espera de ver o brilho das luzes que sinalizavam a chegada de um trem. Seu olhar seguiu o rio da mesma maneira, embora agora ele não tivesse certeza do que estava procurando ou o que poderia sinalizar. Uma parede íngreme de rocha se erguia atrás deles, e a água fluía rapidamente, passando por eles e chegando a uma caverna menor, onde podiam ver apenas sombras. Um cheiro de mineral úmido pairava no ar, e ao longo da margem havia sete barcos cinzentos amarrados em uma fileira; construídos com pranchas de madeira, uma sobreposta à outra nas laterais, que se encontravam na frente, fixadas com rebites de cobre, fazendo com que parecessem minúsculos navios vikings. Call olhou à sua volta, procurando remos, um motor ou até mesmo uma vara, mas não viu nada que pudesse impulsionar os barcos.

— Vão em frente — disse Mestre Rufus. — Entrem.

Aaron subiu no primeiro barco, estendendo a mão para ajudar Call a embarcar. Ressentido, Call aceitou. Tamara subiu atrás dos garotos, também parecendo um pouco nervosa. Assim que ela se acomodou, Mestre Rufus entrou no barco.

— Esta é a forma mais comum de nos deslocarmos pelo Magistério: através dos rios subterrâneos. Até que vocês aprendam a navegar, vou conduzi-los pelas cavernas. Com o tempo, cada um de vocês vai aprender os caminhos, assim como aprender a fazer com que a água os leve aonde quiserem.

Mestre Rufus inclinou-se sobre a lateral do barco e sussurrou para a água. Houve uma ondulação suave na superfície, como se o vento a tivesse agitado, embora não houvesse brisa no subsolo.

Aaron se inclinou para a frente no intuito de fazer outra pergunta, mas de repente o barco começou a se deslocar e ele foi lançado para trás no assento.

Uma vez, quando Call era bem mais novo, o pai o levara a um grande parque com brinquedos cuja partida era assim. Ele havia chorado durante todo o tempo, em todos eles, totalmente apavorado, apesar da música alegre e dos animados bonecos dançantes. E eram brinquedos em um parque. Mas aquilo, aquele lugar, era real. Call ficava pensando em morcegos e rochas pontiagudas e em como em cavernas, às vezes, havia penhascos e buracos que despencavam um milhão de metros abaixo do nível do mar. Como eles conseguiriam evitar esse tipo de coisa? Como saberiam se estavam indo na direção certa no escuro?

Na escuridão, o barco cortava a água. Era a escuridão mais densa que Call já havia visto. Ele não conseguia nem enxergar a mão na frente do rosto. Sentiu o estômago revirar.

Tamara soltou um leve ofegar. Call ficou feliz por não ser apenas ele que se perturbara.

Então, por todos os lados, a caverna cintilou, ganhando vida. Eles entraram em uma câmara onde as paredes brilhavam com um musgo verde-claro, bioluminescente. A própria água se transformava em luz onde a proa do barco a tocava; quando Aaron arrastou a mão pelo rio, ela também se acendeu ao redor de seus dedos. Ele jogou água no ar e o líquido se transformou em uma cascata de faíscas.

— Maneiro — sussurrou Aaron.

Até que era mesmo maneiro. Call começou a relaxar conforme o barco deslizava silenciosamente pela água brilhante. Eles passavam por paredes de rocha listradas em dezenas de cores e salas onde longas trepadeiras claras pendiam do teto, arrastando gavinhas no rio. Em seguida, deslizavam novamente para um túnel escuro e emergiam em uma nova câmara de pedra, onde estalactites de quartzo brilhavam como lâminas de faca, ou onde a pedra parecia crescer naturalmente na forma de bancos curvos, até mesmo de mesas — eles passaram por dois Mestres silenciosos em um câmara, jogando dama com peças flutuantes. "Ganhei!", disse um deles, e os discos de madeira começaram a se reorganizar, arrumando o tabuleiro para o início de uma nova partida.

Como se dirigido por uma mão invisível, o barco atracou perto de uma pequena plataforma com degraus de pedra, oscilando suavemente no lugar.

Aaron saltou do barco primeiro, seguido por Tamara e depois Call. Aaron estendeu a mão para ajudá-lo, mas Call a ignorou de propósito. Ele usou os braços para se lançar por cima da lateral do barco, aterrissando desajeitadamente. Por um momento, pensou que fosse cair de costas no rio, criando um grande borrifo bioluminescente. Uma grande mão apertou seu ombro, equilibrando-o. Ele ergueu os olhos, surpreso ao ver Mestre Rufus observando-o com uma expressão estranha.

— Não preciso da sua ajuda — disse Call, espantado.

Rufus não disse nada. Call não conseguiu ler seu semblante quando ele tirou a mão de seu ombro.

— Venham — chamou, e seguiu por um caminho plano que cortava a margem coberta de seixos. Os aprendizes apressaram-se para segui-lo.

O caminho levava a uma sólida parede de granito. Quando Rufus tocou a pedra, ela ficou transparente. Call nem ficou surpreso. Passara a esperar por coisas estranhas. Rufus atravessou a parede como se ela fosse feita de ar, e Tamara foi logo atrás. Call olhou para Aaron, que deu de ombros. Respirando fundo, Call os seguiu.

Ele emergiu em uma câmara cujas paredes eram de rocha nua. O chão era de pedra completamente lisa. No centro da câmara havia um monte de areia.

— Primeiro, quero repassar com vocês os Cinco Princípios da Magia. Vocês talvez se lembrem de alguns deles da sua primeira palestra no ônibus, mas não espero que nenhum de vocês... nem mesmo você, Tamara, independentemente de quantas vezes seus pais a tenham treinado... os compreenda de fato até que tenham aprendido muitas outras coisas. No entanto, podem anotá-los, e espero que reflitam sobre eles.

Call remexeu na bolsa e tirou o que parecia ser um caderno costurado à mão e uma daquelas canetas irritantes do Desafio. Ele a sacudiu de leve, esperando que dessa vez não explodisse.

Mestre Rufus começou a falar e Call se esforçou para escrever bem rápido. Ele anotou:

1. O poder vem do desequilíbrio; o controle vem do equilíbrio.

2. Todos os elementos agem de acordo com sua natureza: o fogo quer queimar, a água quer correr, o ar quer levitar, a terra quer unir, o caos quer devorar.

3. Em toda magia há uma troca de poder.

4. Você pode mudar a forma de uma coisa, mas não sua natureza essencial.

5. Todos os elementos possuem um contrapeso. O fogo é o contrapeso da água. O ar é o contrapeso da terra. O contrapeso do caos é a alma.

— Durante os testes — prosseguiu Mestre Rufus —, todos vocês demonstraram poder. Porém, sem foco, o poder não é nada. O fogo pode queimar sua casa ou aquecê-la; a diferença está na sua habilidade em controlá-lo. Sem foco, trabalhar com os elementos é muito perigoso. Não preciso dizer a alguns de vocês o quão perigoso.

Call ergueu os olhos, esperando que Mestre Rufus o estivesse encarando, já que Mestre Rufus parecia estar sempre de olho em

Call quando dizia algo sinistro. Dessa vez, porém, ele olhava para Tamara, cujas bochechas coraram e o queixo se ergueu, desafiador.

— Quatro dias por semana, vocês três vão treinar comigo. No quinto dia, haverá uma palestra de um dos outros magos, e então, uma vez por mês, vocês participarão de um exercício em que vão colocar em prática o que aprenderam. Nesse dia, poderão competir ou colaborar com outros grupos de aprendizes. Os fins de semana e as noites são para praticar e estudar. Vocês têm a biblioteca e também as salas de prática, além da Galeria, onde podem passar tempo. Vocês querem fazer alguma pergunta antes de começarmos a primeira lição?

Ninguém falou. Call queria dizer que adoraria que ele desse as indicações de como chegar àquela tal Galeria, mas se conteve. Ele se lembrou de ter dito ao pai, no hangar, que ia ser expulso do Magisterium, mas acordou naquela manhã com a sensação de que essa talvez não fosse uma boa ideia. Tentar ser reprovado nos testes diante de Rufus não funcionara, afinal, então se comportar mal talvez também não desse certo. Estava claro que Mestre Rufus não o deixaria se comunicar com Alastair até que Call se consolidasse como aprendiz. Por mais que isso o aborrecesse, ele provavelmente deveria se comportar da melhor maneira possível até que Rufus relaxasse e o deixasse entrar em contato com o pai. Então, quando ele *pudesse* finalmente falar com Alastair, eles planejariam a fuga.

Ele só queria se sentir um pouco mais entusiasmado com a ideia de fugir.

— Muito bem. Vocês conseguem adivinhar por que arrumei a sala dessa forma, então?

— Imagino que precise de ajuda para fortificar seu castelo de areia? — respondeu Call em um murmúrio. Aparentemente, nem mesmo seu melhor comportamento era muito bom. Aaron, de pé ao lado dele, abafou uma risada.

Mestre Rufus ergueu uma única sobrancelha, mas não fez nenhum comentário sobre a resposta de Call.

— Quero que vocês três se sentem em um círculo ao redor da areia. Podem se sentar da maneira que ficarem mais confortáveis. Quando estiverem prontos, devem se concentrar em mover a areia com a mente. Sintam o poder no ar à sua volta. Sintam o poder da terra. Sintam-no subir pelas solas dos pés e no ar que inspirarem. Agora *concentrem-se*. Grão por grão, vocês vão separar a areia em duas pilhas: uma escura e outra clara. Podem começar!

Ele disse isso como se estivessem em uma corrida e ele tivesse dado o sinal de largada, mas Call, Tamara e Aaron apenas ficaram olhando para ele, horrorizados. Tamara foi a primeira a recuperar a voz.

— Separar a areia? — perguntou ela. — Mas não deveríamos aprender algo mais útil? Como lutar contra elementais rebeldes ou pilotar o barco ou...

— Duas pilhas — disse Rufus. — Uma clara, uma escura. Comecem agora.

Ele se virou e se afastou. A parede tornou-se transparente outra vez quando ele se aproximou dela, depois voltou a ser de pedra quando ele a atravessou.

— Não temos nem um kit de ferramentas? — perguntou Tamara, com tristeza, depois que ele se foi.

Os três estavam sozinhos em um espaço sem janelas e sem portas. Call ficou contente por não sofrer de claustrofobia, caso contrário, estaria subindo pelas paredes.

— Bem — disse Aaron —, acho melhor a gente começar.

Nem mesmo ele conseguia soar entusiasmado.

O chão estava frio quando Call se sentou, e ele se perguntou quanto tempo levaria até que a umidade fizesse sua perna doer. Tentou ignorar esse pensamento quando Tamara e Aaron se sentaram, formando um triângulo ao redor do monte de areia. Os três ficaram olhando para ele. Finalmente, Tamara estendeu a mão e um pouco de areia subiu no ar.

— Claro — disse ela, mandando um grão girando para o chão. — Escuro. — Ela mandou aquele para o chão também, um pouco afastado. — Claro. Escuro. Escuro. Claro.

— Não acredito que estava preocupado que a escola de magia poderia ser perigosa — comentou Call, olhando para o monte de areia.

— Você pode morrer de tédio — argumentou Aaron.

Call deu uma risadinha.

Tamara olhou para eles, infeliz.

— Esse pensamento é a única coisa que vai me fazer prosseguir.

Por mais difícil que Call tivesse imaginado que mover minúsculos grãos de areia com a mente fosse, era ainda mais difícil. Ele se lembrou das vezes em que movera coisas antes, como ele havia acidentalmente quebrado a tigela durante o teste com Mestre Rufus e a sensação de um zumbido na mente que tivera. Ele se concentrou naquele zumbido enquanto olhava para a areia, e ela começou a se mover. Tinha a sensação que operava um dispositivo com controle remoto — não eram seus dedos pegando a areia, mas, ainda assim, era ele quem fazia aquilo acontecer. Suas mãos estavam úmidas e o pescoço, tenso; fazer um único grão pairar no ar por tempo suficiente para ver se era claro ou escuro parecia complicado. Pior

MAGISTERIUM – O DESAFIO DE FERRO

ainda era colocá-lo no chão sem bagunçar a pilha que já estava ali. Mais de uma vez, sua concentração diminuiu e ele deixou cair um grão na pilha errada. Em seguida, ele teve de encontrá-lo e pegá-lo de volta, o que exigia tempo e ainda *mais* concentração.

Não havia relógios na sala de areia, e nenhum dos três usava relógio, então Call não tinha ideia do tempo passado. Finalmente, outro aluno apareceu — ele era alto e magro, vestido de azul, com uma pulseira de bronze que indicava que estava no Magisterium havia três anos. Call pensou que talvez fosse um dos alunos sentados com a irmã de Tamara e Mestre Rockmaple no Refeitório, naquela manhã.

Call estreitou os olhos para ver se ele parecia particularmente sinistro, mas o garoto apenas sorriu debaixo de um emaranhado de cabelos castanhos despenteados e pousou aos pés deles uma sacola de tecido com líquen e sanduíches de queijo, assim como uma jarra de cerâmica repleta de água.

— Comam tudo, crianças — disse ele, e saiu por onde viera.

Call percebeu que estava faminto. Estivera se concentrando por horas e seu cérebro parecia confuso. Estava exausto, cansado demais para conversar enquanto comia. Pior, enquanto estudava a areia restante, viu que haviam juntado apenas uma pequena parte do monte. O que ainda sobrava parecia enorme.

Aquilo não estava dando certo. Não foi no que pensou quando se imaginou fazendo mágica. Era horrível.

— Vamos — disse Aaron. — Ou vamos ter de jantar aqui embaixo.

Call tentou se concentrar, focando sua atenção em um único grão, mas sua mente acabou se desviando para a raiva. A areia explodiu, todas as pilhas voando para os lados, grãos batendo nas paredes e tornando a cair em uma bagunça, com tudo misturado. Todo o árduo trabalho que tiveram estava desfeito.

Tamara prendeu a respiração, horrorizada.

— O que... o que você *fez*?

Até Aaron olhou para Call como se fosse estrangulá-lo. Era a primeira vez que Call via Aaron parecer zangado.

— Eu... eu... — Call queria pedir desculpas, mas reprimiu as palavras. Ele sabia que elas não fariam diferença. — Aconteceu.

— Vou matar você — disse Tamara com muita calma. — Vou separar seus órgãos em pilhas.

— Ai — disse Call, quase acreditando nela.

— Tudo bem — apaziguou Aaron, respirando fundo para se acalmar, as mãos nos cabelos, como se estivesse tentando empurrar toda aquela raiva de volta para dentro. — Tudo bem, simplesmente vamos ter de fazer tudo de novo.

Tamara chutou a areia, então se agachou e recomeçou o tedioso trabalho de mover grãos individuais com a mente. Ela nem olhava na direção de Call.

Call tentou se concentrar novamente, os olhos queimando. Quando Mestre Rufus chegou e disse que eles estavam liberados para o jantar e, depois, para voltar a seus quartos, a cabeça de Call latejava, e ele concluiu que nunca mais queria saber de praia. Aaron e Tamara não olharam para ele enquanto caminhavam pelos corredores.

O Refeitório estava cheio de alunos conversando amigavelmente, muitos deles rindo e gargalhando. Call, Tamara e Aaron pararam à porta atrás de Mestre Rufus, lançando um olhar vago à frente. Os três tinham areia no cabelo e manchas de sujeira no rosto.

— Vou comer com os outros Mestres — informou Mestre Rufus. — Aproveitem o restante da noite como quiserem.

Movendo-se de forma automática, Call e os outros fizeram seus pratos — sopa de cogumelo, pilhas de líquens de diferentes cores e um pudim opalescente de sobremesa — e foram se sentar a uma mesa com outro grupo de alunos do Ano de Ferro. Call reconheceu alguns deles, como Drew, Jasper e Celia. Ele se sentou na frente da garota, e ela não virou a sopa em sua cabeça imediatamente — uma coisa que tinha realmente acontecido em sua última escola —, o que lhe pareceu um bom sinal.

Os Mestres sentaram-se juntos a uma mesa redonda do outro lado do salão, provavelmente discutindo novas torturas para os alunos. Call tinha certeza de que podia ver vários deles sorrindo de maneira sinistra. Enquanto observava, três pessoas trajando uniformes verde-oliva — duas mulheres e um homem — entraram no Refeitório. Eles se curvaram profundamente diante da mesa dos Mestres.

— São membros da Assembleia — informou Celia a Call. — É nosso conselho de administração, criado depois da Segunda Guerra dos Magos. Eles esperam descobrir que uma das crianças mais velhas é um mago do caos.

— Como aquele Inimigo da Morte? — perguntou Call. — O que vai acontecer se encontrarem magos do caos? Vão matá-los ou algo do tipo?

Celia baixou a voz.

— Não, claro que não! Eles *querem* encontrar um mago do caos. Dizem que é preciso um Makar para deter um Makar. Como o Inimigo é o único dos Makaris ainda vivo, ele está em vantagem em relação a nós.

— Se eles *acharem* que alguém aqui tem esse poder, vão verificar — disse Jasper, mudando de lugar para ficar mais perto da conversa. — Estão desesperados.

— Ninguém acredita que o Tratado vá durar — disse Gwenda. — E se a guerra recomeçar...

— Bem, o que os faz pensar que alguém aqui poderia ser o que estão procurando? — perguntou Call.

— Como eu disse — respondeu Jasper —, eles estão desesperados. Mas não se preocupe, suas notas são péssimas. Magos do caos têm de ser verdadeiramente *bons* em magia.

Por um minuto, Jasper tinha se comportado como um ser humano normal, mas aparentemente esse minuto passara. Celia o olhou com raiva.

O grupo começou a conversar sobre suas primeiras aulas. Drew contou que Mestre Lemuel tinha sido muito severo durante a aula deles, e queria saber se os Mestres dos outros também eram assim. Todos começaram a falar ao mesmo tempo, vários descrevendo aulas que pareciam muito menos frustrantes e mais divertidas do que as de Call.

— Mestra Milagros nos deixou pilotar os barcos — exultou Jasper. — Passamos por pequenas cascatas. Foi como fazer rafting em corredeiras. Incrível.

— Legal — disse Tamara, sem entusiasmo.

— Jasper fez a gente se perder — disse Celia, mastigando com tranquilidade um pedaço de líquen. Os olhos de Jasper brilharam de irritação.

— Só por um minuto — argumentou ele. — Não foi um problema.

— Mestre Tanaka nos ensinou a fazer bolas de fogo — disse um menino chamado Peter, e Call lembrou que Tanaka era o nome do Mestre que tinha escolhido os aprendizes depois de Milagros. — A gente segurou o fogo sem se queimar. — Os olhos dele faiscaram.

— Mestre Lemuel atirou pedras na gente — disse Drew.

Todos olharam para ele.

— O quê? — perguntou Aaron.

— Drew — sibilou Laurel, outra aprendiz de Mestre Lemuel. — Não foi isso. Ele estava mostrando como mover pedras com a mente. Drew entrou no caminho de uma delas.

*Isso explica o hematoma na clavícula de Drew*, pensou Call, sentindo-se um pouco enjoado. Ele se lembrou dos avisos do pai sobre como os Mestres não se importavam caso os alunos se machucassem.

— Amanhã vai ser com metal — disse Drew. — Aposto que ele vai atirar facas na gente.

— Eu preferia que atirassem facas em mim do que passar o dia todo em uma pilha de areia — confessou Tamara, seca. — Pelo menos vocês podem se esquivar das facas.

— Parece que Drew não consegue — comentou Jasper com um sorriso debochado. Pela primeira vez, ele estava provocando alguém que não era Call, mas o garoto não sentiu nenhum prazer nisso.

— Não é possível que só existam aulas aqui — disse Aaron, um tom ríspido na voz normalmente tranquila. — Certo? Deve ter alguma coisa divertida. O que era aquele lugar de que Mestre Rufus falou?

— E se a gente fosse para a Galeria depois do jantar? — sugeriu Celia, falando diretamente com Call. — Lá tem jogos.

Jasper pareceu aborrecido. Call sabia que devia ir com Celia para a Galeria, o que seja que aquilo fosse. Qualquer coisa que deixasse Jasper com raiva valia a pena, e, além disso, precisava aprender a navegar pelo Magisterium, elaborar um mapa, como se fazia nos video games.

Precisava de uma rota de fuga.

Call balançou a cabeça e deu uma garfada no líquen. Tinha gosto de bife. Olhou rapidamente para a mesa de Aaron, que também parecia cansado. Call sentia o corpo pesado. Só queria dormir. Começaria a procurar uma saída do Magisterium no dia seguinte.

— Acho que não estou a fim de jogos — disse a Celia. — Outra hora.

↑≈△◯◎

— Talvez hoje tenha sido um teste — disse Tamara enquanto eles se encaminhavam para seus quartos após o jantar. — Tipo, da nossa paciência ou da nossa capacidade de seguir ordens. Talvez amanhã o treinamento comece pra valer.

Aaron, passando uma das mãos ao longo da parede conforme caminhava, demorou um pouco para responder.

— É. Talvez.

Call não disse nada. Estava cansado demais.

A magia, ele começava a descobrir, era trabalho duro.

↑≈△◯◎

No dia seguinte, as esperanças de Tamara foram frustradas quando eles voltaram para o lugar que Call apelidara de Sala de

Areia e Tédio para terminar de separar os grãos. Eles ainda tinham muita areia pela frente. Call se sentiu culpado novamente.

— Mas, quando terminarmos — disse Aaron a Mestre Rufus —, poderemos fazer outra coisa, certo?

— Concentrem-se na tarefa presente — respondeu o mago enigmaticamente, atravessando a parede.

Suspirando, os três se sentaram para trabalhar. A separação da areia prosseguiu pelo restante da semana, com Tamara passando o tempo todo depois das aulas com a irmã ou Jasper ou outros alunos com legado com aparência de ricos, e Aaron passando seu tempo com *todo mundo*, enquanto Call ficava emburrado no quarto. A separação de areia continuou por outra semana depois daquela — a pilha de areia para separar parecia cada vez maior, como se alguém não quisesse que aquele teste terminasse. Call tinha ouvido dizer que havia um método de tortura que consistia em uma única gota de água pingando na testa da pessoa sem parar, até ela enlouquecer. Ele nunca tinha entendido como aquilo funcionava, mas agora sim.

*Tem que haver um jeito mais fácil*, pensou ele, mas a parte astuta de sua mente devia ser a mesma parte usada para a magia, porque ele não conseguia pensar em nada.

— Olhem — disse Call finalmente —, vocês são bons nisto, certo? Os melhores magos nos testes. Primeiros lugares.

Os outros dois o fitaram, sem expressão. Aaron parecia ter sido atingido na cabeça por uma rocha em queda quando ninguém estava olhando.

— Acho que sim — disse Tamara, com certo desânimo. — Os melhores do nosso ano, de qualquer maneira.

— Ok, bem, eu sou péssimo. O pior. Fiquei em último lugar e já estraguei tudo pra gente, então, obviamente, eu não sei nada.

Mas tem de existir uma maneira mais rápida. Alguma coisa que a gente deveria fazer. Alguma lição que deveríamos estar aprendendo. Conseguem pensar em algo? *Qualquer coisa?* — Um tom de súplica soara em sua voz.

Tamara hesitou. Aaron balançou a cabeça.

Call viu a expressão da garota.

— O que foi? Existe *mesmo* alguma coisa?

— Bem, existem alguns princípios mágicos, algumas... formas especiais de aproveitar os elementos — disse ela, as tranças pretas balançando enquanto mudava de posição. — Coisas que Mestre Rufus provavelmente não quer que a gente saiba.

Aaron assentiu, ansioso, a esperança de sair daquela sala iluminando seu rosto.

— Sabem aquilo que Rufus falou sobre sentir o poder na terra e tudo mais? — Tamara não os encarava. Ela fitava as pilhas de areia como se estivesse concentrada em algo distante. — Bem, existe uma maneira de ter mais poder, rápido. Mas vocês precisam se abrir ao elemento... e, bem, comer um grão de areia.

— Comer areia? — estranhou Call. — Você não pode estar falando sério.

— É meio perigoso, por causa de toda aquela coisa de Primeiro Princípio da Magia. Mas funciona pelo mesmo motivo. Você fica mais perto do elemento. Por exemplo, se está fazendo magia da terra, você come pedras ou areia; magos do fogo podem comer fósforos, magos do ar podem consumir sangue para obter oxigênio. Não é uma boa ideia, mas...

Call pensou em Jasper rindo por causa do dedo com sangue no Desafio. Seu coração começou a bater forte.

— Como sabe disso?

Tamara olhou para a parede e respirou fundo.

— Meu pai. Ele me ensinou. Disse que era para emergências, mas ele considera ir bem em um teste uma emergência. No entanto, nunca fiz isso, porque tenho medo. Se você consegue muito poder e não é capaz de controlá-lo, pode ser tragado para dentro do elemento. Ele queima toda a sua alma e a substitui por fogo, ar, água, terra ou caos. Você se torna uma criatura daquele elemento. Como um elemental.

— Como um daqueles lagartos? — perguntou Aaron.

Call sentiu alívio por não ter sido ele a fazer aquela pergunta.

Tamara balançou a cabeça.

— Existem elementais de todos os tamanhos. Pequenos como aqueles lagartos ou grandes e inchados pela magia, como dragonetes, dragões e serpentes marinhas. Ou mesmo do tamanho de humanos. Então precisaríamos tomar cuidado.

— Posso tomar cuidado — disse Call. — E você, Aaron?

Aaron passou as mãos cheias de areia pelo cabelo louro e deu de ombros.

— Qualquer coisa é melhor do que isto. E se a gente acabar mais depressa do que Mestre Rufus espera, ele vai ter de dar outra coisa pra gente fazer.

— Ok. Vamos lá. É agora ou nunca.

Tamara lambeu a ponta do dedo e tocou a pilha de areia. Alguns grãos ficaram grudados. Em seguida, ela levou o dedo à boca.

Call e Aaron a imitaram. Quando Call enfiou o dedo molhado na boca, não pôde deixar de imaginar o que teria pensado se uma semana antes alguém lhe dissesse que estaria sentado em uma caverna subterrânea, comendo areia. O gosto da areia não era ruim

— na verdade, não tinha gosto de nada. Ele engoliu os grãos ásperos e esperou.

— E agora? — perguntou depois de alguns segundos. Estava começando a ficar um pouco nervoso. Nada tinha acontecido com Jasper no Desafio, disse a si mesmo. Nada aconteceria a eles.

— Agora vamos nos concentrar — disse Tamara.

Call olhou para a pilha de areia. Dessa vez, ao enviar pensamentos na direção da pilha, pôde sentir cada um dos mínimos grãos. Pedaços minúsculos de conchas cintilaram em sua mente, além de pedaços de cristal e pedras amareladas e irregulares. Ele tentou se imaginar pegando a pilha de areia inteira nas mãos. Seria pesada, e a areia escorreria entre seus dedos, acumulando-se no chão. Ele tentou excluir tudo ao seu redor — Tamara e Aaron, a pedra fria debaixo de si, a leve corrente de ar na sala — e afunilar sua concentração às duas únicas coisas que importavam: ele mesmo e a pilha de areia. A areia era completamente sólida e leve, como isopor. Seria fácil erguê-la. Ele podia erguê-la com uma das mãos. Com um dedo. Com um... pensamento. Ele a visualizou subindo e se separando...

A pilha de areia deu um solavanco, espalhando alguns grãos do topo, e, então, subiu. Pairou sobre os três, como uma pequena nuvem de tempestade.

Tamara e Aaron ficaram olhando. Call jogou-se para trás, apoiando-se nas mãos. Suas pernas estavam dormentes, formigando. Provavelmente ficara sentado de mau jeito. Estava concentrado demais para perceber.

— Sua vez — disse ele, e teve a sensação de que as paredes estavam mais perto, de que podia sentir a pulsação da terra debaixo do corpo. Perguntou-se como seria afundar no chão.

— Claro — disse Aaron.

A nuvem de areia se dividiu em duas metades, uma composta de areia mais clara, e a outra, mais escura. Tamara levantou a mão e desenhou uma lenta espiral no ar. Call e Aaron observaram, maravilhados, a areia formar um redemoinho e depois diferentes desenhos acima deles.

A parede se escancarou ruidosamente. Mestre Rufus estava parado no limiar, o rosto semelhante a uma máscara. Tamara soltou um gritinho agudo, e a pilha de areia, que pairava no ar, despencou, soltando pequenas nuvens de poeira que fizeram Call engasgar.

— O que vocês fizeram? — perguntou Mestre Rufus.

Aaron estava pálido.

— Eu... não tivemos a intenção...

Mestre Rufus fez um gesto ríspido na direção deles.

— Aaron, fique quieto. Callum, venha comigo.

— O quê? — começou Call. — Mas eu... isso não é justo!

— Venha. Comigo — respondeu Rufus. — *Agora.*

Call levantou-se com cuidado, sentindo pontadas na perna fraca. Olhou de relance para Aaron e Tamara, mas eles tinham os olhos voltados para baixo, para as próprias mãos, não para ele. *E lá se vai a lealdade*, pensou Call, seguindo Mestre Rufus para fora do salão.

↑≈△○@

Rufus guiou Call por alguns corredores sinuosos até sua sala. Não era o que Call esperava. A mobília era moderna. Estantes de aço revestiam uma das paredes, e um sofá de couro elegante, grande o suficiente para permitir um cochilo, ocupava a outra. Afixadas de um dos lados da sala estavam páginas e mais páginas do que pareciam equações rabiscadas, mas com marcações estranhas no lugar dos números. Elas pendiam acima de uma mesa de trabalho de madeira rústica, cuja superfície estava toda manchada e coberta de facas, béqueres e corpos empalhados de animais esquisitos. Ao lado de modelos de engrenagens que lembravam cruzamentos de ratoeiras com relógios, havia um animal vivo em uma pequena jaula — um daqueles lagartos com chamas azuis no dorso.

A mesa de Rufus estava encostada em um canto, uma escrivaninha antiga que destoava do restante da sala. Sobre ela havia um pote de vidro contendo um minúsculo tornado que girava sem parar.

Call não conseguia tirar os olhos dele, esperando que ele irrompesse do pote a qualquer momento.

— Sente-se, Callum — disse Mestre Rufus, indicando o sofá. — Quero explicar por que trouxe você para o Magisterium.

## CAPÍTULO OITO

Call o encarou. Após duas semanas separando areia, ele não acreditava mais na ideia de que Rufus algum dia seria honesto ou direto com ele. Na verdade, percebeu, desistira da noção de um dia realmente descobrir por que ele estava no Magisterium, afinal.

— Sente-se — repetiu Rufus, e dessa vez Call se sentou, estremecendo ao sentir uma pontada na perna.

O sofá era confortável depois de horas sentado em um chão de pedra, e Call afundou nele.

— O que está achando da nossa escola até agora?

Antes que Call pudesse responder, ouviu-se o barulho de ventania. Surpreso, ele percebeu que vinha do jarro sobre a mesa de Mestre Rufus. O pequeno tornado ali dentro estava escurecendo e se condensando. Um instante depois, tinha assumido a forma da miniatura de um membro da Assembleia, de uniforme verde-

-oliva. Era um homem de cabelos muito escuros. Ele olhou à sua volta.

— Rufus? — chamou. — Rufus, você está aí?

Rufus soltou uma exclamação de impaciência e virou o jarro de boca para baixo.

— Agora não — disse ao jarro, e a imagem se transformou outra vez em tornado.

— É como se fosse um telefone? — perguntou Call, assombrado.

— Um pouco como um telefone — respondeu Rufus. — Como eu disse antes, a concentração de magia elemental no Magisterium interfere com a maioria das tecnologias. Além disso, preferimos fazer as coisas do nosso jeito.

— Meu pai deve estar muito preocupado, sem notícias minhas por tanto... — começou Call.

Mestre Rufus encostou-se em sua mesa, cruzando os braços sobre o peito largo.

— Primeiro — disse ele —, quero saber o que você pensa do Magisterium e do seu treinamento.

— É fácil — respondeu Call. — Chato e inútil, mas fácil.

Rufus abriu um leve sorriso.

— O que você fez lá fora foi muito inteligente — argumentou ele. — Você quer me irritar porque pensa que, se fizer isso, vou mandá-lo para casa. E acredita que quer ser mandado de volta.

Na verdade, Call tinha desistido desse plano. Dizer coisas desagradáveis, para ele, era algo natural. Ele deu de ombros.

— Você deve se perguntar por que escolhi você — disse Rufus. — Você, o último de todos os classificados. O menos competente de todos os magos em potencial. Deve imaginar que foi porque vi algo em você. Um potencial que os outros Mestres deixaram passar. Um poço de habilidade ainda não explorado. Até mesmo alguma coisa que me fizesse lembrar de mim mesmo.

Seu tom era levemente debochado. Call ficou calado.

— Escolhi você — continuou Rufus — porque realmente tem habilidade e poder, mas também uma imensa raiva. E quase nenhum controle. Eu não quis que você fosse um fardo para os outros magos. E nem que um deles o escolhesse pelos motivos errados. — Seus olhos se voltaram rapidamente para o tornado, girando no jarro de cabeça para baixo. — Há muito anos, cometi um erro com um aluno. Um erro que teve consequências graves. Ensinar você é a minha penitência.

Call teve a sensação de que seu estômago queria se enroscar dentro de si, como um cachorrinho ferido. Machucava saber que era tão desagradável a ponto de ser a punição de alguém.

— Então me mande para casa — explodiu ele. — Se você só me aceitou porque não acha que um dos outros magos deva ser obrigado a me ensinar, me mande para casa.

Rufus balançou a cabeça.

— Você ainda não entendeu — disse ele. — Magia sem controle, como a sua, é um perigo. Mandá-lo para casa, para sua cidadezinha, seria equivalente a jogar uma bomba no local. Mas não se engane, Callum. Caso você persista na desobediência, caso se recuse a aprender a controlar sua magia, vou mandá-lo para casa, sim. Mas primeiro vou interditar sua magia.

— Interditar minha magia?

— Sim. Até o mago passar pelo Primeiro Portal, ao fim do seu Ano de Ferro, sua magia pode ser interditada por um dos Mestres. Você se tornaria incapaz de acessar os elementos, incapaz de usar seus poderes. E tiraríamos suas lembranças da magia também, de maneira que você sentiria falta de alguma coisa, alguma parte essencial sua, mas não saberia o quê. Passaria a vida atormentado pela perda da algo que não se lembrava de ter perdido. É isso o que quer?

— Não — sussurrou Call.

— Se eu achar que você está prejudicando o progresso dos outros ou que é impossível treiná-lo, acabou para você aqui. Mas, se conseguir completar este ano e passar pelo Primeiro Portal, ninguém jamais poderá tirar sua magia. Conclua este ano e poderá abandonar o Magisterium se quiser. Terá aprendido o suficiente para não representar mais um perigo para o mundo. Pense nisso, Callum Hunt, enquanto separa sua areia do jeito que instruí. Grão por grão. — Mestre Rufus hesitou, depois fez um gesto, indicando que Call podia ir. — Pense nisso e faça sua escolha.

↑≋△○◉

Concentrar-se em mover a areia continuou a ser exaustivo, ainda mais porque Call tinha ficado muito satisfeito com a esperteza deles em encontrar uma solução melhor. Pela primeira vez, havia sentido que talvez pudessem formar uma equipe de verdade, quem sabe até ser amigos.

Agora Aaron e Tamara se concentravam em silêncio e, quando Call olhava para eles, não o encaravam. Provavelmente estavam zangados com ele, pensou o menino. Foi ele que insistiu para que alguém encontrasse uma maneira melhor de fazer o exercício. E, apesar de ter sido ele que fora levado para a sala de Rufus, os três teriam problemas. Talvez Tamara tenha até pensado que ele a entregara para o Mestre. Além disso, fora sua magia que espalhara as pilhas dos três naquele primeiro dia. Ele era um fardo para o grupo e todos sabiam disso.

*Tudo bem*, pensou Call. *Mestre Rufus disse que tudo que preciso fazer é concluir este ano, então é isso o que vou fazer. E vou ser o melhor mago daqui, só porque ninguém acredita que eu possa ser. Nunca tentei antes, mas agora vou tentar. Vou ser melhor que vocês dois, e depois, quando eu tiver impressionado vocês e vocês quiserem de verdade que eu seja seu amigo, vou virar as costas e dizer que não preciso de vocês nem do Magisterium. Assim que eu passar pelo Primeiro Portal e eles não puderem mais interditar minha magia, vou para casa e ninguém vai poder me impedir.*

*É o que vou contar ao papai também, assim que eu pegar naquele telefone de tornado.*

Ele passou o restante do tempo movendo areia com a mente, mas, em vez de fazer como no primeiro dia, lutando para capturar cada grão, empurrando-o com todo o esforço desesperado do cérebro, naquele dia ele se permitiu experimentar. Tentou um toque cada vez mais leve, tentou rolar a areia em vez de erguê-la no ar. Depois, tentou mover mais de um grão de areia por vez. Ele tinha feito isso antes, afinal. A questão era que ele havia pensado na areia como uma única coisa — uma nuvem de areia —, em vez de trezentos grãos individuais.

Talvez pudesse fazer o mesmo agora, pensando em todos os grãos escuros como uma coisa só.

Ele tentou, *forçando* a mente, mas eram grãos demais, e perdeu o foco. Desistiu daquela ideia e se concentrou em cinco grãos de areia escura. Esses ele conseguiu mover, rolando-os juntos na direção da pilha.

Ele se inclinou para trás, impressionado, sentindo que tinha feito algo incrível. Queria dizer alguma coisa a Aaron, mas, manteve a boca fechada e praticou sua nova técnica, aperfeiçoando-se cada vez mais, até mover vinte grãos por vez. No entanto, não conseguia mais do que isso, por mais que se esforçasse. Aaron e Tamara viram o que ele estava fazendo, mas nenhum dos dois comentou nem tentou imitá-lo.

Naquela noite, Call sonhou com areia. Estava sentado em uma praia, tentando construir um castelo para uma toupeira resgatada numa tempestade, mas o vento continuava a soprar a areia para longe enquanto a água chegava cada vez mais perto. Finalmente, frustrado, ele se levantou e chutou o castelo, que desmoronou e se transformou em um monstro imenso, com enormes braços e pernas de areia. A criatura começou a persegui-lo pela praia, sempre prestes a agarrá-lo, mas sem jamais conseguir, enquanto gritava com a voz de Mestre Rufus: *Lembre-se do que seu pai disse sobre a magia, garoto. Ela vai te custar tudo.*

↑≋△○◎

No dia seguinte, Mestre Rufus não os guiou e partiu como de costume. Em vez disso, sentou-se em um canto na extremidade da Sala de Areia e Tédio, pegou um livro e um embrulho de papel manteiga e começou a ler. Depois de umas duas horas, ele abriu o embrulho. Era um sanduíche de queijo e presunto no pão de centeio. Como ele parecia indiferente ao método de Callum para mover mais de um grão por vez, Aaron e Tamara começaram a fazer assim também. Então tudo passou a andar mais rápido.

Nesse dia, eles conseguiram separar toda a areia antes da hora do jantar. Mestre Rufus deu uma olhada no que tinham conseguido, assentiu, satisfeito, e chutou tudo, formando novamente uma grande pilha.

— Amanhã, vocês vão separar em cinco gradações de cor — disse ele.

Os três gemeram em uníssono.

↑≈△○@

As coisas continuaram nessa rotina por mais uma semana e meia. Fora da aula, Tamara e Aaron ignoravam Call, e Call os ignorava também. Mas eles ficaram melhores na habilidade de mover areia — melhores, mais precisos e mais capazes de se concentrar em múltiplos grãos de uma só vez.

Enquanto isso, às refeições, eles ouviam sobre as aulas dos outros aprendizes, as quais pareciam mais interessantes que areia — especialmente quando o tiro saía pela culatra. Como quando Drew ateou fogo em si mesmo e conseguiu queimar por inteiro um dos barcos e chamuscar o cabelo de Rafe antes de conseguir apagar o fogo. Ou quando os alunos de Milagros e Tanaka estavam praticando juntos e Kai Hale colocou um lagarto elemental por dentro da gola da camisa de Jasper. (Call achou que Kai merecia uma medalha.) Ou quando Gwenda decidiu que gostava tanto de um dos recheios da pizza de chapéu de cogumelo que queria mais, e inflou de tal maneira o cogumelo que este empurrou todo mundo — até os Mestres — para fora do Refeitório por vários dias, até que seu crescimento foi controlado e eles puderam abrir o caminho de volta.

Na noite em que foi possível usar o Refeitório de novo, o jantar foi líquen e mais pudim — não havia cogumelo em nenhum lugar. O interessante sobre o líquen era que ele nunca tinha o mesmo sabor — às vezes tinha gosto de bife, outras, de taco de peixe ou de legumes com molho apimentado, mesmo que fosse da mesma cor. Naquela noite, o pudim cinza tinha gosto de *butterscotch*. Quando Celia surpreendeu Call se servindo pela quarta vez, ela bateu no pulso do menino com a colher, brincando.

— Olha, você devia vir para a Galeria — disse ela. — Tem uns lanches ótimos lá.

Call encarou Aaron e Tamara, na mesa, e ambos deram de ombros, não se opondo. Os três ainda estavam agindo com frieza uns com os outros, falando apenas o necessário. Call se perguntou se eles planejavam perdoá-lo algum dia, ou se ficariam assim, e o clima entre eles seria de constrangimento pelo restante do tempo que ele passasse ali.

Call largou a tigela sobre a mesa, e alguns minutos depois se viu fazendo parte de um animado grupo de alunos do Ano de Ferro a caminho da Galeria. Call percebeu que, enquanto seguiam, os cristais cintilantes nas paredes davam a impressão de que o corredor estava coberto por uma fina camada de neve.

Ele se perguntou se algum desses corredores levaria à sala de Mestre Rufus. Nem um dia se passava sem que pensasse em se esgueirar até lá para usar o telefone de tornado. Mas até que Mestre Rufus lhes ensinasse a controlar os barcos, Call precisaria de outra rota.

Eles andavam por uma parte desconhecida dos túneis, uma que se inclinava suavemente para cima, com um atalho sobre um lago subterrâneo. Pela primeira vez, Call não se importou com a distância extra, porque essa parte das cavernas tinha um monte de coisas legais para ver — uma formação calcária de calcita branca que parecia uma cachoeira congelada, concreções na forma de ovos fritos e estalagmites que haviam se tornado azuis e verdes por causa do cobre na rocha.

Call, andando mais devagar que os outros, ficou para trás, e Celia diminuiu o passo para conversar com ele. Ela apontava para coisas que ele nunca vira antes, como os buracos no alto das rochas, onde morcegos e salamandras viviam. Atravessaram uma grande sala circular de onde saíam duas passagens. Uma tinha a palavra *Galeria* escrita acima dela em cristal de rocha faiscante. Acima da outra lia-se *O Portão das Missões*.

— O que é aquilo? — perguntou Call.

— É outra saída das cavernas — respondeu Drew, que entreouvia. Em seguida, ele pareceu estranhamente culpado, como se não devesse ter contado.

Talvez Call não fosse o único a não entender as regras da escola de magia. Quando olhou mais de perto, viu que Drew aparentava estar tão exausto quanto ele.

— Mas você não pode simplesmente sair — acrescentou Celia, dirigindo a Call um olhar irônico, como se achasse que cada vez que ouvia falar de uma nova saída, ele avaliava se poderia ou não escapar por ela.

— É só para aprendizes em missão.

— Missão? — indagou Call, enquanto seguiam os demais em direção à Galeria.

Ele lembrou que ela dissera algo sobre missões antes, quando explicou por que nem todos os aprendizes estavam no Magisterium.

— Tarefas para os Mestres. Combater elementais. Combater os Dominados pelo Caos — disse Celia. — Você sabe, coisas de magos.

*Certo*, pensou Call. *Colha algumas beladonas e mate um dragonete no caminho de volta. Sem problemas.* Mas ele não queria que Celia ficasse zangada, porque ela era praticamente a única pessoa que ainda falava com ele, então guardou esses pensamentos para si mesmo.

A Galeria era imensa, com um teto pelo menos trinta metros acima deles e um lago em uma das extremidades, estendendo-se na distância, com várias ilhotas pontilhando a superfície. Alguns alunos brincavam dentro d'água, que fumegava suavemente. Um filme passava em uma parede de cristal — Call havia visto o filme, mas tinha certeza de que o que estava acontecendo na tela não se passara na versão a que assistira.

— Adoro essa parte — disse Tamara, correndo para onde os alunos tinham se acomodado em fileiras de cogumelos enormes e de aparência aveludada.

Jasper apareceu e afundou no cogumelo do lado dela. Aaron, ligeiramente confuso, seguiu-os mesmo assim.

— Você precisa provar as bebidas gasosas — disse Celia, puxando Call até uma saliência de pedra onde uma enorme suqueira de vidro, cheia do que parecia ser água, encontrava-se ao lado de três estalactites.

Ela pegou um copo, encheu-o na torneira e o enfiou sob uma das estalactites. Um líquido azul jorrou na água, espalhando-a, e um minirredemoinho apareceu dentro do copo, misturando o líquido azul e o transparente. Borbulhas subiram à superfície.

— Experimente, vamos! — encorajou-o Celia.

Call olhou desconfiado para a bebida, mas pegou o copo e bebeu o líquido em grandes goles.

Foi como se cristais de blueberry, caramelo e morango explodissem em sua boca.

— Isto é *fantástico* — disse ele quando acabou de beber.

— O verde é o meu favorito — disse Celia, sorrindo com um copo que acabara de servir. — Tem gosto de pirulito derretido.

Havia montes de outros lanches interessantes na saliência de rocha — tigelas com pedras brilhantes que eram nitidamente feitas de açúcar, pretzels enrolados em forma de símbolos alquímicos cujos pequenos cristais de sal cintilavam, e uma tigela com o que à primeira vista pareciam batatinhas fritas crocantes, mas eram de um dourado mais escuro quando se olhava de perto. Call experimentou uma. O gosto era quase o mesmo de pipoca amanteigada.

— Venha — chamou Celia, lhe agarrando o pulso. — Estamos perdendo o filme.

Ela o puxou em direção aos cogumelos aveludados.

Call a seguiu um pouco relutante. As coisas ainda estavam tensas com Tamara e Aaron. Ele achava que talvez fosse melhor evitá-los e explorar a Galeria sozinho. Mas ninguém estava prestando atenção nele; estavam todos assistindo ao filme projetado na parede oposta. Jasper a todo momento se inclinava para dizer coisas no ouvido de Tamara, fazendo-a rir, e Aaron estava de conversa com Kai, do seu outro lado. Felizmente, havia alunos mais velhos em número suficiente a fim de tornar mais fácil para Call não se sentar perto demais dos outros aprendizes do seu grupo sem parecer intencional.

Quando relaxou em seu lugar, Call se deu conta de que o filme não estava sendo exatamente *projetado*. Um bloco sólido de ar colorido pairava contra a parede de rocha, cores girando para dentro e para fora com uma velocidade inacreditável, criando a ilusão de uma tela.

— Magia de ar — disse, meio para si mesmo.

— Alex Strike faz os filmes. — Celia abraçava os joelhos, absorta na tela. — Você deve saber quem ele é.

— Por que eu saberia?

— Ele é do Ano de Bronze. Um dos melhores alunos. Às vezes ele auxilia Mestre Rufus. — Havia admiração na voz da garota.

Call olhou para trás, por cima do ombro. Nas sombras atrás das fileiras de almofadas de cogumelos havia uma cadeira mais alta. O garoto magro de cabelos castanhos que tinha levado sanduíches para eles nos últimos dias estava sentado ali, os olhos absortos na tela adiante. Seus dedos se moviam para a frente e para trás, um pouco como um titereiro. Conforme ele os movia, as formas na tela se modificavam.

*Isso é muito legal,* disse a vozinha traiçoeira dentro de Call. *Quero fazer isso.* Ele empurrou a voz para baixo. Ele iria embora assim que passasse pelo Primeiro Portal de Magia. Nunca seria do Ano de Cobre ou do Ano de Bronze, nem de nenhum outro além daquele.

Quando o filme terminou — Call tinha quase certeza que em *Star Wars* não havia uma cena de Darth Vader dançando em trenzinho com os ewoks, mas ele só assistira ao filme uma vez —, todos se levantaram e aplaudiram. Alex Strike jogou o cabelo para trás e sorriu. Quando viu Call olhando para ele, cumprimentou-o com a cabeça.

Logo todos se espalharam pelo salão para brincar com outras coisas divertidas. Era como um parque *indoor,* pensou Call, só que sem supervisão. Havia uma piscina de água quente que borbulhava com várias cores. Alguns dos alunos mais velhos, incluindo a irmã de Tamara e Alex, nadavam na água, divertindo-se ao fazer dançar pequenos redemoinhos pela superfície. Call ficou um tempo com as pernas dentro da água — era gostoso, depois de tanto andar — e, em seguida, juntou-se a Drew e Rafe para alimentar os morcegos domesticados, que pousavam em seus ombros enquanto eles lhes davam pedaços de frutas. Drew ria quando as asas macias dos morcegos roçavam de leve seu rosto. Depois, Call fez um grupo com Kai e Gwenda para participar de um jogo estranho, que consistia em bater com o taco em uma bola de fogo azul que ele descobriu que era fria quando bateu em seu peito. Cristais de gelo grudaram em seu uniforme cinza, mas ele não ligou. A Galeria era tão divertida que ele se esqueceu de suas preocupações com Mestre Rufus, com seu pai, com magia interditada e até mesmo com a possibilidade de Aaron e Tamara o odiarem.

*Será que vai ser difícil abandonar isso tudo?*, se perguntou. Imaginou-se como um mago, brincando em fontes borbulhantes e conjurando filmes do nada. Imaginou-se sendo bom nesse negócio, até mesmo um dos Mestres. Em seguida, porém, pensou no pai sentado à mesa da cozinha, sozinho, preocupado com ele, e sentiu-se péssimo.

Quando Drew, Celia e Aaron decidiram voltar para os quartos, ele os acompanhou. Se fosse dormir tarde, estaria de mau humor pela manhã, e além disso não tinha certeza de saber o caminho sem eles. Eles refizeram seus passos pelas cavernas. Era a primeira vez em dias que Call se sentia relaxado.

— Cadê Tamara? — perguntou Celia enquanto caminhavam.

Call a tinha visto falando com a irmã quando saíram, e estava prestes a responder quando Aaron disse:

— Discutindo com a irmã.

Call ficou surpreso.

— Sobre o quê?

Aaron deu de ombros.

— Kimiya estava dizendo a Tamara que não devia perder tempo, brincando na Galeria, em seu Ano de Ferro. Disse que ela devia estar estudando.

Call franziu a testa. Ele sempre quis ter um irmão ou irmã, mas de repente estava reconsiderando a ideia.

Ao seu lado, Aaron ficou tenso.

— Que barulho é esse?

— Está vindo do Portão das Missões — respondeu Celia, com ar preocupado.

No instante seguinte, Call também ouviu: passos na pedra, de pés calçando botas, o eco de vozes reverberando nas paredes de rocha. Alguém pedindo por socorro.

Aaron saiu correndo pela passagem que levava ao Portão das Missões. Os demais hesitaram antes de segui-lo, Drew ficando para trás e acompanhando o passo apressado de Call. A passagem começou a se encher de gente que os empurrava ao passar, quase derrubando Call. Alguma coisa se fechou em torno de seu braço e ele se viu puxado para trás, contra uma parede.

Aaron. Aaron havia se espremido contra a rocha e observava, sua boca uma linha fina, enquanto um grupo de alunos mais velhos — alguns usando pulseiras de prata, outras de ouro — vinha mancando pela passagem. Alguns vinham carregados em macas improvisadas com galhos. Um garoto caminhava apoiado por dois outros aprendizes — a frente de seu uniforme tinha sido toda queimada, e a pele por baixo estava vermelha e cheia de bolhas.

Todos tinham os uniformes chamuscados e o rosto sujo de fuligem escura. A maioria sangrava.

Drew estava com cara de quem ia chorar.

Call ouviu a voz de Celia, que havia se colado à parede ao lado de Aaron, sussurrar alguma coisa sobre elementais do fogo. Call olhou quando um garoto passou em uma maca, contorcendo-se de agonia. A manga do uniforme tinha sido consumida pelo fogo, e seu braço parecia aceso por dentro, como um graveto em uma fogueira.

*O fogo quer queimar,* pensou Call.

— Vocês! Vocês do Ano de Ferro! Não deviam estar aqui!

Era Mestre North, franzindo a testa enquanto se separava do grupo dos feridos. Call não sabia dizer como ele os avistara nem por que ele estava ali.

Eles não esperaram um novo aviso. Saíram em debandada.

# CAPÍTULO NOVE

O dia seguinte foi de mais areia e mais cansaço. Naquela noite, no Refeitório, Call sentou-se pesadamente à mesa com seu prato de líquen e um monte de biscoitos, que pareciam cintilar com pedaços cristalinos. Celia mordeu um deles e o barulho era de vidro se quebrando.

— É seguro comer estes biscoitos, não é? — perguntou Call a Tamara, que estava se servindo de uma espécie de pudim roxo que tingiu seus lábios e sua língua de índigo-escuro.

Ela revirou os olhos. Havia manchas escuras sob eles, mas, a não ser por isso, ela estava serena como sempre. O ressentimento apertou o peito de Call. Tamara era um robô, concluiu. Um robô sem sentimentos. E desejou que ela sofresse um curto-circuito.

Celia, vendo a ferocidade com que ele olhava para Tamara, tentou dizer alguma coisa, mas sua boca estava cheia de biscoito. Alguns lugares adiante, Aaron estava falando.

— Tudo que fazemos é dividir areia em pilhas. Por horas e horas. Quero dizer, tenho certeza de que existe um motivo para isso, mas...

— Bem, lamento muito por vocês — interrompeu Jasper. — Os aprendizes de Mestre Lemuel estão lutando contra elementais, e temos feito coisas incríveis com Mestra Milagros. Conjuramos bolas de fogo, e ela nos mostrou como usar o metal que existe na terra para levitar. Consegui ficar a dois centímetros do chão.

— Uau — disse Call, a voz gotejando desprezo. — Dois centímetros!

Jasper girou rapidamente na direção de Call, os olhos cintilando de raiva.

— É por sua causa que Aaron e Tamara têm de sofrer. Porque você se saiu muito mal nos testes. É por isso que seu grupo inteiro está preso na caixa de areia enquanto nós já entramos em campo.

Call sentiu o sangue afluir ao seu rosto. Não era verdade. Não podia ser. Ele viu Aaron, mais à frente na mesa, balançar a cabeça e começar a falar. Mas Jasper não se calava. Com uma careta de desdém, ele acrescentou:

— Se eu fosse você, Hunt, não seria tão arrogante com relação à habilidade de levitar. Se você aprendesse a levitar, talvez não atrasasse tanto Tamara e Aaron, mancando atrás deles.

No instante em que as palavras deixaram sua boca, o próprio Jasper pareceu chocado, como se nem mesmo ele esperasse ir tão longe.

Não era a primeira vez que alguém dizia algo assim para Call, mas a sensação era sempre a de um balde de água fria atirado em seu rosto.

Aaron estava sentado muito ereto, os olhos arregalados. Tamara bateu a mão na mesa.

— Cala a boca, Jasper! Não estamos separando areia por causa de Call, mas por minha causa! A culpa é minha, ok?

— O quê? Não! — Jasper estava totalmente confuso. Evidentemente, sua intenção não era irritar Tamara. Talvez estivesse até mesmo tentando impressioná-la. — Você foi muito bem no Desafio. Todos nós fomos, menos Call. Ele pegou meu lugar. Seu Mestre ficou com pena e quis...

Aaron se levantou, segurando com firmeza um garfo. Estava furioso.

— Não era o *seu* lugar — disse ele rispidamente a Jasper. — Não é uma questão só de pontos. A questão é a quem o Mestre quer ensinar. E estou vendo exatamente por que Mestre Rufus não quis *você*.

Ele falou alto o suficiente para chamar a atenção das pessoas nas mesas próximas. Com um último olhar de repulsa para Jasper, Aaron atirou na mesa o garfo que segurava e saiu pisando duro, os ombros rígidos.

Jasper virou-se novamente para Tamara.

— Acho que você tem dois malucos no seu grupo, e não só um.

Tamara dirigiu a Jasper um olhar demorado. Então pegou sua tigela de pudim e a virou na cabeça do garoto. A gosma roxa escorreu pelo rosto dele, que soltou um grito de surpresa.

Por um momento, Call ficou chocado demais para reagir. Mas depois caiu na gargalhada. Assim como Celia. O riso se espalhou pela mesa enquanto Jasper tentava tirar a tigela da cabeça. Call riu ainda mais alto.

Tamara, porém, não estava rindo. Era como se não pudesse acreditar que perdera a compostura tão completamente. Ela ficou parada, imóvel, por um longo momento, e, em seguida, levantou--se e correu para a porta na mesma direção de Aaron. Do outro lado do salão, sua irmã, Kimiya, a observou sair com ar reprovador, os braços cruzados sobre o peito.

Jasper jogou a tigela sobre a mesa e lançou a Call um olhar de puro ódio e agonia. Seus cabelos estavam cobertos de pudim.

— Podia ter sido pior — comentou Call. — Podiam ser aquelas coisas verdes.

Mestra Milagros surgiu ao lado de Jasper. Ela empurrou alguns guardanapos para ele e exigiu saber o que tinha acontecido. Mestre Lemuel, que estava sentado à mesa mais próxima, levantou-se e aproximou-se para fazer um sermão a todos, e Mestre Rufus juntou-se a eles, o rosto impassível como sempre. O blá--blá-blá dos adultos continuou, mas Call não estava prestando atenção.

Nos seus doze anos de vida, Call não se lembrava de ninguém, exceto o pai, tê-lo defendido. Nem quando chutavam sua perna fraca por baixo durante o futebol, ou riam dele por ficar de fora durante as aulas de educação física, ou quando era escolhido por último em todos os jogos. Ele se lembrou de Tamara virando o pudim na cabeça de Jasper e depois de Aaron dizendo *Não é uma questão só de pontos. A questão é a quem o Mestre quer ensinar*, e ele sentiu um calorzinho acender dentro de si.

Em seguida, pensou no real motivo para Mestre Rufus querê--lo como aprendiz, e o calor se apagou.

Call voltou sozinho para o quarto, através de passagens de pedra cheias de ecos. Quando chegou, Tamara estava sentada no sofá, as mãos envolvendo uma xícara de pedra fumegante. Aaron conversava com ela em voz baixa.

— Ei — disse Call, parando sem jeito no vão da porta, sem saber se devia ficar ou sair. — Obrigado por... bem, só obrigado.

Tamara ergueu os olhos para ele, fungando.

— Você vai entrar ou não?

Como ficaria ainda mais estranho continuar ali no corredor, Call deixou a porta se fechar às suas costas e seguiu para o quarto.

— Call, fique — pediu Tamara.

Ele se virou para encarar a menina e Aaron, que estava sentado no braço do sofá, alternando olhares ansiosos entre Call e Tamara. O cabelo escuro da garota ainda estava perfeito e suas costas, empertigadas, mas o rosto estava manchado, como se tivesse chorado. Os olhos de Aaron mostravam preocupação.

— O que aconteceu com a areia foi minha culpa — disse Tamara. — Me desculpem. Me desculpem por ter criado um problema para vocês. Me desculpem por ter sugerido uma coisa tão perigosa para começo de conversa. E me desculpem por não ter dito nada antes.

Call deu de ombros.

— Eu pedi a vocês para dar uma ideia, qualquer ideia. Não é culpa sua.

Ela lhe dirigiu um olhar estranho.

— Mas eu pensei que você estivesse com raiva.

Aaron assentiu com a cabeça, concordando.

— É, achamos que estava chateado com a gente. Você não falou praticamente nada durante *três semanas inteiras*.

— Não — retrucou Call. — Vocês é que não falaram *comigo* durante *três semanas inteiras*. Eram vocês que estavam com raiva.

Os olhos verdes de Aaron se arregalaram.

— Por que estaríamos com raiva de você? Foi você quem ficou encrencado com Rufus, e não nós. Você não colocou a culpa em nós, mesmo podendo.

— Eu é que devia ter agido diferente — disse Tamara, apertando a xícara com tanta força que os nós dos seus dedos ficaram brancos. — Vocês dois não sabem quase nada sobre magia, sobre o Magisterium, sobre os elementos. Mas eu sei. Minha... irmã mais velha...

— Kimiya? — perguntou Call, confuso.

Sua perna estava doendo. Ele se sentou na mesa de centro, esfregando o joelho por cima do uniforme de algodão.

— Eu tinha outra irmã — revelou Tamara, sussurrando.

— O que aconteceu com ela? — perguntou Aaron, baixando a voz para se igualar à dela.

— O pior — respondeu Tamara. — Ela se tornou uma daquelas coisas que eu estava contando a vocês: um humano elemental. Existem grandes magos que podem nadar na terra como se fossem peixes, fazer punhais de pedra dispararem das paredes, provocar relâmpagos ou criar redemoinhos gigantescos. Ela queria ser um dos grandes, então expandiu sua magia até ser possuída por ela.

Tamara balançou a cabeça, e Call se perguntou o que ela estaria vendo enquanto contava a eles.

— A pior parte é o orgulho que meu pai sentia da minha irmã no início, quando ela estava se saindo muito bem. Ele dizia a Kimiya e a mim que devíamos ser mais como ela. Agora ele e minha mãe nunca falam sobre ela. Nem mesmo mencionam seu nome.

— E qual é o nome dela? — perguntou Call.

Tamara pareceu surpresa.

— Ravan.

A mão de Aaron pairou no ar por um segundo, como se quisesse tocar o ombro de Tamara, mas não tivesse certeza se deveria.

— Você não vai acabar como ela — disse ele. — Não precisa se preocupar.

Ela balançou a cabeça de novo.

— Eu disse a mim mesma que não seria como meu pai ou minha irmã. Disse a mim mesma que nunca correria riscos. Queria provar que podia fazer tudo do jeito certo, e não pegar nenhum atalho. E *ainda assim* ser a melhor. Mas então eu peguei, sim, um atalho, e ensinei vocês a pegá-lo também. Eu não provei nada.

— Não diga isso — pediu Aaron. — Você provou uma coisa hoje.

Tamara fungou.

— O quê?

— Que Jasper fica mais bonito com pudim no cabelo — sugeriu Call.

Aaron revirou os olhos.

— Não era isso o que eu ia dizer... embora, com certeza, lamento ter perdido essa cena.

— Foi demais — disse Call, sorrindo.

— Tamara, você provou que se importa com os amigos. E nós nos importamos com você. E não vamos deixar você pegar mais nenhum atalho. — Ele olhou para Call — Certo?

— Certo — concordou Call, estudando a ponta de sua bota, na dúvida se era a melhor pessoa para essa tarefa. — E, Tamara...?

Ela esfregou o canto do olho com a manga.

— O que foi?

Ele não ergueu os olhos e podia sentir o calor do constrangimento subindo pelo pescoço, deixando as orelhas vermelhas.

— Ninguém nunca me defendeu como vocês fizeram esta noite.

— É sério que você acabou de dizer uma coisa boa para nós? — perguntou Tamara. — Está se sentindo bem?

— Não sei — respondeu Call. — Acho que preciso me deitar.

Mas Call não foi se deitar. Ficou acordado conversando com os amigos por boa parte da noite.

# CAPÍTULO DEZ

Passado o primeiro mês, Call não se importava se estava prestes a ser derrotado pelos outros aprendizes em qualquer desafio que fossem enfrentar, desde que isso significasse o fim da Sala de Areia e Tédio. Ele se encontrava sentado, exaurido, em um triângulo com Aaron e Tamara, separando as pilhas claras das escuras, e as mais ou menos claras das mais ou menos escuras, como se estivessem fazendo aquilo por um milhão de anos. Aaron tentou puxar assunto, mas Tamara e Call estavam entediados demais para responder com mais do que grunhidos. No entanto, agora às vezes eles se entreolhavam e sorriam os sorrisos secretos da amizade verdadeira. Uma amizade exausta, mas ainda assim real.

Na hora do almoço, as portas se abriram, mas, dessa vez, não era Alex Strike. Era Mestre Rufus, que carregava em uma das mãos uma grande caixa de madeira da qual se projetava uma corneta, e na outra, um saco com alguma coisa colorida.

— Continuem, crianças — disse ele, colocando a caixa sobre uma pedra próxima.

Aaron ficou intrigado.

— O que é aquilo? — perguntou a Call com um sussurro.

— Um gramofone — respondeu Tamara, que continuava a separar a areia, mesmo enquanto olhava para Rufus. — Ele toca música, mas funciona com magia, e não com eletricidade.

Nesse instante, uma música começou a sair da corneta do gramofone. Tocava muito alto, e não era nada que Call reconhecesse de imediato. O som era repetitivo e pulsante, incrivelmente irritante.

— Não é o tema do *Cavaleiro Solitário*? — perguntou Aaron.

— É a Abertura da ópera *Guilherme Tell* — gritou Mestre Rufus acima da música, saltitando pela sala. — Escutem estas cornetas! Fazem o sangue pulsar nas veias! Pronto para fazer magia!

O que aquilo fez, porém, foi tornar muito, muito, *muito* difícil pensar. Call se viu fazendo força para se concentrar, o que, por sua vez, transformou em um grande desafio colocar no ar um único grão. Justamente quando ele achava que tinha a areia sob controle, a música aumentava e seu foco se dispersava.

Ele resmungou, frustrado, e abriu os olhos, vendo Mestre Rufus tirar do saco uma minhoca vermelho-beterraba. Call esperou sinceramente que fosse uma minhoca de jujuba, porque Mestre Rufus começou a mastigar uma das extremidades.

Call se perguntou o que aconteceria se, em vez de tentar mover a areia, ele se concentrasse em bater com o gramofone na parede da caverna. Ele ergueu os olhos e viu Tamara fuzilando-o com o olhar.

— Nem *pense* nisso — disse ela, como se estivesse lendo sua mente. Ela estava vermelha, os cabelos escuros grudados na testa enquanto lutava para se concentrar na areia apesar da música.

Uma minhoca azul atingiu Call na lateral da cabeça, fazendo-o derrubar em seu colo a areia que flutuava no ar. A minhoca caiu no chão e ali ficou. *Ok, é definitivamente comestível*, pensou Call, pois não tinha olhos e parecia gelatinosa.

Por outro lado, isso descrevia muitas coisas no Magisterium.

— Não consigo fazer isto — disse Aaron, ofegante. Ele estava com as mãos erguidas, a areia girando; seu rosto estava vermelho por causa da concentração. Uma minhoca cor de laranja quicou no seu ombro.

Rufus estava com o saco aberto e atirava punhados de minhocas.

— Aah! — exclamou Aaron.

As minhocas não machucavam, mas realmente assustavam. Uma minhoca verde estava presa no cabelo de Tamara, que parecia à beira das lágrimas.

A porta se abriu novamente. Dessa vez *era* Alex Strike. Ele trazia um saco na mão e exibia um sorriso estranho, quase malicioso, enquanto olhava de Rufus, ainda arremessando minhocas, para os aprendizes, que lutavam tanto quanto podiam para se concentrar.

— Entre, Alex! — chamou Rufus alegremente. — Pode deixar os sanduíches ali! Aprecie a música!

Call se perguntou se Alex estaria recordando o próprio Ano de Ferro. Esperava que Alex não estivesse visitando os outros grupos de aprendizes, os que estavam aprendendo coisas legais, como fogo ou levitação. Se Jasper descobrisse qualquer detalhe do que Call teve de fazer naquele dia, nunca pararia de debochar dele.

*Não importa,* disse Call a si mesmo, com severidade. *Concentre-se na areia.*

Tamara e Aaron estavam movendo grãos, rolando-os e puxando-os pelo ar. Mais devagar do que antes, mas continuavam focados, trabalhando até mesmo quando eram acertados nas costas ou na cabeça por uma minhoca de jujuba. Tamara agora tinha uma azul emaranhada em uma de suas tranças e nem parecia perceber.

Call fechou os olhos e focou a mente.

Sentiu o tapa frio e úmido de uma minhoca na bochecha, mas dessa vez não deixou a areia cair. A música martelava em seus ouvidos, mas ele deixou tudo isso passar por ele. Primeiro, um grão após o outro e depois, conforme crescia sua confiança, cada vez mais areia.

*Mestre Rufus vai ver só,* pensou ele.

Outra hora se passou antes do intervalo para o almoço. Quando recomeçaram, o mago os bombardeou com valsas. Enquanto seus aprendizes separavam areia, Rufus fazia palavras cruzadas, sentado em um pedregulho. Ele não pareceu se incomodar quando permaneceram muito além do horário e perderam o jantar no Refeitório.

Os três se arrastaram de volta aos quartos, cansados e sujos, e encontraram a mesa posta com comida na sala compartilhada. Call descobriu que surpreendentemente estava de bom humor, levando-se em conta o dia que passaram, e Aaron fez com que ele e Tamara morressem de rir no jantar com sua imitação de Mestre Rufus valsando com uma minhoca.

Na manhã seguinte, Mestre Rufus apareceu à porta logo depois do alarme, usando braçadeiras que identificariam sua equipe durante o primeiro teste. Todos gritaram. Tamara gritou porque estava feliz, Aaron porque gostava de ver outras pessoas felizes e Call porque tinha certeza de que iam morrer.

— O senhor sabe que tipo de teste vai ser? — perguntou Tamara, ansiosa, girando a braçadeira no pulso. — Ar, fogo, terra ou água? Pode nos dar uma pista? Só uma minúscula, um tiquinho assim...

Mestre Rufus olhou-a com expressão severa, até ela parar de falar.

— Nenhum aprendiz recebe informação antecipada de como serão testados — disse ele. — Isso conferiria uma vantagem injusta. Vocês devem vencer pelos próprios méritos.

— Vencer? — indagou Call, atônito. Não lhe ocorrera que Mestre Rufus estivesse esperando que eles vencessem o teste. Não depois de um mês inteiro de areia. — Não vamos *vencer*. — Ele estava mais preocupado se iriam *sobreviver*.

— Esse é o espírito. — Aaron disfarçou um sorriso.

Já estava usando sua braçadeira, logo acima do cotovelo. De algum modo, ele conseguiu fazer aquilo parecer ser algo descolado. Call prendera a sua no antebraço e tinha certeza de que parecia uma atadura.

Mestre Rufus revirou os olhos. Call estava preocupado que os cantos de sua boca se curvassem para cima em um sorriso involuntário, como se ele estivesse realmente começando a entender as expressões de Mestre Rufus e respondendo a elas.

Talvez, quando chegassem ao Ano de Prata, Mestre Rufus transmitiria complexas teorias de magia simplesmente ao erguer uma única sobrancelha espessa.

— Venham — chamou o mago.

Com um movimento dramático, ele deu meia-volta e os guiou pelo que Call começava a considerar como o corredor principal. O musgo fosforescente piscava e faiscava enquanto eles desciam por uma escada em espiral que Call nunca tinha visto antes e que ia dar em uma caverna.

Em sua outra escola, ele sempre quisera ter permissão para fazer esportes. Ao menos ali estavam lhe dando uma chance. Agora cabia a ele continuar.

A caverna era do tamanho de um estádio, com estalactites e estalagmites imensas se projetando de cima e de baixo, como dentes. A maioria dos outros aprendizes do Ano de Ferro já estava lá, com seus Mestres. Jasper conversava com Celia, gesticulando feito louco e apontando as estalagmites em um canto, onde tinham se desenvolvido juntas em uma complicada forma circular. Mestra Milagros pairava ligeiramente acima do chão, encorajando uma das crianças a pairar com ela. Todos se movimentavam com uma energia nervosa. Drew parecia especialmente inquieto, sussurrando com Alex. O que fosse que Alex estivesse dizendo, Drew não parecia contente.

Avançando um pouco mais pela caverna, Call olhou ao redor, tentando prever o que poderia acontecer. Ao longo de uma das paredes havia uma grande caverna com algo semelhante a barras na entrada, como uma gaiola feita de calcita. Olhando para ela, Call se perguntou, preocupado, se o teste seria ainda mais assustador do que ele esperava. Ele esfregou a perna distraidamente e imaginou o que seu pai diria.

*Esta é a parte em que você morre*, provavelmente.

Ou, talvez, fosse uma oportunidade para mostrar a Tamara e Aaron que ele era alguém que valia a pena defender.

— Aprendizes do Ano de Ferro! — anunciou Mestre North, enquanto mais alguns alunos ainda entravam aos poucos atrás de Mestre Rufus. — Eis seu primeiro exercício. Vocês vão combater elementais.

Arquejos de medo e empolgação se espalharam pelo local. O ânimo de Call sucumbiu. Eles estavam falando sério? Nenhum dos aprendizes estava preparado para aquilo, ele podia apostar. Olhou para Aaron e Tamara para ver se eles discordavam. Ambos haviam empalidecido. Tamara segurava com força a própria braçadeira.

Call tentou freneticamente recordar a palestra de Mestre Rockmaple de duas sextas-feiras atrás, sobre os elementais. *Dispersar elementais rebeldes antes que possam fazer algum mal é uma das tarefas importantes de responsabilidade dos magos*, disse ele. *Caso se sintam ameaçados, eles podem se dispersar de volta em seu elemento. E precisam de muita energia para se condensar outra vez.*

Então, tudo que tinham de fazer era assustar os elementais. Ótimo.

Mestre North franziu a testa, como se tivesse acabado de perceber que os alunos estavam preocupados.

— Vocês vão se sair bem — assegurou ele.

Call achou a frase de um otimismo infundado. Ele os imaginou caídos no chão, todos mortos, enquanto dragonetes sedentos de vingança mergulhavam no ar acima deles, com Mestre Rufus balançando a cabeça e dizendo: *Quem sabe ano que vem os aprendizes sejam melhores.*

— Mestre Rufus — sibilou Call, tentando manter a voz baixa. — Não podemos fazer esse teste. Não treinamos...

— Vocês sabem o que precisam saber — retrucou Rufus, enigmático. Ele se virou para Tamara. — O que os elementos querem?

Tamara engoliu em seco.

— *O fogo quer queimar* — disse ela. — *A água quer correr, o ar quer levitar, a terra quer unir, o caos quer devorar.*

Rufus pousou a mão no ombro da menina.

— Pensem nos Cinco Princípios da Magia e no que ensinei a vocês, e vão se sair bem.

Tendo dito isso, ele se afastou a passos largos para juntar-se aos outros magos na outra extremidade da caverna. Eles haviam esculpido as pedras, transformando-as em bancos, e sentaram--se ali, aparentemente confortáveis. Outros magos estavam chegando e acomodando-se atrás deles. Havia também alguns outros alunos mais velhos com Alex, a luz da caverna refletindo em suas pulseiras.

Os aprendizes do Ano de Ferro se encontravam no meio da sala quando as luzes diminuíram, até estarem cercados de escuridão e silêncio. Lentamente, os grupos de aprendizes começaram a se juntar em uma única e grande massa, de frente para a grade deslizante, enquanto esta se abria para o desconhecido.

Por um longo momento, Call fitou a escuridão além, até começar a se perguntar se haveria algo ali. Talvez o teste fosse verificar se os aprendizes realmente acreditavam que os magos fariam algo tão ridículo quanto deixar crianças de doze anos lutar contra dragonetes em um combate de gladiadores.

Então, ele viu olhos brilhantes no escuro. Grandes pés dotados de garras esmagaram ruidosamente o chão quando três criaturas emergiram da caverna. Eram da altura de dois homens e se erguiam nas patas traseiras, os corpos curvados para a frente, arrastando atrás de si caudas cheias de espigões. No lugar dos braços, asas imensas agitavam o ar. Bocas largas e cheias de dentes tentavam morder o teto.

Todos os avisos do pai de Call martelavam dentro de sua cabeça, e ele teve a sensação de que não conseguiria respirar. Nunca sentira tanto medo na vida. Todos os monstros da sua imaginação, cada fera escondida nos armários ou embaixo das camas ficaram pequenos diante dos pesadelos que, famintos, avançavam raspando o chão na sua direção.

*O fogo quer queimar*, pensou Call. *A água quer correr. O ar quer levitar. A terra quer unir. O caos quer devorar. Call quer viver.*

Jasper, aparentemente possuído por completo de um sentimento diferente quanto à sua sobrevivência, separou-se do grupo de aprendizes e, com um grande uivo, correu na direção dos dragonetes. Ele ergueu a mão e a estendeu, a palma voltada para os monstros.

Uma bolinha de fogo disparou de seus dedos e passou voando ao lado da cabeça de um dos dragonetes.

A criatura rugiu, furiosa, e Jasper hesitou. Tornou a estender a mão com a palma para a frente, mas agora apenas uma fumaça se ergueu dali. Nada de fogo.

Um dragonete avançou para Jasper abrindo a boca, uma densa névoa azul jorrando de suas mandíbulas. A névoa flutuou lentamente em ondas pelo ar, mas não devagar o bastante para que Jasper pudesse se esquivar. Ele rolou para o lado, mas a névoa passou por cima dele, cercando-o. Um instante depois, ele subia através dela, flutuando como uma bolha de sabão.

Os outros dois dragonetes saltaram para o ar.

— Ah, droga — disse Call. — Como esperam que a gente lute contra isso?

Um lampejo de raiva passou pelo rosto de Aaron.

— Não é justo.

Jasper agora estava gritando, oscilando para a frente e para trás na respiração do dragonete. Preguiçosamente, a primeira criatura o golpeou com a cauda. Call não pôde reprimir uma centelha de pena. Os outros aprendizes estavam imóveis, olhando para cima.

Aaron respirou fundo e disse:

— É agora ou nunca.

Enquanto Call e os outros assistiam, ele correu e atirou-se na cauda do dragonete mais próximo. Conseguiu pegá-la no movimento descendente, e o dragonete soltou um grito de surpresa que soou como um trovão. Aaron agarrava-se obstinadamente enquanto a cauda se agitava, lançando-o para cima e para baixo, como se ele estivesse montando um cavalo chucro. Em sua bolha, Jasper subiu e ficou quicando entre as estalactites do teto, gritando e esperneando.

O dragonete moveu a cauda como um chicote, e Aaron saiu voando. Tamara arquejou. Rufus estendeu a mão, disparando partículas de cristais de gelo, que se juntaram em pleno ar, formando uma espécie de mão que apanhou Aaron a centímetros do chão, e ali ficou.

Call sentiu uma explosão de alívio no peito. Não tinha se dado conta até aquele momento do quanto o preocupara a ideia de que os Mestres não ergueriam um só dedo para ajudá-los — que simplesmente os deixariam morrer.

Aaron tentava se soltar dos dedos de gelo. Alguns dos outros aprendizes do Ano de Ferro se moveram em bando, avançando sobre o segundo dragonete. Gwenda fez o fogo surgir entre as mãos, azul como a chama no dorso dos lagartos. O dragonete bocejou para eles, preguiçosamente, soprando lentos tentáculos de fumaça. Um a um, eles começaram a se elevar no espaço, gritando. Celia disparou uma rajada de gelo ao subir, mas errou, atingindo o espaço à esquerda da cabeça do segundo dragonete, fazendo-o rugir.

— Call!

Ele se virou ao ouvir o sussurro urgente de Tamara, bem a tempo de vê-la mergulhar por trás de um agrupamento de estalagmites. Call começou a segui-la, mas se deteve ao ver Drew parado, imóvel, afastado do grupo.

Call não foi o único a notar. O terceiro dragonete, estreitando os olhos amarelos de predador, torceu o corpo para encarar o assustado aprendiz.

Drew baixou os dois braços com força, a palma das mãos voltadas para o chão, enquanto murmurava freneticamente. Então começou a subir lentamente, elevando-se até a altura dos olhos do dragonete.

*Ele está fingindo ter sido atingido pela fumaça*, percebeu Call. *Esperto.*

Drew invocou uma bola de vento para suas mãos e mirou. O dragonete bufou, surpreso, quebrando a concentração de Drew e fazendo-o girar no ar como um cata-vento. Sem perder tempo, o dragonete lançou a cabeça para a frente e pegou com o bico a barra da perna da calça de Drew. O tecido se rasgou enquanto Drew chutava o ar desesperadamente.

Call correu para ajudar, exatamente quando o segundo dragonete mergulhava do teto da caverna, direto para ele.

— Corra, Call! — gritou Drew. — Vá!

Era uma boa sugestão, pensou Call, se ao menos ele *pudesse* correr. Ao tentar correr no chão irregular, torceu a perna fraca e tropeçou, endireitando-se rapidamente, mas não o suficiente. Os frios olhos pretos do dragonete estavam grudados nele, as garras estendidas enquanto se aproximava cada vez mais. Call disparou numa corrida bamboleante, a perna doendo cada vez que o pé tocava o chão de pedra. Ele não era veloz o bastante. Olhando por sobre o ombro, ele tropeçou e foi parar longe, chocando-se contra cascalho e pedras afiadas.

Ele rolou, ficando de costas, e o dragonete lançou-se sobre ele. Uma parte de Call lhe dizia que os Mestres interfeririam antes que qualquer coisa mais grave acontecesse, mas outra parte, muito maior, gritava de medo. O dragonete ocupou todo o seu campo de visão, as mandíbulas se abrindo, revelando uma garganta escamosa e dentes afiados...

Call estendeu o braço. Ele sentiu uma explosão de calor ao seu redor. Uma onda de areia e pedras subiu em cascata do chão, martelando o peito do dragonete.

O monstro foi jogado para trás, batendo com violência contra a parede da caverna, antes de desabar no chão. Surpreso, Call levantou-se lentamente. Quando estava de pé, olhou à sua volta com um novo olhar.

*Ah*, pensou ele, ao ver o caos se desdobrar para todos os lados, o fogo atravessando o ar e os aprendizes rodando em círculos ao perder a concentração, sua própria magia jogando-os de um lado para outro. Ele então compreendeu, de repente, por que haviam praticado na sala de areia por tanto tempo. Contrariando as expectativas, a magia se tornara automática para Call. Ele conhecia a concentração necessária.

Seu dragonete tentava se levantar, mas agora Call estava pronto. Ele se concentrou, estendendo a mão, e três estalactites partiram e se soltaram do teto, caindo ruidosamente e prendendo o dragonete ao chão pelas asas.

— Ha! — exclamou Call.

O monstro abriu a boca e Call começou a recuar, ciente de que não seria rápido o bastante para evitar o sopro.

— Me dê a Miri! — gritou Tamara, saindo das sombras. — Depressa!

Levando a mão ao cinto, ele puxou a faca e a jogou para ela. A boca do dragonete estava aberta, e a fumaça começava a sair em espirais. Com dois passos rápidos, Tamara atravessou a fumaça até o dragonete e se preparou para cravar a lâmina em seu olho. Quando a faca estava prestes a tocá-lo, o monstro desapareceu em uma grande rajada de fumaça azul, retornando ao seu elemento com um uivo de fúria. Tamara começou a subir pelo ar.

Call agarrou a perna da garota. Era um pouco como segurar a corda de uma bola de gás, pois ela continuou a flutuar pelo ar.

Tamara olhou para baixo e sorriu para ele. Estava suja de poeira e areia, o cabelo solto esvoaçando ao redor do rosto.

— Olhe — disse ela, apontando com Miri, e Call se virou a tempo de ver Aaron, livre do gelo, lançar uma torrente de pedrinhas sobre um dragonete.

Celia, de um ponto mais alto, lançou também uma chuva de pedras. No ar, estas se uniram em um rochedo enorme, que dispersou a criatura com um único golpe, antes de se despedaçar ao bater na parede do outro lado.

— Só falta um — disse Call, ofegante.

— Não mais — retrucou Tamara, alegremente. — Peguei dois. Embora você tenha dado uma ajudinha com o segundo.

— Eu poderia soltar você neste instante. — Call lhe deu um puxão ameaçador na perna.

— Está bem, está bem, você ajudou muito! — Tamara riu no momento em que os aplausos encheram o ar.

Os Mestres batiam palmas — olhando, Call se deu conta, para ele, Tamara, Aaron e Celia. Aaron respirava pesadamente, olhando das mãos para o lugar onde o dragonete havia desaparecido, como se não conseguisse acreditar que havia atirado um rochedo. Call sabia como ele se sentia.

— Iu-hu! — gritou Tamara, agitando os braços para cima e para baixo, suspensa no ar.

No instante seguinte, os aprendizes que haviam flutuado para o teto começaram a descer devagar, e Call soltou o tornozelo de Tamara para que ela pudesse aterrissar em pé. Ela lhe devolveu Miri enquanto os outros aprendizes pousavam, alguns rindo e outros — como Jasper — em silêncio e emburrados.

Tamara e Call foram até Aaron em meio ao burburinho. Todos davam vivas e tapinhas nas costas deles. Era um pouco como Call sempre imaginara que seria vencer um jogo de basquete, apesar de nunca ter vencido um. Ele nem mesmo jogara em um time.

— Call — disse uma voz atrás dele.

Ele se virou e viu Alex, com um largo sorriso no rosto.

— Eu estava torcendo por vocês — disse ele.

Call ficou surpreso.

— Por quê? — Afinal, eles não se falavam muito, ou melhor, nunca se falavam.

— Porque você é como eu. Eu sei.

— Ah, até parece — replicou Call. Isso era ridículo. Alex era o tipo de cara que, fora dali, teria empurrado Call em uma poça de lama. O Magisterium era diferente, mas não podia ser assim *tão* diferente.

— Não fiz nada de mais — continuou Call. — Só fiquei parado ali até lembrar de correr... só que aí lembrei também que não *consigo* correr.

Holly Black & Cassandra Clare

Ele viu Mestre Rufus contornando a multidão para se aproximar de seus aprendizes. Ele exibia um sorrisinho, o que, para Mestre Rufus, era equivalente a saltar e dar piruetas pelos corredores.

Alex abriu um sorriso.

— Não precisa correr — disse ele. — Aqui eles vão ensinar você a lutar. E, acredite, vai ser bom nisso.

↑≈△○◉

Call, Tamara e Aaron voltaram para seus quartos sentindo que, pela primeira vez desde que chegaram ao Magisterium, tudo se encaixava. Eles tinham se saído melhor do que os outros grupos de aprendizes, e todo mundo sabia disso. O melhor de tudo: Mestre Rufus tinha providenciado pizza para eles. Pizza *de verdade*, tirada de uma *caixa de papelão*, com queijo derretido e muitas coberturas que não eram líquen nem cogumelos roxos nem nenhuma outra coisa esquisita cultivada no subterrâneo. Comeram na sala compartilhada, disputando quem engolia mais fatias. Tamara ganhou, porque foi quem comeu mais rápido.

Os dedos de Call ainda estavam um pouco gordurosos quando abriu a porta do quarto. Abarrotado de pizza, refrigerante e risos, ele se sentia bem, como há muito tempo não se sentia.

Mas, no instante em que viu o que o aguardava na cama, tudo mudou.

Era uma caixa — uma caixa de papelão fechada com muita fita adesiva, com seu nome escrito na inconfundível caligrafia fina e angulosa do pai:

*CALLUM HUNT*
*O MAGISTERIUM*
*LURAY, VA*

Por um momento, Call ficou parado, olhando. Então andou devagar até a caixa e a tocou, correndo os dedos pelas dobras cobertas com fita adesiva. Seu pai sempre usava a mesma fita resistente para embalar caixas, como quando enviava alguma encomenda para fora da cidade. Eram praticamente impossíveis de abrir.

Call tirou Miri do cinto. A lâmina afiada da faca cortou o papelão como se fosse uma folha de papel. Roupas se espalharam sobre a cama — jeans, casacos e camisetas, pacotes de sua jujuba predileta, um despertador a corda e um exemplar de *Os três mosqueteiros*, que Call e o pai estavam lendo juntos.

Quando Call pegou o livro, um bilhete dobrado caiu do meio das páginas. Call o pegou e leu:

*Callum,*

*Sei que não é culpa sua. Amo você e lamento por tudo o que aconteceu. Mantenha a cabeça erguida na escola.*

*Com amor,*
*Alastair Hunt*

Ele assinara o nome completo, como se Call fosse alguém que ele mal conhecesse. Segurando a carta nas mãos, Call deixou-se afundar na cama.

# CAPÍTULO ONZE

C all não conseguiu dormir nessa noite. Estava tenso por causa da luta, e sua mente ficava repassando as palavras do bilhete do pai, tentando decifrar seu significado. Não ajudou o fato de ter comido imediatamente todos os pacotes de jujuba que ganhara, exceto um, deixando-o pronto para bater no teto da caverna sem precisar do sopro de nenhum dragonete para impulsioná-lo. Se o pai tivesse mandado seu skate (e era irritante que não o tivesse feito), Call estaria fazendo manobras pelas paredes com ele.

O pai dissera no bilhete que não estava zangado, e as palavras escolhidas também não pareciam conter raiva, mas deixavam transparecer algo mais. Tristeza. Frieza, quem sabe. Distância.

Talvez ele estivesse preocupado com a possibilidade de os magos roubarem e lerem a correspondência de Call. Talvez ele tivesse medo de escrever algo pessoal demais. Era um eufemismo dizer que seu pai, às vezes, era um pouco paranoico, ainda mais no que dizia respeito a magos.

Se Call pudesse ao menos falar com ele, só por um segundo. Queria tranquilizá-lo, dizer que estava bem e que ninguém tinha aberto o pacote antes dele. Até ali, o Magisterium não era tão ruim assim. Era até meio divertido.

Se ao menos tivesse um telefone...

A mente de Call foi na mesma hora para o minúsculo tornado na mesa de Mestre Rufus. Se esperasse até lhe ensinarem a pilotar os barcos para chegar até lá sorrateiramente, talvez tivesse de esperar uma eternidade para falar com o pai. Ele provara no teste que podia adaptar sua magia a muitas situações para as quais não tivera treino específico. Talvez pudesse se adaptar a essa também.

Depois de tanto tempo alternando apenas os dois uniformes, era incrível ter um monte de roupas para escolher. Parte dele queria colocá-las todas de uma vez e sair desfilando pelo Magisterium como um pinguim.

No fim, ele escolheu um jeans preto e uma camiseta também preta com uma estampa desbotada do Led Zeppelin, a roupa que ele considerou mais adequada para andar de fininho pelo lugar. No último instante, prendeu a bainha de Miri em uma volta do cinto e saiu pela penumbra da sala compartilhada.

Olhando à sua volta, ele de repente se deu conta de quantas coisas suas e de Tamara estavam espalhadas pelo cômodo. Ele havia deixado o caderno na bancada, a bolsa jogada ao acaso no sofá, uma de suas meias no chão ao lado de um prato de biscoitos cristalinos mordidos. Tamara tinha ainda mais coisas espalhadas — livros de casa, laços de cabelo, brincos pendentes, canetas com pontas de penas e pulseiras. De Aaron, porém, não havia nada.

Seus poucos pertences estavam em seu quarto, que ele mantinha superlimpo, a cama tão bem-feita quanto se estivessem em uma escola militar.

Ele podia ouvir a respiração estável de Tamara e Aaron vindo dos quartos. Por um momento, perguntou-se se não deveria simplesmente voltar para a cama. Ele ainda não conhecia muito bem os túneis e lembrou-se de todos os avisos sobre acabar perdido. Sabia também que não deviam sair do quarto tão tarde sem permissão de seu Mestre; então ele estava se arriscando a se encrencar.

Respirando fundo, expulsou todas as dúvidas da mente. Conhecia o caminho para a sala de Mestre Rufus durante o dia. Só precisava descobrir como comandar os barcos.

O corredor no qual ficava a sala compartilhada estava iluminado pelo brilho fraco das rochas, e sobre ele havia caído um silêncio absoluto e assustador, pontuado apenas por gotas distantes de sedimentos pingando de estalactites em estalagmites.

— Tudo bem — murmurou Call. — É agora ou nunca.

Ele começou a descer o caminho que sabia que levava ao rio. Seus passos ressoavam em um padrão rítmico no silêncio.

A câmara pela qual o rio corria era ainda menos iluminada do que o corredor. A água era um fluxo pesado e agitado de sombras. Com cuidado, Call seguiu pelo caminho rochoso até onde um dos barcos estava amarrado na margem do rio. Ele tentou se firmar, mas a perna ruim fraquejou e Call teve de ficar de joelhos para embarcar.

Parte da palestra de Mestre Rockmaple sobre elementais havia tratado daqueles que viviam na água. Segundo ele, com frequência podiam ser facilmente persuadidos com uma pequena dose de poder a cumprir as ordens de um mago. O único problema era que

Mestre Rockmaple tinha falado na teoria, mas não explicara nenhuma *técnica*. Call não tinha ideia de como fazer isso.

O barco oscilou sob seus joelhos. Imitando Mestre Rufus, ele se inclinou sobre a borda e sussurrou:

— Ok, eu me sinto muito idiota fazendo isso. Mas, hã, talvez você possa me ajudar. Estou tentando descer o rio e não sei como... Olhe, você pode tentar evitar que o barco bata nas paredes e gire? Por favor?

Os elementais, onde quer que estivessem e o que quer que estivessem fazendo, não ofereceram nenhuma resposta.

Felizmente, a corrente já seguia na direção que ele queria ir. Inclinando-se para fora do barco, com a base da palma da mão ele tomou impulso para afastar-se da margem do rio, fazendo o barco se balançar na direção do centro do rio. Ele viveu um momento de sucesso inebriante, antes de perceber que não tinha como *parar* o barco.

Reconhecendo que não havia muito que pudesse fazer, Call jogou-se sobre o assento na popa e resignou-se a se preocupar com isso no fim do trajeto. A água batia na lateral do barco, e, de vez em quando, um peixe se erguia, pálido e brilhante, e disparava pela superfície antes de desaparecer nas profundezas novamente.

Infelizmente, ele não parecia ter dito a coisa certa ao sussurrar para os elementais. O barco girava na água, deixando Call tonto. A certa altura, ele teve de empurrar uma estalagmite para evitar que o barco espiralasse.

Por fim, ele chegou a um trecho da margem que reconheceu, perto da sala de Rufus. Ele olhou ao redor, à procura de uma maneira de se aproximar da margem. A ideia de enfiar a mão na água fria e escura não lhe agradava muito, mas ele o fez mesmo assim, remando freneticamente.

A proa bateu na margem e Call percebeu que teria de pular na água rasa, pois não conseguia obrigar o barco a encostar em uma saliência como Mestre Rufus fazia. Preparando-se, ele passou a perna por cima da lateral do barco e afundou imediatamente no lodo. Perdeu o equilíbrio, caiu e bateu com a perna ruim na lateral do barco. Por um longo momento, a dor o deixou sem fôlego.

Quando se recuperou, percebeu que a situação era ainda pior. O barco havia deslizado para o meio do rio, para fora de seu alcance.

— Volte — gritou ele para o barco. Então, percebendo seu erro, concentrou-se na água propriamente. Mesmo se esforçando, tudo que conseguia fazer era agitar a água um pouco. Ele tinha passado um mês trabalhando com areia e nem um dia com os outros elementos.

Estava encharcado e o barco logo sairia de vista, desaparecendo em um túnel e se aprofundando nas cavernas. Gemendo, ele andou patinando até a margem. Seu jeans estava pesado e sujo, agarrando-se às pernas. Também ficaram frios. Ele teria de andar todo o caminho de volta assim... isso se conseguisse encontrá-lo.

Expulsando da mente as preocupações sobre a volta, Call seguiu para a pesada porta de madeira da sala de Mestre Rufus. Prendendo a respiração, ele experimentou a maçaneta. A porta se abriu sem nenhum rangido.

O pequeno tornado ainda girava na mesa de tampo corrediço de Mestre Rufus. Call deu um passo em sua direção. O pequeno lagarto na gaiola estava na bancada de trabalho como antes, as chamas tremeluzindo ao longo de suas costas. Ele observava Call com olhos luminosos.

— Me deixe sair — pediu o lagarto. Sua voz era rouca e sussurrante, mas as palavras soaram claras.

Call o fitou, confuso. Os dragonetes não tinham falado durante o exercício; ninguém dissera absolutamente nada sobre elementais *falando*. Talvez os elementais do fogo fossem diferentes.

— Me deixe sair — repetiu ele. — A chave! Vou dizer onde ele guarda a chave e você me deixa sair.

— Não vou fazer isso — disse Call ao lagarto, franzindo a testa. Ele ainda não conseguira superar o fato de que o animal falava. Afastando-se dele, aproximou-se do tornado na mesa.

— Alastair Hunt — sussurrou ele para a areia girando.

Nada aconteceu. Talvez não fosse tão fácil quanto ele esperara.

Call colocou a mão na lateral do vidro. O mais intensamente que pôde, ele visualizou o pai. Imaginou o perfil aquilino de seu pai e o som familiar de quando ele consertava coisas na garagem. Ele imaginou os olhos cinzentos de Alastair e a maneira como sua voz se elevava quando ele estava torcendo por um time ou como baixava quando ele falava sobre coisas perigosas, como magos. Imaginou seu pai lendo um livro para ele dormir, como sempre fizera, e como seus casacos de lã cheiravam a fumaça de cachimbo e a produtos de limpeza de madeira.

— Alastair Hunt — repetiu ele, e dessa vez a areia em movimento se contraiu e se solidificou. Em segundos, estava olhando para a figura do pai, os óculos no alto da cabeça. Ele vestia um blusão de moletom e jeans, e tinha um livro aberto no colo. Era como se Call tivesse acabado de entrar em um cômodo e encontrasse o pai lendo.

O pai se levantou abruptamente, olhando em sua direção. O livro escorregou, desaparecendo de vista.

— Call? — perguntou o pai, a incredulidade evidente na voz.

— Sim! — respondeu Call, empolgado. — Sou eu. Recebi as roupas e sua carta, e queria encontrar uma forma de entrar em contato com você.

— Ah — disse o pai, semicerrando os olhos como se estivesse tentando ver Call melhor. — Bem, isso é bom, isso é muito bom. Fico feliz que suas coisas tenham chegado a você.

Call assentiu. Algo no tom cauteloso do pai diminuiu o prazer que Call sentiu ao vê-lo.

O pai colocou os óculos no lugar.

— Você parece bem.

Call olhou para as próprias roupas.

— Sim. Estou bem. Aqui não é tão ruim assim. Quero dizer, pode ser entediante às vezes... e assustador outras vezes, mas estou aprendendo coisas. Não sou um mago tão ruim. Quero dizer, até agora.

— Nunca pensei que você não tivesse habilidade, Call. — O pai se levantou e pareceu se mover na direção de onde Call se encontrava. Sua expressão era estranha, como se ele estivesse se preparando para uma tarefa difícil. — Onde você está? Alguém sabe que está falando comigo?

Call balançou a cabeça.

— Estou na sala do Mestre Rufus. Eu estou, hã, pegando emprestado sua miniatura de tornado.

— Seu o quê? — As sobrancelhas do pai de Call franziram, mostrando sua confusão, e então ele suspirou. — Deixe pra lá... Fico feliz de ter a oportunidade de lembrá-lo do que é importante. Os magos não são o que parecem. A magia que eles estão ensinando é perigosa. Quanto mais você aprender sobre esse mundo mágico, mais será atraído para ele... atraído para seus conflitos antigos e tentações perigosas. Mesmo que esteja achando divertido...

— O pai de Call disse a palavra *divertido* como se fosse venenosa.

— Mesmo que esteja fazendo amigos, não se esqueça de que essa vida não é para você. Precisa sair daí assim que puder.

— Está me dizendo para fugir?

— Seria o melhor para todos — disse Alastair com toda sinceridade.

— Mas e se eu decidir que quero ficar aqui? — perguntou Call. — E se eu decidir que estou feliz no Magisterium? Você ainda vai me deixar voltar para casa de vez em quando?

Fez-se silêncio. A pergunta pairava no ar entre eles. Mesmo que se tornasse um mago, ainda queria ser filho de Alastair também.

— Eu não... eu... — O pai respirou fundo.

— Sei que você odeia o Magisterium porque mamãe morreu no Massacre Gelado. — Call falava rapidamente, querendo proferir as palavras antes que sua coragem fraquejasse.

— *O quê?* — Os olhos de Alastair se arregalaram. Ele parecia furioso... e apavorado.

— E eu entendo por que você nunca me falou sobre isso. Não estou com raiva. Mas aquilo foi uma guerra. Eles estão em um período de trégua agora. Nada vai acontecer comigo aqui no...

— Call! — berrou Alastair. Seu rosto estava pálido. — Você não pode, em hipótese alguma, ficar na escola. Você não entende... é perigoso demais. Call, precisa me escutar. Você não sabe o que você é.

— Eu... — Call foi interrompido pelo barulho de algo quebrando atrás dele. Girou o corpo e viu que o lagarto conseguira, de alguma forma, derrubar sua gaiola da borda da bancada de trabalho e estava caído de lado no chão, coberto por um monte de papéis e os restos de um dos modelos de Rufus. Dentro da gaiola, o elemental murmurava palavras estranhas como *Splerg!* e *Gelferfren!*

Call voltou ao tornado, mas era tarde demais. Sua concentração tinha sido quebrada. O pai havia desaparecido, suas últimas palavras pairando no ar.

*Não sabe o que você é.*

— Seu lagarto estúpido! — gritou Call, chutando uma perna da bancada de trabalho. Mais papéis caíram no chão.

O elemental ficou quieto. Call deixou-se cair na cadeira de Rufus, apoiando a cabeça entre as mãos. O que seu pai ia dizer? O que aquelas palavras significavam?

*Call, você precisa me escutar. Não sabe o que você é.*

Um arrepio desceu pela espinha de Call.

— Me deixe sair — repetiu o lagarto.

— Não! — gritou Call, feliz por ter um alvo para sua raiva. — Não, não vou deixar você sair, então pare de pedir!

De sua gaiola, o lagarto observou, com olhar intenso, Call se ajoelhar e começar a recolher papéis e engrenagens do modelo. Estendendo a mão para um envelope, os dedos de Call se fecharam em um pequeno pacote que também devia ter caído da mesa. Ele o puxou em sua direção, quando notou a inconfundível letra fina e angulosa do pai mais uma vez. Estava endereçado a William Rufus.

*Ah,* Call pensou. *Uma carta do papai. Isso não pode ser bom.*

Deveria abrir? A última coisa de que ele precisava era seu pai dizendo coisas malucas para Mestre Rufus e implorando que Call fosse mandado para casa. Além disso, Call já estava enrascado mesmo por bisbilhotar, então talvez a encrenca não fosse muito maior por abrir correspondência.

Ele cortou a fita com a ponta irregular de uma engrenagem e desdobrou um bilhete muito parecido com o que recebera. Dizia:

*Rufus,*

*Se algum dia você confiou em mim, se teve alguma lealdade a mim pelo tempo que fui seu aluno e pela tragédia que compartilhamos, precisa interditar a magia de Callum antes do fim do ano.*

*Alastair*

# CAPÍTULO DOZE

Por um longo momento, Call ficou com tanta raiva que sentiu vontade de quebrar alguma coisa, e, ao mesmo tempo, seus olhos ardiam como se estivesse prestes a chorar.

Tentando dominar sua fúria, Call puxou o objeto que estava dentro do pacote, debaixo da carta do pai. Era a pulseira de um aluno mais velho, do Ano de Prata, ornada com cinco pedras — uma vermelha, uma verde, uma azul, uma branca e uma preta como as piscinas de água escura que percorriam as cavernas. Call ficou olhando a pulseira. Seria de seu pai, do tempo em que ele estudou no Magisterium? Por que Alastair a enviaria para Rufus?

*Uma coisa é certa*, pensou Call. *Mestre Rufus nunca vai receber esta carta.* Ele enfiou a carta e o envelope no bolso e colocou a pulseira no braço. Como era grande demais para ele, empurrou-a mais para cima no braço, acima do seu punho, e puxou a manga da camisa sobre ela.

— Você está roubando — disse o lagarto.

As chamas, azuis com lampejos de verde e amarelo, ainda queimavam em seu dorso, criando sombras que dançavam pelas paredes.

Call parou bruscamente.

— E daí?

— Me deixe sair — disse o lagarto. — Senão, vou contar que você roubou as coisas de Mestre Rufus.

Call gemeu. Onde estava com a cabeça? O elemental não só sabia que ele tinha aberto o pacote, mas também o que dissera ao pai. Ele ouvira o aviso enigmático que o pai lhe dera. Call não podia permitir que ele repetisse aquelas coisas para Mestre Rufus.

Ele se ajoelhou e ergueu a gaiola pela alça de ferro na parte de cima, colocando-a de volta na bancada de trabalho de Rufus. Examinou o lagarto mais de perto.

Seu corpo era mais comprido do que uma das botas de seu pai. Lembrava uma versão em miniatura de um dragão-de-komodo — tinha até mesmo uma barba de escamas e sobrancelhas —, sim, definitivamente tinha sobrancelhas. Seus olhos eram grandes e vermelhos, brilhando constantemente como brasas numa fogueira. A gaiola tinha um leve cheiro de enxofre.

— Roubando — disse o lagarto. — Você está roubando, furtando, e seu pai quer que você fuja.

Call não sabia o que fazer. Se deixasse o elemental sair da gaiola, a criatura ainda poderia contar a Mestre Rufus o que vira. Não podia correr o risco de ser descoberto. Não queria ter sua magia interditada. Não queria decepcionar Aaron e Tamara, logo agora que começavam a ser amigos.

— Isso mesmo — disse Call. — E adivinha o que mais vou roubar? *Você.*

Correndo um último olhar pela sala, Call saiu, levando a gaiola do lagarto. O elemental corria de um lado para outro lá dentro, fazendo a gaiola chacoalhar. Call não se importava.

Ele andou até a água, na esperança de que outro barco tivesse flutuado até ali. Não havia nada além do rio subterrâneo se chocando contra uma praia de pedras. Call se perguntou se conseguiria nadar de volta, mas a água estava gelada e a correnteza levava na direção errada, e ele nunca fora um bom nadador. Além disso, tinha de pensar no lagarto, e duvidava de que a gaiola flutuasse.

— As correntezas do Magisterium são escuras e estranhas — disse o elemental, os olhos vermelhos brilhando na escuridão.

Call inclinou a cabeça, estudando a criatura.

— Você tem nome?

— Só o nome que você me der — respondeu o lagarto.

— Cabeça de Pedra? — sugeriu Call, olhando para as pedras de cristal na cabeça do lagarto.

Uma pequena nuvem de fumaça saiu dos ouvidos do lagarto. Ele parecia irritado.

— Você disse que eu devia lhe dar um nome — lembrou Call, agachando na margem com um suspiro.

O lagarto espremeu a cabeça entre as barras. Sua língua projetou-se para fora, envolveu um peixe minúsculo e o puxou para a boca. Então mastigou ruidosamente, com satisfação perturbadora.

Isso aconteceu tão rápido que Call deu um pulo, quase derrubando a gaiola. Aquela língua era assustadora.

— Labareda? — sugeriu ele, em pé, fingindo que não estava apavorado. — Cara de Peixe?

O lagarto o ignorou.

— Warren? — sugeriu Call. Era o nome de um dos caras que às vezes jogavam pôquer com o pai nas noites de domingo.

O lagarto assentiu, satisfeito.

— Warren — disse ele — Estamos por aí, debaixo da terra, onde as criaturas vivem, se esgueiram, espreitam e se escondem!

— Hã, ótimo — disse Call, apavorado.

— Existem outros caminhos além do rio. Você não sabe o caminho de volta para o seu ninho, mas eu sei.

Call fitou o elemental, que o espiava através das barras de pedra da gaiola.

— Um atalho de volta para o meu quarto?

— Para qualquer lugar. Todos os lugares! Ninguém conhece o Magisterium melhor que Warren. Mas você me deixa sair da gaiola. Você concorda em me tirar daqui.

Até que ponto Call confiava em um lagarto esquisito que não era um lagarto de verdade?

Talvez, se *bebesse* um pouco da água — que era nojenta, cheia de peixes cegos, enxofre e minerais estranhos —, talvez ele se saísse melhor com a magia. Como acontecera com a areia. Como ele não deveria fazer. Talvez pudesse inverter a correnteza e trazer o barco até ele.

Ah, claro. Ele não tinha a menor ideia de como fazer aquilo.

*Call, precisa me escutar. Você não sabe o que você é.*

Aparentemente, ele não sabia um monte de coisas.

— Tudo bem — concordou Call. — Se você me levar de volta ao meu quarto, deixo você sair da gaiola.

— Me deixe sair agora — pediu o elemental, tentando um tom convincente. — Poderíamos ir mais rápido.

— Bela tentativa. — Call bufou. — Para que lado?

Holly Black & Cassandra Clare

O pequeno lagarto o orientou, e ele se pôs a caminho, as roupas ainda molhadas e frias coladas à pele.

Eles passaram por lençóis de rocha que pareciam se fundir um no outro, colunas e cortinas de calcário, caindo como tecido drapeado. Passaram por um córrego de lama borbulhante, serpenteando entre os pés de Call. Warren insistiu para que seguissem em frente, a chama azul em seu dorso transformando a gaiola em uma lanterna.

A certa altura, o corredor ficou tão estreito que Call teve de se virar de lado e se espremer entre os lençóis de rocha. Finalmente, ele irrompeu do outro lado como a rolha lançada de uma garrafa, um grande rasgo na camisa, que ficara presa na ponta de uma pedra.

— Shhh — sussurrou Warren, agachando-se à frente dele. — Silêncio, pequeno mago.

Call estava parado no canto escuro de uma enorme caverna cheia de ecos de vozes. A caverna era quase circular, o teto de pedra formando uma imensa abóbada. As paredes eram decoradas com formações de pedras preciosas que ilustravam vários símbolos estranhos, possivelmente alquímicos. No centro, havia uma mesa de pedra retangular com um candelabro que se projetava dela, cada uma das doze velas derramando grossas lágrimas de cera. As grandes cadeiras de espaldar alto ao redor da mesa acomodavam Mestres que pareciam eles próprios formações de rocha.

Call espremeu-se mais contra a parede nas sombras, temendo ser visto, pressionando a gaiola atrás de si para escondê-la da luz.

— O jovem Jasper mostrou coragem ao atirar-se na frente dos dragonetes — disse Mestre Lemuel, olhando de relance para Mestra Milagros, a diversão evidente em seu rosto. — Mesmo que não tenha tido sucesso.

A raiva correu pelas veias de Call. Ele, Tamara e Aaron tinha trabalhado duro para se saírem bem naquele teste e eles estavam falando de *Jasper*?

— A bravura só tem utilidade até certo ponto — disse Mestre Tanaka, o Mestre alto e magro que ensinava Peter e Kai. — Os alunos que voltaram da nossa mais recente missão tinham muita bravura, e apesar disso aqueles foram alguns dos piores ferimentos que vi desde a guerra. Por pouco, não voltam vivos. Nem mesmo os alunos do quinto ano estavam preparados para elementais trabalhando juntos daquele jeito...

— O Inimigo está por trás disso — interrompeu Mestre Rockmaple, passando a mão pela barba avermelhada.

A imagem dos alunos feridos, ensanguentados e queimados, chegando pelo portão, se fixara na memória de Call, e ele ficou satisfeito em saber que não era daquele jeito que os alunos retornavam de uma típica missão.

— O Inimigo está rompendo a trégua de formas que ele acredita que não seremos capazes de ligar a ele. Está se preparando para voltar à guerra. Aposto. Enquanto nos iludimos pensando que ele está em seu santuário distante, trabalhando em seus horríveis experimentos, está, na verdade, forjando armas maiores e mais devastadoras, sem falar nas alianças.

Mestre Lemuel bufou.

— Não temos prova disso. Poderia ser simplesmente uma mudança entre os elementais.

Mestre Rockmaple girou o corpo, virando-se para ele.

— Como pode confiar no Inimigo? Qualquer um que não esquive de instilar o vazio dentro de animais e até de crianças, que massacrou os mais vulneráveis entre nós, é capaz de qualquer coisa.

— Não estou dizendo que confio nele! Só não quero entrar em pânico prematuramente achando que a trégua foi interrompida. Imaginem se *nós* a interrompermos por causa dos nossos medos e, com isso, incitarmos uma nova guerra, ainda pior do que a última.

— Tudo seria diferente se tivéssemos um Makar do nosso lado. — Mestra Milagros prendeu a mecha de cabelo cor-de-rosa atrás da orelha nervosamente. — Este ano os alunos iniciantes tiveram notas excepcionais no Desafio. Será possível que nosso Makar esteja entre eles? Rufus, você teve experiência no assunto.

— É muito cedo para afirmar qualquer coisa — disse Rufus. — O próprio Constantine só começou a mostrar sinais de afinidade com a magia do caos aos 14 anos.

— Talvez você apenas tenha se recusado a procurar esses sinais na época, assim como se recusa a fazê-lo agora — argumentou Mestre Lemuel, em tom provocativo.

Rufus balançou a cabeça. Seus traços pareciam brutos sob a luz bruxuleante.

— Não importa — disse ele. — Precisamos de um plano diferente. A Assembleia precisa de um plano diferente. É um fardo pesado demais para se colocar nos ombros de qualquer criança. Devemos nos lembrar da tragédia de Verity Torres.

— Concordo, é necessário um plano — disse Mestre Rockmaple. — Qualquer que seja o estratagema do Inimigo, não podemos simplesmente enterrar a cabeça na areia e agir como se ele fosse sumir. Mas também não podemos esperar para sempre alguma coisa que pode nunca acontecer.

— Chega de bate-boca — interrompeu Mestre North. — Mestra Milagros dizia mais cedo que descobriu um possível erro no terceiro algoritmo para incorporar ar ao metal. Pensei em discutirmos a anomalia.

*Anomalia?* Considerando que não fazia sentido se arriscar a ser descoberto para ouvir algo que ele não ia mesmo entender, Call retornou ao espaço entre as rochas e se contorceu até sair do outro lado, com a mente cheia com as palavras do pai. O que ele dissera mesmo? *Quanto mais você aprender sobre esse mundo mágico, mais será atraído para ele... atraído para seus conflitos antigos e tentações perigosas.*

A guerra com o Inimigo tinha de ser o conflito de que falava o pai de Call.

Warren enfiou o nariz escamoso entre as barras, a língua se agitando no ar.

— Vamos por um novo caminho. Caminho melhor. Menos Mestres. Mais seguro.

Call resmungou e seguiu as instruções de Warren. Estava começando a se perguntar se Warren sabia mesmo aonde estavam indo, ou se apenas guiava Call mais para o fundo das cavernas. Talvez ele e Warren passassem o resto de suas vidas vagando pelo emaranhado de cavernas. Eles se tornariam uma lenda para os novos aprendizes, que falariam sobre o aluno perdido e seu lagarto das cavernas engaiolado, em voz baixa e cheia de pavor.

Warren apontou e Call escalou a lateral de uma pilha de pedras, espalhando lascas no ar.

Os corredores agora eram maiores, com zigue-zagues de desenhos faiscantes que provocavam a mente de Call, como se pudessem ser lidos se ao menos ele soubesse como. Passaram através de uma caverna cheia de plantas subterrâneas esquisitas: grandes samambaias com pontas vermelhas em piscinas imóveis de água

# Holly Black & Cassandra Clare

cintilante, longas frondes de líquens descendo do teto e roçando os ombros de Call. Ele olhou para cima e pensou ver um par de olhos faiscantes desaparecendo nas sombras. Ele parou.

— Warren...

— Aqui, aqui — insistiu o lagarto, vibrando a língua na direção de um portal em arco na outra extremidade da câmara. Alguém tinha gravado palavras na parte mais alta:

*Pensamentos são livres e não são sujeitos a regras.*

Além do arco, uma luz diferente tremulava. Call seguiu naquela direção, vencido pela curiosidade. A luz emitia um brilho dourado, como o do fogo, embora, ao passar pela porta, não estivesse mais quente do que do outro lado. Call se viu em outro amplo espaço, uma caverna que descia em espiral por um caminho íngreme e sinuoso. Ao longo das paredes havia prateleiras com milhares e milhares de livros, a maioria com páginas amareladas e encadernações antigas. Call foi para o centro do recinto, onde a ladeira começava, e olhou pela borda. Havia vários níveis, todos iluminados com a mesma luz dourada e dotados de mais prateleiras.

Call tinha encontrado a biblioteca.

E havia outras pessoas ali também. Podia ouvir os ecos de uma conversa sussurrada. Mais Mestres? Não. Dando uma olhada, ele viu Jasper três níveis abaixo, com seu uniforme cinza. Celia de pé na frente do garoto. Devia ser muito, muito tarde, e Call não fazia ideia da razão de eles estarem fora de seus quartos.

Jasper tinha um livro aberto sobre uma mesa de pedra, a mão estendida diante dele. Abria os dedos repetidamente, cerrando os dentes e apertando os olhos, até Call começar a se preocupar com a possibilidade de ele explodir a própria cabeça, tentando forçar a magia. Diversas vezes uma centelha ou uma lufada de fumaça surgia entre seus dedos, e nada mais. Jasper parecia prestes a gritar de decepção e frustração.

Celia andava para lá e para cá do outro lado da mesa.

— Você prometeu que, se eu o ajudasse, você me ajudaria, mas são quase duas horas da manhã e você não me ajudou em *nada*.

— Ainda estamos em *mim*! — gritou Jasper.

— Tudo bem — disse Celia pacientemente, sentando-se em um banco de pedra. — Tente outra vez.

— Tenho de acertar isto — disse Jasper em voz baixa. — Eu preciso. Sou o melhor. Sou o *melhor* mago do Ano de Ferro no Magisterium. Melhor que Tamara. Melhor que Aaron. Melhor que Callum. Melhor que todo mundo.

Call não tinha certeza se pertencia àquela lista de pessoas que Jasper evidentemente achava que não eram melhores do que ele, mas ficou lisonjeado. Também se sentiu um pouco desapontado por Celia estar ali com o garoto.

Warren se remexeu na gaiola. Call se virou para ver o que estava acontecendo.

O lagarto fitava uma ilustração emoldurada de um homem de imensos olhos vermelho-alaranjados, espiralados, ampliados e representados em diagrama em um lado do corpo. *Dominado pelo Caos*, pensou Call. Ele estremeceu diante da visão — sentiu algo mais, algo que não conseguia identificar, como se o interior de sua cabeça estivesse coçando ou se estivesse com fome ou sede.

— Quem está aí? — perguntou Jasper, olhando para cima. Levantou a mão, defensivamente, protegendo parte do rosto.

Sentindo-se um tolo, Call acenou.

— Sou eu. Eu... me perdi... e vi luz vindo daqui, então eu...

— Call? — Jasper se afastou do livro, agitando as mãos. — Você estava me espionando! — gritou. — Você me seguiu até aqui?

— Não, eu...

— Você vai dedurar a gente? É essa a ideia? Você vai me ferrar para eu não me dar melhor que vocês no próximo teste? — perguntou Jasper com desdém, apesar de estar evidentemente abalado.

— Se a gente quiser se dar melhor que você no próximo teste, tudo que a gente precisa fazer é esperar o próximo teste — respondeu Call, incapaz de resistir.

Jasper parecia prestes a explodir.

— Vou contar a todo mundo que você estava andando às escondidas por aí à noite!

— Tudo bem — disse Call. — Vou contar a todo mundo a mesma coisa sobre você.

— Você não teria coragem — disse Jasper, agarrando a borda da mesa.

— Não teria, não é, Call? — perguntou Celia.

Subitamente, Call não queria mais estar ali. Não queria estar brigando com Jasper nem ameaçando Celia, perambulando no escuro ou se escondendo em um canto enquanto os Mestres falavam de coisas que faziam os pelos de sua nuca arrepiar. Queria estar na cama, pensando na conversa com o pai, tentando descobrir o que Alastair quisera dizer e se havia alguma maneira de aquilo não ser tão ruim quanto parecia. Além disso, queria vasculhar o fundo de sua caixa em busca das últimas jujubas.

— Olhe, Jasper — disse ele —, não peguei seu lugar de propósito. A esta altura, você devia ao menos ser capaz de ver que eu realmente, de verdade, não queria seu lugar.

Jasper baixou a mão. Seu cabelo estava crescendo, perdendo o corte sofisticado, as mechas escuras caindo sobre os olhos.

— Será que você não entende? Isso piora tudo.

Call olhou espantado para ele.

— O quê?

— Você não sabe — disse Jasper, cerrando os punhos. — Não sabe de nada. Minha família perdeu tudo na Segunda Guerra dos Magos. Dinheiro, reputação, tudo.

— Jasper, pare! — Celia fez um movimento na direção dele, nitidamente tentando interromper aquele discurso dramático. Não funcionou.

— E se eu conseguir ter sucesso — disse Jasper —, se eu for *o melhor*, tudo isso poderia mudar. Mas, para você, estar aqui não significa *nada*.

Ele bateu com a mão na mesa. Para a surpresa de Call, faíscas voaram dos dedos de Jasper, que puxou a mão de volta, olhando-a fixamente.

— Acho que você conseguiu — disse Call. Sua voz soava estranha, suave depois de toda a gritaria de Jasper. Por um segundo, os dois meninos se olharam. Então Jasper se virou e Call, meio sem jeito, dirigiu-se para a porta da biblioteca.

— Sinto muito, Call! — gritou Celia. — Jasper estará menos doido pela manhã.

Call não respondeu. Não era justo, pensou; Aaron, que não tinha família, Tamara, com sua família assustadora, e agora Jasper. Em breve não sobraria ninguém para ele odiar sem se sentir mal por isso.

Ele pegou a gaiola e seguiu para a passagem mais próxima.

— Sem mais desvios — disse ao lagarto.

— Warren conhece o melhor caminho. Às vezes o melhor caminho não é o mais rápido.

— Warren não devia falar sobre si mesmo na terceira pessoa — disse Call, mas deixou que o elemental o guiasse pelo restante do caminho até o seu quarto. Quando Call levantou a pulseira para abrir a porta, o lagarto falou:

— Me deixe sair — disse ele.

Call parou.

— Você prometeu. Me deixe sair. — O lagarto olhou para ele, implorando com seu olhar intenso.

Call pousou a gaiola no chão de pedra diante da sua porta e se ajoelhou ao seu lado. Quando levava a mão ao trinco, ele se deu conta de que não tinha feito a única pergunta que deveria ter feito desde o início.

— Hã... Warren, *por que* Mestre Rufus mantinha você em uma gaiola na própria sala?

As sobrancelhas do elemental se ergueram.

— Trapaceiro — respondeu ele.

Call balançou a cabeça, sem saber de qual dos dois Warren falava.

— O que isso significa?

— Me deixe sair — insistiu o lagarto, sua voz rouca soando mais como um silvo. — Você prometeu.

Com um suspiro, Call abriu a gaiola. O lagarto subiu correndo pela parede para uma reentrância cheia de teias de aranha no teto. Call mal podia enxergar o fogo em seu dorso. Call pegou a gaiola e a guardou atrás de um grupo de estalagmites, esperando poder se livrar de vez dela na manhã seguinte.

— Ok, bem, boa noite — disse Call antes de entrar. Quando a porta se abriu, o elemental entrou correndo na frente dele.

Call tentou enxotá-lo para fora de novo, mas Warren o seguiu até o quarto e se enroscou em uma das pedras brilhantes na parede, tornando-se quase invisível.

— Vai passar a noite aqui? — perguntou Call.

O lagarto permaneceu imóvel como uma rocha, os olhos vermelhos semicerrados, a língua aparecendo ligeiramente na lateral da boca.

Call estava exausto demais para se preocupar se ter um elemental, mesmo um adormecido, por perto era seguro. Empurrando a caixa e todas as coisas que seu pai tinha mandado para o chão, ele se enroscou na cama, uma das mãos fechada sobre a pulseira de Alastair, os dedos percorrendo as pedras lisas enquanto ele mergulhava em um sono pesado. Seu último pensamento antes de apagar foi sobre os olhos brilhantes e espiralados do Dominado pelo Caos.

## CAPÍTULO TREZE

Call acordou no dia seguinte com medo de que Mestre Rufus dissesse alguma coisa sobre os papéis espalhados, o modelo quebrado e o envelope desaparecido da sua sala... e com mais medo ainda de que falasse sobre o elemental desaparecido. Ele se arrastou até o Refeitório, mas, ao chegar, entreouviu uma discussão acalorada entre Mestre Rufus e Mestra Milagros.

— Pela última vez, Rufus — dizia ela em um tom muito ofendido —, *eu não estou com seu lagarto!*

Call não sabia se sentia culpado ou se ria.

Depois do café da manhã, Rufus os levou até o rio, onde os instruiu a praticar: pegar a água, atirá-la no ar e apanhá-la sem se molhar. Logo Call, Tamara e Aaron estavam sem fôlego, rindo e ensopados. Quando o dia terminou, Call se sentia exausto — tanto que o que tinha acontecido na véspera parecia distante e irreal. Ele voltou para o quarto, querendo pensar e tentar entender a carta do pai e a pulseira, mas se distraiu com o fato de Warren ter comido um de seus cadarços, sugando-o como se fosse espaguete.

— Lagarto burro — murmurou, escondendo a braçadeira que ele havia usado no exercício do dragonete e a carta amassada do pai na última gaveta de sua mesa e fechando-a com um empurrão para que o elemental não as comesse também.

Warren não disse nada. Seus olhos tinham adquirido uma cor acinzentada. Call suspeitou que o cadarço não estivesse lhe fazendo bem.

A maior distração a tentar entender o que seu pai tinha querido dizer acabou sendo, para surpresa de Call, as aulas. Não havia mais Sala de Areia e Tédio; em seu lugar, uma lista de novos exercícios que fizeram as semanas seguintes passar rapidamente. O treinamento ainda era duro e frustrante, mas, à medida que Mestre Rufus revelava mais sobre o mundo da magia, Call se via cada vez mais fascinado.

Mestre Rufus ensinou-os a sentir sua afinidade com os elementos e a entender melhor o significado por trás do que ele chamava de poema, o qual, junto do restante dos Cinco Princípios da Magia, Call podia agora recitar dormindo.

*O fogo quer queimar.*
*A água quer correr.*
*O ar quer levitar.*
*A terra quer unir.*
*O caos quer devorar.*

Eles aprenderam a acender pequenas chamas e a fazê-las dançar na palma das mãos. Aprenderam a criar ondas nas piscinas da caverna e a chamar os peixes claros (embora não a operar os barcos, o que continuava a irritar Call sem-fim). Eles até começaram a aprender a atividade preferida de Call: levitar.

— Foco e treino — disse Mestre Rufus, levando-os a uma sala coberta com colchonetes estofados com musgo e folhas de pinheiro colhidas nas proximidades do Magisterium.

— Não existem atalhos, magos. Apenas foco e treino. Então comecem!

Eles se revezaram, tentando puxar a energia do ar ao redor e usá-la para impulsioná-los para cima a partir da sola dos pés. Era muito mais difícil se equilibrar do que Call tinha imaginado. Diversas vezes eles caíram rindo nos colchonetes, um por cima do outro. Aaron terminou com uma das tranças de Tamara na boca, e Call, com o pé da menina no pescoço.

Finalmente, quase no fim da aula, Call conseguiu pairar no ar, trinta centímetros acima do chão, sem oscilar. Não havia gravidade puxando sua perna, nada que pudesse impedi-lo de se elevar de lado pelo ar, exceto sua falta de prática. Sonhos do dia em que poderia voar pelos corredores do Magisterium, muito mais rápido do que algum dia poderia correr, explodiram em sua mente. Seria como fazer manobras no skate, só que melhor, mais rápido, mais alto e com acrobacias ainda mais loucas.

Então Tamara lhe fez uma careta, e ele perdeu a concentração, caindo pesadamente sobre o colchonete. Ficou deitado ali por um segundo, só respirando.

Durante aqueles momentos em que pairara no ar, sua perna não doera nem um pouco.

Nem Tamara nem Aaron tinham conseguido levitar antes do fim da aula, mas Mestre Rufus aparentava estar se divertindo com a falta de progresso dos pupilos. Diversas vezes ele afirmou que era a coisa mais engraçada que via em muito tempo.

Mestre Rufus garantiu aos três que, até o fim do ano, eles seriam capazes de invocar uma explosão de cada elemento, caminhar através do fogo e respirar debaixo da água. Em seu Ano de Prata, eles seriam capazes de convocar os poderes menos evidentes dos elementos — transformar ar em ilusões, fogo em profecias, terra em ligação e água em cura. A ideia de ser capaz de fazer essas coisas empolgava Call, mas, sempre que pensava no fim do ano, ele se lembrava das palavras do pai na carta para Rufus.

*Você precisa interditar a magia de Callum antes do fim do ano.*

Magia da terra. Se ele chegasse ao Ano de Prata, talvez aprendesse o que ligar coisas acarretava.

Em uma das palestras de sexta-feira, Mestre Lemuel falou mais sobre contrapesos, advertindo que, se eles usassem suas forças além do normal e sentissem que estavam sendo atraídos por um elemento, deviam recorrer ao oposto deste, assim como tinham recorrido à terra quando lutavam contra um elemental do ar.

Call perguntou como eles poderiam recorrer à *alma*, uma vez que ela era o contrapeso do caos. Mestre Lemuel respondeu bruscamente que, se Call estivesse combatendo um mago do caos, não importaria a que ele recorresse, porque iria morrer de qualquer forma. Drew dirigiu-lhe um olhar compreensivo.

— Tudo bem — disse ele, baixinho.

— Pare com isso, Andrew — disse Mestre Lemuel com voz gélida. — Sabe, houve um tempo em que os aprendizes que não demonstravam respeito por seus Mestres eram açoitados.

— Lemuel — disse Mestra Milagros com ansiedade, percebendo os olhares horrorizados no rosto dos seus alunos —, eu não acho...

— Infelizmente, isso foi séculos atrás — disse Mestre Lemuel. — Mas posso lhe assegurar, Andrew, que, se continuar a cochichar pelas minhas costas, vai se arrepender de ter ingressando no Magisterium. — Seus lábios finos se curvaram em um sorriso. — Agora venha até aqui e demonstre como você recorre à água quando está usando o fogo. Gwenda, poderia ajudá-lo com o contrapeso, por favor?

Gwenda caminhou até a frente; depois de hesitar, Drew foi até ela, arrastando os pés, os ombros caídos. Ele aguentou firme vinte minutos de provocações impiedosas de Lemuel quando não conseguiu extinguir a chama em sua mão, embora Gwenda estivesse segurando uma tigela de água para ele, com tanto entusiasmo e esperança que parte derramou nos tênis do menino.

— Vamos, Drew! — sussurrava ela até que, a certa altura, Mestre Lemuel mandou que se calasse.

Isso fez com que Call apreciasse mais Mestre Rufus, até mesmo quando ele deu uma palestra sobre os deveres dos magos, a maioria dos quais parecia realmente óbvia, como manter a magia em segredo, não usar magia para ganhos pessoais ou fins maléficos e compartilhar todo o conhecimento colhido no estudo da magia com o restante da comunidade dos magos. Aparentemente, os magos que chegavam a Mestres no estudo dos elementos eram obrigados a aceitar aprendizes como parte de "compartilhar todo o conhecimento" — o que significava que havia diferentes Mestres no Magisterium em épocas diferentes, embora aqueles que encontravam sua vocação como professores ficassem ali em caráter permanente.

Ser forçado a aceitar aprendizes explicava muita coisa sobre Mestre Lemuel.

Call estava mais interessado na segunda palestra de Mestre Rockmaple sobre os elementais. Em sua maioria, como ele descobriu, não eram criaturas dotadas de consciência. Alguns mantinham a mesma forma durante séculos, enquanto outros se alimentavam de magia para se tornar maiores e perigosos. Sabia-se até que alguns poucos haviam absorvido magos. Depois de escutar isso, pensar em Warren fez Call tremer. O que exatamente ele soltara no Magisterium? O que exatamente estava dormindo acima de sua cama e comendo seus cadarços?

Call também aprendeu mais sobre a Terceira Guerra dos Magos, mas nada disso o ajudou a entender por que o pai queria que sua magia fosse interditada.

Tamara ria mais à medida que o tempo passava, muitas vezes com uma expressão de culpa, ao passo que, estranhamente, Aaron se tornava mais sério enquanto os três se adaptavam cada vez mais ao Magisterium. Call se deu conta de que havia aprendido a andar pelas cavernas, e de que não tinha mais medo de se perder a caminho da biblioteca, das salas de aula ou até da Galeria. Nem achava mais esquisito comer cogumelos e pilhas de líquen que tinham um gosto delicioso de frango assado, espaguete ou macarrão chinês.

Ele e Jasper ainda mantinham distância, mas Celia continuou a ser sua amiga, agindo como se nada de estranho houvesse acontecido naquela noite.

Call começou a temer o fim do ano, quando seu pai ia querer que ele voltasse para casa em definitivo. Pela primeira vez na vida, tinha amigos de verdade, amigos que não achavam que ele era esquisito demais ou problemático por causa da perna. E ele tinha magia. Não queria abrir mão de nada disso, apesar de ter prometido.

Era difícil acompanhar a passagem das estações no subterrâneo. Às vezes, Mestre Rufus e os outros Mestres os levavam ao exterior para fazer vários exercícios com a terra. Era sempre legal ver no que os outros alunos se aperfeiçoavam. Quando Rufus lhes mostrou como misturar a magia elemental para fazer as plantas crescerem, Kai Hale fez uma única muda brotar e crescer tanto que, no dia seguinte, Mestre Rockmaple teve de sair com um machado e cortá-la. Celia conseguiu convocar animais do subterrâneo (embora, para decepção de Call, nenhuma toupeira). E Tamara parecia incrível no uso do magnetismo da terra para encontrar caminhos quando todos se perdiam.

Quando o mundo lá fora começou a pegar fogo com as cores do outono, as cavernas ficaram mais frias. Grandes tigelas metálicas cheias de pedras quentes ladeavam os corredores, aquecendo o ar, e havia sempre um fogo aceso na Galeria quando eles assistiam a filmes ali.

O frio não incomodava Call. Era como se, de alguma forma, ele estivesse aumentando sua resistência. Tinha certeza de que crescera pelo menos dois centímetros. E conseguia caminhar distâncias maiores, apesar da perna, provavelmente porque Mestre Rufus gostava de levá-los para caminhar pelas cavernas ou escalar entre as grandes rochas na superfície.

Às vezes, à noite, Call tirava a pulseira da mesinha de cabeceira e lia as duas cartas do pai. Queria poder contar a ele sobre as coisas que andava fazendo, mas nunca o fez.

O inverno já ia adiantado quando Mestre Rufus anunciou que estava na hora de eles começarem a explorar as cavernas sozinhos, sem sua ajuda. Ele já lhes mostrara como encontrar o caminho entre as grutas mais profundas, usando a magia da terra para acender pedras e marcar o caminho de volta.

— O senhor quer que a gente se perca de propósito? — perguntou Call.

— Mais ou menos isso — respondeu Rufus. — O ideal é que vocês sigam minhas instruções, encontrem a sala designada e voltem sem se perder. Mas essa parte depende de vocês.

Tamara bateu palmas e deu um sorriso levemente diabólico.

— Parece divertido.

— *Juntos* — disse-lhe Mestre Rufus. — Nada de sair correndo e deixar aqueles dois tropeçando por lá no escuro.

O sorriso dela se apagou um pouco.

— Ah, ok.

— Podíamos fazer uma aposta — sugeriu Call, pensando em Warren. Se pudesse usar alguns dos atalhos que o lagarto lhe mostrara, poderia encontrar o caminho mais depressa. — Ver quem chega primeiro.

— Vocês ouviram o que eu disse? — perguntou Mestre Rufus.
— Eu falei...

— Juntos — completou Aaron. — Vou cuidar para ficarmos juntos.

— Faça isso — disse Mestre Rufus. — Agora, eis sua tarefa. Nas profundezas do segundo nível das cavernas, há um lugar chamado Poço das Borboletas. Ele é alimentado por uma fonte que está na superfície. A água ali é pesada, cheia de minerais que a tornam excelente para forjar armas, como a faca em seu cinto. — Ele fez um gesto indicando Miri, o que levou Call a tocar seu cabo, constrangido. — Essa lâmina foi forjada aqui, no Magisterium, com água do Poço das Borboletas. Quero que vocês três encontrem o lugar, peguem um pouco de água e voltem para me encontrar aqui.

— Vamos levar um balde? — perguntou Call.

— Acho que você sabe a resposta para essa pergunta, Callum.

Rufus tirou um pergaminho enrolado de seu uniforme e o entregou a Aaron.

— Aqui está o seu mapa. Sigam-no com precisão para chegar ao Poço das Borboletas, mas lembrem-se de acender algumas pedras para marcar o caminho. Não se pode sempre contar com um mapa para trazê-los de volta.

Mestre Rufus se acomodou em uma grande pedra, que suavemente modificou sua forma até se tornar uma poltrona.

— Vocês vão se revezar carregando a água. Se a derramarem, simplesmente vão ter de voltar para buscar mais.

Os três aprendizes se entreolharam.

— Quando começamos? — perguntou Aaron.

Mestre Rufus tirou um livro pesado do bolso e começou a ler.

— Imediatamente.

Aaron abriu o papel sobre uma pedra diante de si, franzindo a testa, e depois olhou para Mestre Rufus.

— Ok — disse ele rapidamente. — Vamos descer e seguir para leste.

Call se aproximou, olhando o mapa por cima do ombro de Aaron.

— Passando pela biblioteca parece ser o caminho mais rápido.

Tamara virou o mapa com um sorriso irônico.

— Agora o norte está realmente apontando para o norte. Isso deve ajudar.

— A biblioteca ainda é o caminho certo — disse Call. — Então, não ajudou tanto assim.

Aaron revirou os olhos e ficou de pé, dobrando o mapa.

— Vamos embora antes que vocês dois peguem bússolas e comecem a medir as distâncias com um barbante.

Eles partiram, primeiro atravessando as partes conhecidas da caverna. Passaram por dentro da biblioteca, descendo por suas espirais, como se estivessem navegando o interior da concha de um náutilo. O ponto mais profundo levava aos níveis inferiores das cavernas.

O ar ficou mais pesado e frio, e o cheiro de minerais pairava denso no ar. Call sentiu a mudança de imediato. A passagem em que eles se achavam era apertada e estreita, o teto baixo. Aaron, o mais alto dos três, quase precisou se curvar para prosseguir.

Finalmente, a passagem se abriu para uma caverna maior. Tamara tocou uma das paredes, acendendo um cristal e iluminando as raízes. Elas pendiam em cipós assustadores e quase tocavam a superfície do riacho cor de laranja berrante que fumegava com odor de enxofre, enchendo a sala com cheiro de queimado. Cogumelos enormes cresciam ao longo das margens, listrados em tons de verde, turquesa e púrpura anormalmente vivos.

— O que será que acontece se a gente comer um? — pensou Call em voz alta enquanto abriam caminho com cuidado entre as plantas.

— Eu não tentaria descobrir — respondeu Aaron, erguendo a mão.

Na semana anterior, ele aprendera sozinho a fazer uma bola de fogo azul brilhante e estava muito empolgado com isso. Agora ficava o tempo todo fazendo bolas de fogo brilhantes, mesmo quando não precisavam de luz nem coisa parecida. Ele segurou o fogo no alto com uma das mãos e o mapa com a outra.

— Por ali — disse, indicando a passagem que virava para a esquerda. — Pela Sala das Raízes.

— As salas têm nome? — estranhou Tamara, pisando cuidadosamente entre os cogumelos.

— Não, eu é que estou chamando assim. Quero dizer, não vamos esquecer se ela tiver um nome, certo?

Tamara franziu as sobrancelhas, ponderando.

— Acho que sim.

— Melhor que Poço das Borboletas — disse Call. — Afinal, que tipo de nome é esse para um lago que é bom para fazer armas? Devia se chamar Lago Matador. Ou Tanque dos Esfaqueados. Ou Poça Assassina.

— É — disse Tamara secamente. — E nós podemos começar a chamar você de Mestre Óbvio.

A câmara seguinte tinha estalactites grossas, brancas como gigantescos dentes de tubarão, agrupadas como se realmente estivessem presas à mandíbula de algum monstro enterrado ali havia muito tempo. Depois de passarem sob essas projeções assustadoramente afiadas, Call, Aaron e Tamara atravessaram uma abertura estreita e circular. Ali, a rocha era pontilhada de formações cavernosas que pareciam ter sido roídas na pedra, como se estivessem em uma espécie de cupinzeiro gigante. Call se concentrou e um cristal do outro lado da sala começou a brilhar, para que eles não esquecessem que tinham vindo por esse caminho.

— Este lugar está no mapa? — perguntou ele.

Aaron semicerrou os olhos.

— Está! Na verdade, estamos quase chegando. Só falta uma sala para o sul...

Ele desapareceu por um arco escuro, reaparecendo um momento depois, corado com a sensação de triunfo.

— Encontrei!

Tamara e Call se juntaram a ele. Por um momento, ficaram em silêncio. Mesmo depois de ver tantos tipos de câmaras subterrâneas espetaculares, entre as quais a biblioteca e a Galeria, Call sabia que estava diante de algo muito especial. De uma abertura no alto da parede, uma torrente de água jorrava, derramando-se em uma imensa piscina com um brilho azul, como se acesa por dentro. As paredes eram cobertas por líquen verde-vivo, e o contraste entre o verde e o azul dava a Call a sensação de estar dentro de uma imensa bola de gude. O ar cheirava a um condimento desconhecido e tentador.

— Hum... — disse Aaron depois de alguns minutos. — *É meio esquisito que este lugar se chame Poço das Borboletas.*

Tamara foi até a borda.

— Acho que é porque a água é da cor de borboletas.

— Sim, que se chamam justamente borboletas-azuis — completou Call. Seu pai sempre fora um entusiasta das borboletas. Ele tinha uma coleção inteira delas, presas sob um vidro em cima da mesa.

Tamara estendeu a mão. A piscina estremeceu, e uma esfera de água se elevou. Mesmo enquanto se deslocava e ondulava pela superfície, ela mantinha a forma.

— Aí está — disse Tamara, um pouco sem fôlego.

— Excelente — disse Aaron. — Quanto tempo você acha que pode sustentá-la?

— Não sei. — Ela jogou para trás uma trança preta e espessa, tentando não deixar nenhum fio em seu rosto. — Aviso quando a minha concentração começar a ceder.

Aaron assentiu, alisando o mapa contra uma das paredes úmidas.

— Agora só precisamos encontrar o caminho...

Nesse instante, o mapa em suas mãos pegou fogo.

Aaron gritou e tirou os dedos das páginas escurecidas faiscando pelo ar e caindo no chão em uma chuva de cinzas. Tamara gritou, perdendo o foco. A água que ela mantinha suspensa se esparramou sobre seu uniforme e virou uma poça aos seus pés.

Os três se entreolharam com olhos arregalados. Call endireitou os ombros.

— Acho que foi isso que Mestre Rufus quis dizer — observou ele. — Vamos ter de seguir nossas pedras acesas, marcas ou o que for para voltarmos. O mapa só serviu para chegarmos aqui.

— Deve ser fácil — disse Tamara. — Quero dizer, eu só acendi uma pedra, mas vocês acenderam outras, certo?

— Eu acendi uma também — disse Call, olhando, esperançoso, na direção de Aaron.

Aaron não retornou o olhar.

Tamara franziu a testa.

— Ai, tudo bem. Vamos encontrar o caminho de volta. Vocês levam a água.

Dando de ombros, Call foi até o lago e concentrou-se em formar uma bola. Invocou o ar ao redor para movimentar a água e sentiu o empurra-e-puxa dos elementos dentro de si. Ele não era tão bom quanto Tamara, mas conseguiu. Sua bola pingou só um pouco enquanto pairava no ar.

Aaron franziu a testa e apontou.

— Entramos por ali. Por este caminho. Eu acho...

Tamara seguiu Aaron e Call foi atrás, a bola de água girando acima de sua cabeça como se ele tivesse uma nuvem de tempestade particular. A sala seguinte era familiar: o riacho subterrâneo, os cogumelos coloridos. Call andava entre eles com cautela, com medo de que a qualquer momento sua bola de água despencasse diretamente em sua cabeça.

— Vejam — disse Tamara. — Tem pedras acesas ali...

— Acho que aquilo é só bioluminescência — disse Aaron, a preocupação transparecendo em sua voz. Ele deu uma pancadinha nas pedras e virou-se para Tamara dando de ombros. — Não sei.

— Bom, eu sei. Vamos por aqui.

Ela saiu andando com passos determinados. Call a seguiu, esquerda-direita-esquerda, por uma caverna cheia de imensas estalactites em forma de folhas, *não derrube a água*, viraram uma esquina percorrendo uma abertura entre rochas, *mantenha o foco, Call*. Havia pedras afiadas por toda parte, e Call quase deu de cara com uma parede, porque Tamara e Aaron pararam abruptamente. Estavam discutindo.

— Eu disse a você que era só líquen brilhando — protestou Aaron, evidentemente frustrado. Encontravam-se em uma grande câmara, no centro da qual havia uma cisterna de pedra borbulhando suavemente. — Agora estamos perdidos.

— Bem, se você tivesse se lembrado de acender as pedras enquanto a gente andava...

— *Eu* estava lendo o mapa — disse Aaron, exasperado.

De certo modo, pensou Call, era até legal saber que Aaron podia ficar irritado e ser pouco razoável. Então Aaron e Tamara olharam furiosamente para Call, que quase derrubou o globo giratório que vinha equilibrando. Aaron teve de estender a mão para estabilizar a água. O globo pairou no ar entre eles, soltando gotinhas.

— O que foi? — disse Call.

— Bem, *você* tem alguma ideia de onde estamos? — perguntou Tamara.

— Não — admitiu Call, olhando as paredes lisas ao redor. — Mas tem de existir um jeito de encontrar o caminho de volta. Mestre Rufus não mandaria a gente aqui para nos perder e morrermos.

— Isso é muito otimista, vindo de você — disse Tamara.

— Engraçado. — Call fez uma careta para mostrar a ela exatamente o quanto a situação não era engraçada.

— Parem com isso, vocês dois — disse Aaron. — Discutir não vai levar a gente a lugar algum.

— Bem, seguir você vai nos levar a *algum lugar* — disse Call. — E esse *algum lugar* é tão longe quanto se pode chegar de onde precisamos estar.

Aaron balançou a cabeça, decepcionado.

— Por que você tem de ser tão idiota? — perguntou ele a Call.

— Porque você nunca é — respondeu Call, com firmeza. — Tenho de ser idiota por nós dois.

Tamara suspirou e, um instante depois, riu.

— Podemos admitir que somos todos responsáveis? *Todos* nós erramos.

Aaron parecia não querer admitir isso, mas finalmente assentiu.

— É, eu esqueci que não era permitido usar o mapa no caminho de volta.

— Sim — disse Call. — Eu também. Desculpem. Você é boa em encontrar caminhos, não é, Tamara? E aquela história de usar o metal da terra?

— Posso tentar — admitiu Tamara, a voz um pouco desanimada. — Mas isso só vai me dizer para que lado fica o norte, e não como essas passagens se cruzam. Mas em algum momento temos de chegar a um ponto conhecido, certo?

Era assustador pensar em vagar pelos túneis, pensar nos poços de escuridão onde eles poderiam cair, nas piscinas de lama que sugavam e no estranho vapor sufocante que subia delas. Mas Call não tinha um plano melhor.

— Ok — disse ele.

E recomeçaram a andar.

Era exatamente sobre isso que o pai de Call o tinha alertado.

— Sabe do que sinto saudade? — perguntou Aaron enquanto andavam, tomando cuidado ao passar por depósitos minerais que pareciam tapeçarias esfarrapadas. — Pode parecer ridículo, mas estou com saudade de comer fast-food. Tipo o hambúrguer mais gorduroso possível e um monte de batata frita. Até do cheiro sinto falta.

— Sinto saudade de deitar na grama do quintal — disse Call. — E dos video games. Definitivamente sinto falta dos video games.

— Eu tenho saudade de navegar à toa na internet — comentou Tamara, para surpresa de Call. — Não faça essa cara... Eu morava num lugar igual às cidades em que vocês foram criados.

Aaron riu.

— Não igual à minha.

— Quero dizer — continuou ela, assumindo o controle do globo de água giratório azul —, cresci em uma cidade cheia de pessoas que não eram magos. Tinha uma livraria onde os poucos magos se encontravam ou deixavam recados uns para os outros, mas, além disso, era normal.

— Só estou surpreso de seus pais deixarem você entrar na internet — disse Call.

Era uma forma tão comum e simples de passar o tempo. Quando pensava na garota fora do Magisterium, se divertindo, ele a imaginava montando um cavalo de polo, embora ele não soubesse exatamente em que um cavalo de polo era diferente de um cavalo comum.

Tamara sorriu para ele.

— Bem, eles não *deixavam* exatamente...

Call queria saber mais sobre o assunto, mas, quando abriu a boca para perguntar, prendeu a respiração ao ver a impressionante câmara que acabava de surgir à sua frente.

# CAPÍTULO CATORZE

A caverna era bem grande, o teto esculpido e abobadado como o de uma catedral. Havia cinco arcos altos, cada qual ladeado por pilastras de mármore e incrustado com um metal diferente: ferro, bronze, cobre, prata ou ouro. As paredes também eram de mármore, marcadas com milhares de impressões de mãos humanas, um nome gravado sobre cada uma.

Uma estátua de bronze de uma menina com cabelos longos e fustigados pelo vento encontrava-se no centro da sala. Seu rosto estava voltado para o alto. A placa ao pé da estátua dizia: *Verity Torres*.

— Que lugar é este? — indagou Aaron.

— É o Hall dos Graduados — respondeu Tamara, girando sobre si mesma, com expressão de assombro. — Quando os aprendizes se tornam magas e magos artífices, eles vêm aqui e pressionam a palma da mão contra a pedra. Todos que já se formaram no Magisterium estão aqui.

— Minha mãe e meu pai — disse Call, caminhando pela sala, procurando o nome deles. Encontrou o do pai, *Alastair Hunt*, no alto da parede, alto demais para Call alcançar. Seu pai deve ter levitado para colocar a mão ali. Um sorriso fez subir o canto da boca de Call ao imaginar o pai, uma versão muito jovem de seu pai, voando, só para mostrar que podia.

Ficou surpreso ao ver que a impressão da mão de sua mãe não estava ao lado da do pai, pois presumiu que eles tinham se apaixonado quando ainda eram estudantes — mas talvez as impressões não funcionassem assim. Levou alguns minutos, até que finalmente a encontrou, em uma parede do outro lado — *Sarah Novak*, impressa na base de uma estalagmite, o nome gravado com uma ponta fina, como se tivesse sido feito com uma arma. Call se agachou e pousou a mão no lugar em que a mão de sua mãe havia estado. As mãos dela tinham o mesmo formato das suas; os dedos dele se encaixavam perfeitamente nos dedos fantasmas de uma garota morta havia muito tempo. Aos doze anos, suas mãos eram tão grandes quanto as dela tinham sido aos dezessete.

Ele queria sentir alguma coisa ao pousar a mão dentro da de sua mãe, mas não tinha certeza se sentia algo diferente.

—- Call — chamou Tamara.

Ela o tocou de leve no ombro. Call olhou para trás, para seus dois amigos. Ambos tinham a mesma expressão preocupada no rosto. Ele sabia o que estavam pensando, sabia que lamentavam por ele. Ele se levantou de repente, desvencilhando-se da mão de Tamara.

— Estou bem — disse ele, pigarreando.

— Vejam isto.

Aaron estava parado no meio da câmara, em frente a um grande arco feito de uma pedra branca que brilhava suavemente. Entalhadas na frente do arco estavam as palavras *Prima Materia*. Aaron passou por baixo do arco, saindo do outro lado com um ar curioso.

— É uma passagem para lugar nenhum.

— *Prima materia* — murmurou Tamara, e seus olhos se arregalaram. — É o Primeiro Portal! Ao fim de cada ano no Magisterium, você passa por um portão. É quando você já aprendeu a controlar sua magia, a usar seus contrapesos corretamente. Depois, você ganha a braçadeira do Ano de Prata.

Aaron empalideceu.

— Quer dizer que eu acabo de passar pelo portão antes da hora? Isso vai me criar problemas?

Tamara encolheu os ombros.

— Acho que não. Não parece ativado.

Todos olharam para o portão, estreitando os olhos. Ele se erguia ali, um arco de pedra em uma sala escura. Call teve de concordar que não parecia exatamente em funcionamento.

— Você viu alguma coisa assim no mapa? — perguntou Call.

Aaron balançou a cabeça.

— Não lembro.

— Então, mesmo tendo encontrado um marco, estamos tão perdidos quanto antes? — Tamara chutou a parede.

Alguma coisa caiu. Uma coisa grande, semelhante a um lagarto, com olhos brilhantes e chamas ao longo do dorso e... sobrancelhas.

— Ah, meu Deus — disse Tamara, os olhos se arregalando.

A bola de água deu um perigoso mergulho na direção do chão enquanto Aaron olhava a criatura, e dessa vez Call teve de estabilizá-la.

— Call! Sempre perdido, Call. Você devia ficar no quarto. Está quente lá — disse Warren.

Tamara e Aaron se viraram para Call, com os olhos disparando pontos de exclamação e de interrogação em sua direção.

— Este é Warren — disse Call. — Ele é, hã, um lagarto que eu conheço.

— É um elemental do fogo! — exclamou Tamara. — O que você está fazendo, criando amizade com um elemental? — Ela olhou fixo para Call.

Call abriu a boca para negar a relação com Warren — afinal, eles não eram *íntimos*! Mas essa não pareceu a melhor maneira de persuadir Warren a ajudá-los — e Call sabia que, àquela altura, eles realmente precisavam da ajuda do lagarto.

— Mestre Rufus não disse que alguns deles estavam interessados, você sabe, em... absorver? — O olhar de Aaron acompanhou o lagarto.

— Bem, ele ainda não me absorveu — retrucou Call. — E ele dormiu no meu quarto. Warren, pode nos ajudar? Estamos perdidos. Perdidos de verdade. Precisamos que você nos leve de volta.

— Atalhos, caminhos escorregadios, Warren conhece todos os lugares escondidos. O que vocês dão em troca do caminho de volta?

O lagarto correu para perto deles, espalhando o cascalho com os pés.

— O que você quer? — perguntou Tamara, vasculhando os bolsos. — Tenho chiclete, um elástico de cabelo e só.

— Eu tenho comida — ofereceu Aaron. — Balas, principalmente. Da Galeria.

— Estou segurando a água — disse Call. — Não posso ver o que tenho nos bolsos. Mas, hã, você pode ficar com meus cadarços.

— Todos! — disse o lagarto, a cabeça balançando para cima e para baixo de empolgação. — Vou ficar com todos quando chegarmos lá, e então meu Mestre vai ficar contente.

— O quê? — Call franziu a testa, na dúvida se tinha entendido direito o que o elemental falou.

— Seu Mestre vai ficar satisfeito quando você voltar — disse o lagarto. — Mestre Rufus. Seu Mestre.

Ele então correu pela parede da caverna, tão rápido que Call ficou ofegante ao acompanhá-lo e manter a bola de água se movendo no ar ao mesmo tempo. Algumas gotas se perderam na correria.

— Venham! — disse ele para Tamara e Aaron, sua perna doendo com o esforço.

Dando de ombros, Aaron o seguiu.

— Bem, eu prometi a ele o meu chiclete — disse Tamara, trotando atrás deles.

Seguiram Warren por uma sala rajada de enxofre, laranja e amarela, e estranhamente lisa em todos os lados. Call teve a sensação de estarem andando pela garganta de um gigante. O chão parecia desagradavelmente úmido por causa do líquen avermelhado, denso e esponjoso. Aaron quase tropeçou, e os pés de Call afundaram no piso, fazendo a bola de água oscilar enquanto ele se reequilibrava. Tamara a estabilizou com um movimento dos dedos enquanto passavam para uma caverna cujas paredes estavam cobertas de formações cristalinas que pareciam pingentes de gelo. Uma enorme massa de cristais pendia do centro do teto, como um lustre, brilhando levemente.

— Não viemos por este caminho — reclamou Aaron, mas Warren não parou, exceto para dar uma mordida em um dos cristais pendentes ao passar por eles.

Ele passou direto por todas as saídas óbvias e seguiu para um buraco pequeno e escuro, que veio a ser um túnel quase sem luz. Tiveram de ficar de quatro e engatinhar, o globo de água oscilando precariamente entre eles. O suor escorria pelas costas de Call por causa da posição desconfortável, sua perna o estava matando, e ele começou a temer que Warren os estivesse levando numa direção completamente errada.

— Warren... — começou ele.

Ele se calou quando a passagem de repente se alargou em uma vasta câmara. Levantou-se devagar, a perna ruim a castigá-lo por forçá-la tanto. Tamara e Aaron o seguiram, pálidos com o esforço de engatinhar e equilibrar a água ao mesmo tempo.

Warren correu para um arco que levava para fora da câmara. Call o seguiu tão rápido quanto a perna permitia.

Ele estava tão distraído pelo esforço que não percebeu quando o ar ficou mais quente, cheirando a queimado. Aaron exclamou:

— Estivemos aqui antes, estou reconhecendo a água!

Só então Call olhou para cima e viu que estavam de volta à sala com o riacho laranja fumegante e os imensos cipós que pendiam como tentáculos.

Tamara suspirou com evidente alívio.

— Isto é ótimo. Agora é só...

Ela se interrompeu e deu um grito quando uma criatura se ergueu do riacho fumegante, fazendo-a cambalear para trás e Aaron soltar um berro. A bola de água que vinha se sustentando entre eles desabou no chão. A água chiou como se tivesse sido jogada em uma frigideira quente.

— Sim — disse Warren. — Exatamente como ele me ordenou. Ele me disse pra trazer vocês de volta, e agora estão aqui.

— Ele disse a você — repetiu Tamara.

Call fitava boquiaberto o imenso ser elevando-se do riacho, que tinha começado a ferver, com grandes bolhas vermelhas e laranja surgindo na superfície com a ferocidade da lava. A criatura era formada por pedras aglomeradas e escuras, como se fosse feita de estilhaços de rocha denteada, mas tinha um rosto humano, o rosto de um homem, as feições aparentemente talhadas no granito. Seus olhos eram meros buracos para a escuridão.

— Saudações, Magos de Ferro — disse a criatura, a voz ecoando como se falasse de uma grande distância. — Vocês estão longe de seu Mestre.

Os aprendizes estavam sem voz. Call podia ouvir a o som áspero da respiração de Tamara no silêncio.

— Vocês não têm nada para me dizer? — A boca de granito da criatura se movimentou: era como assistir a uma pedra rachar e se partir. — Já fui como vocês, crianças.

Tamara emitiu um som horrível, meio soluço meio engasgo.

— Não — disse ela. — Você não pode ser um de nós... não pode estar falando ainda. Você...

— O que é isso? — sibilou Call. — O que é isso, Tamara?

— Você é um dos Devorados — disse Tamara, a voz falhando. — Consumido por um elemento. Não é mais humano...

— Fogo — sussurrou a coisa. — Eu me tornei fogo há muito tempo. Eu me dei a ele, e ele a mim. Ele queimou o que era humano e fraco.

— Você é imortal — disse Aaron, seus olhos muito grandes e verdes no rosto pálido e sujo.

— Sou muito mais do que isso. Sou eterno. — O Devorado se inclinou para Aaron, aproximando-se o suficiente para que a pele do garoto começasse a se avermelhar, como acontece quando se fica perto do fogo.

— Aaron, não! — disse Tamara, dando um passo à frente. — Ele está tentando queimar você, absorver você! Afaste-se dele!

O rosto da garota brilhou na luz trêmula, e Call percebeu que havia lágrimas em suas bochechas. De repente ele pensou na irmã de Tamara, consumida por elementos, condenada.

— Absorver *vocês*? — O Devorado riu. — Olhem para si mesmos, pequenas faíscas trêmulas, que ainda nem cresceram direito. Não há muita vida para espremer de vocês.

— Você com certeza quer alguma coisa de nós — disse Call, esperando que o Devorado desviasse sua atenção de Aaron. — Ou não teria se dado o trabalho de aparecer.

A coisa se virou para ele.

— O aprendiz-surpresa de Mestre Rufus. Até as pedras cochicham sobre você. O maior dos Mestres fez escolhas estranhas este ano.

Call não podia acreditar. Até o Devorado sabia sobre suas péssimas notas no Desafio.

— Eu vejo através das máscaras de pele que vocês usam — continuou o Devorado. — Vejo seu futuro. Um de vocês vai fracassar. Um de vocês vai morrer. E um de vocês já está morto.

— O quê? — A voz de Aaron se elevou. — O que isso quer dizer: "já está morto"?

— Não dê ouvidos a ele! — gritou Tamara. — Ele é uma coisa, não é humano...

— E quem ia querer ser humano? Os corações humanos se partem. Os ossos humanos se despedaçam. A pele humana pode se rasgar. — O Devorado, já próximo de Aaron, estendeu a mão para tocar seu rosto. Call deu um salto à frente, o mais rápido que sua perna lhe permitiu, chocando-se com Aaron, ambos caindo e rolando contra uma das paredes. Tamara girou para encarar o Devorado, a mão erguida. Uma massa de ar rodopiante cresceu em sua palma.

— Basta! — rugiu uma voz vinda do arco.

Mestre Rufus estava parado ali, ameaçador e terrível, o poder parecendo jorrar do mago.

A coisa deu um passo atrás, encolhendo-se.

— Não quero fazer mal a ninguém.

— Vá embora — disse Mestre Rufus. — Deixe meus aprendizes em paz ou vou dispersá-lo como faria com qualquer elemental, não importa quem você foi um dia, Marcus.

— Não me chame por um nome que não é mais meu — disse o Devorado. — Seu olhar caiu sobre Call, Aaron e Tamara enquanto afundava de volta no poço sulfuroso. — Vocês três, nós nos veremos de novo.

E desapareceu numa ondulação da água, mas Call sabia que ele permanecia em algum lugar sob a superfície.

Mestre Rufus pareceu momentaneamente perturbado.

— Venham comigo — chamou, levando os aprendizes através de um arco baixo.

Call olhou para trás à procura de Warren, mas o elemental já se fora. Call ficou brevemente decepcionado. Queria gritar com

Warren por traí-los... e também para desconvidá-lo *para sempre* do seu quarto.

Mas, se Mestre Rufus visse Warren, ficaria óbvio que fora Call quem o roubara de sua sala. Então talvez fosse bom ele ter desaparecido.

Por algum tempo eles andaram em silêncio.

— Como o senhor soube onde nos encontrar? — perguntou Tamara, por fim. — Que uma coisa ruim estava acontecendo?

— Vocês não acham que eu os deixaria perambularem pelas profundezas do Magisterium sem supervisão, acham? — perguntou Rufus. — Mandei um elemental do ar seguir os três. Ele me avisou quando vocês foram atraídos para a caverna do Devorado.

— Marcus, o Devorado, nos contou algumas... ele nos falou do nosso futuro — disse Aaron. — O que aquilo significa? Aquele... o Devorado foi mesmo um dia um aprendiz como nós?

Pela primeira vez, pelo que Call podia lembrar, Rufus pareceu desconfortável. Era incrível. Ele finalmente exibia uma expressão.

— O que quer que ele tenha dito não significa nada. Ele enlouqueceu totalmente. E, sim, suponho que ele tenha sido um aprendiz como vocês um dia, mas tornou-se um dos Devorados muito depois disso. Era um Mestre quando aconteceu. O meu Mestre, na verdade.

Eles seguiram em silêncio todo o caminho de volta ao Refeitório.

↑≋△○◎

Naquela noite, durante o jantar, Call, Aaron e Tamara tentaram agir como se o dia tivesse sido normal. Sentaram-se à longa mesa com os outros aprendizes, mas não falaram muito. Rufus estava ali perto, dividindo uma pizza de líquen com Mestra Milagros e Mestre Rockmaple, com ar taciturno.

— Parece que sua aula sobre orientação não foi muito boa — disse Jasper, com um sorriso irônico, os olhos escuros saltando de Tamara para Aaron e Call.

De fato, estavam todos exaustos e sujos, com o rosto manchado. Tamara tinha os olhos fundos, como se houvesse tido um pesadelo.

— Ficaram perdidos nos túneis?

— Encontramos um dos Devorados — contou Aaron. — Lá embaixo, nas cavernas profundas.

As conversas na mesa ganharam vida.

— Um dos *Devorados*? — perguntou Kai. — Eles são mesmo como dizem? Monstros horrendos?

— Ele tentou absorver vocês? — Os olhos de Celia estavam arregalados. — Como vocês escaparam?

Call viu que as mãos de Tamara tremiam ao segurar os talheres. Então disse bruscamente:

— Na verdade, ele nos contou nosso futuro.

— Como assim? — perguntou Rafe.

— Disse que um de nós iria fracassar, um de nós iria morrer e um de nós já estava morto — revelou Call.

— Acho que sabemos quem vai fracassar — observou Jasper, olhando fixo para ele.

Call de repente se lembrou de que não tinha contado a ninguém sobre o episódio de Jasper na Biblioteca, e começou a reconsiderar essa decisão.

— Obrigado, Jasper — disse Aaron. — Sempre contribuindo.

— Não devem deixar isso perturbar vocês — disse Drew, sério. — É só bobagem. Não significa nada. Nenhum de vocês vai morrer, e obviamente vocês não estão mortos. Pelo amor de Deus!

Call saudou Drew com o garfo.

— Obrigado.

Tamara pousou os talheres na mesa.

— Com licença — disse, e deixou o salão.

Imediatamente, Aaron e Call se levantaram para segui-la. Estavam na metade do corredor, já fora do Refeitório, quando Call ouviu alguém chamar seu nome. Era Drew, que vinha correndo atrás deles.

— Call — disse ele. — Posso falar com você um segundo?

Call e Aaron se entreolharam.

— Vá em frente — disse Aaron. — Vou ver como está Tamara. Encontro você no quarto.

Call virou-se para Drew, afastando dos olhos os cabelos embaraçados e cheios de poeira das cavernas.

— Está tudo bem?

— Tem certeza de que foi uma boa ideia? — Os olhos azuis de Drew estavam arregalados.

— O quê? — Call estava confuso.

— Contar a todo mundo sobre isso. Sobre o Devorado! Sobre a profecia!

— Você mesmo disse que era bobagem — protestou Call. — Que não significava nada.

— Eu só disse isso porque... — Drew examinou o rosto de Call, sua expressão passando de confusa para preocupada, então para aterrorizada.

— Você não sabe — disse ele, por fim. — Como pode não saber?

— Não saber o quê? — perguntou Call. — Você está me assustando, Drew.

— Quem *é* você? — perguntou Drew, quase em um sussurro, e então recuou um passo. — Eu estava errado sobre tudo — disse. — Preciso ir.

Deu meia-volta e saiu correndo. Call o observou se afastar, totalmente confuso. Resolveu perguntar a Tamara e Aaron sobre isso, mas, quando chegou ao quarto, a exaustão havia visivelmente vencido a ambos. A porta de Tamara estava fechada, e Aaron adormecera em um dos sofás.

# CAPÍTULO QUINZE

Call acordou com o ruído de alguém se movendo do lado de fora de sua porta. Seu primeiro pensamento foi de que Tamara ou Aaron estavam trabalhando até tarde na sala compartilhada. No entanto, os passos eram pesados demais para ser de um de seus amigos, e as vozes elevadas que vieram em seguida pareciam definitivamente adultas.

Ele não pôde deixar de ouvir a voz de Alastair em sua cabeça. *Eles não têm piedade, nem mesmo por crianças.*

Call permaneceu deitado, acordado, olhando para o alto até que um dos cristais incrustados nas paredes brilharam. Ele tirou Miri da gaveta e deslizou da cama, estremecendo quando os pés descalços tocaram a pedra fria do piso. Sem os cobertores pesados, ele podia sentir o ar frio através do pijama fino.

Ele ergueu Miri assim que a porta se abriu. Três Mestres estavam no vão da porta, olhando para ele. Vestiam seus uniformes pretos e os rostos exibiam expressões graves e sérias.

O olhar de Mestre Lemuel passou do rosto de Call para a lâmina.

— Rufus, seu aprendiz está bem treinado.

Call não sabia o que dizer sobre isso.

— Mas esta noite você não vai precisar de nenhuma arma — disse Mestre Rufus. — Deixe Semíramis na cama e venha conosco.

Olhando para seu pijama de LEGO, Call fez uma careta.

— Não estou vestido.

— Bem treinado em prontidão — disse Mestre North. — Não tanto em obediência. — Ele estalou os dedos. — Solte a faca.

— North — disse Mestre Rufus. — Deixe a disciplina dos meus aprendizes comigo. — Ele se aproximou de Call, que não sabia o que fazer. Entre o comportamento bizarro de Drew, os avisos do pai e a assustadora profecia do Devorado, ele se sentia extremamente perturbado. Não queria abrir mão de sua adaga.

A mão de Rufus fechou-se em torno do pulso de Call e ele soltou Miri. Não sabia o que mais poderia fazer. Call conhecia Mestre Rufus. Vinha fazendo refeições com ele havia meses e recebendo seus ensinamentos. Rufus era uma pessoa. Rufus o salvara do Devorado. *Ele não me machucaria*, disse Call a si mesmo. *Não faria isso. Não importa o que meu pai disse.*

Uma expressão estranha cruzou o rosto de Rufus e desapareceu imediatamente.

— Venha — chamou ele.

Call seguiu os Mestres até a sala compartilhada, onde Tamara e Aaron já esperavam. Ambos estavam de pijama — Aaron vestia uma camiseta praticamente transparente de tanto lavar e uma calça de moletom com um buraco no joelho. Os cabelos louros estavam espetados como penugem de pato, e ele mal parecia acordado.

Tamara parecia tensa. Seus cabelos estavam cuidadosamente trançados, e ela usava um pijama cor-de-rosa, na frente do qual se lia: EU LUTO COMO UMA GAROTA. Sob essas palavras, havia uma serigrafia de garotas de desenho animado executando movimentos ninja mortais.

*O que está acontecendo?*, perguntou Call a eles somente com o movimento dos lábios.

Aaron deu de ombros e Tamara balançou a cabeça. Nitidamente, eles não sabiam mais que ele. Embora Tamara parecesse saber o suficiente para parecer à beira de um ataque de nervos.

— Sentem-se — ordenou Mestre Lemuel. — Por favor, não vamos perder tempo.

— Você pode ver nitidamente que nenhum deles estava tentando... — disse Mestre Rufus numa voz baixa que sumiu no fim, como se ele não quisesse dizer o restante em voz alta.

— Isto é muito importante — informou Mestre North enquanto Call, Aaron e Tamara se sentavam juntos em um dos sofás.

Tamara abriu um imenso bocejo e esqueceu de cobrir a boca, o que significava que estava muito cansada.

— Vocês viram Drew Wallace? — continuou Mestre North. — Várias pessoas nos disseram que ele saiu do refeitório com vocês e parecia perturbado. Ele disse alguma coisa a vocês? Discutiu seus planos?

Call franziu a testa. A última vez que vira Drew fora tão estranho que era difícil falar a respeito.

— Que planos? — perguntou ele.

— Falamos sobre nossas aulas — respondeu Aaron voluntariamente. — Drew nos seguiu até o corredor... Ele queria falar com Call.

— Sobre o Devorado. Acho que ficou apavorado de verdade. — Call não sabia mais o que dizer. Não tinha outra explicação para o comportamento de Drew.

— Obrigado — agradeceu Mestre North. — Agora precisamos que vocês voltem ao quarto e vistam o uniforme. Vamos precisar da sua ajuda. Drew deixou o Magisterium em algum momento depois das dez da noite, e foi somente graças a outro aprendiz, que se levantou à meia-noite para tomar um copo de água e encontrou seu bilhete, que descobrimos que ele se foi.

— O que dizia o bilhete? — perguntou Tamara.

Mestre Lemuel olhou para ela de cara feia, e Mestre North pareceu surpreso por ser interrompido. Evidentemente, nenhum deles conhecia Tamara muito bem.

— Que ele estava fugindo do Magisterium — respondeu Mestre Lemuel em voz baixa. — Vocês sabem o quanto é perigoso magos semitreinados à solta pelo mundo? Isso para não falar dos animais Dominados pelo Caos que habitam as florestas vizinhas.

— Temos de encontrá-lo — disse Mestre Rufus, assentindo lentamente. — A escola inteira vai ajudar na busca. Dessa forma podemos cobrir o terreno mais depressa. Espero que a explicação seja suficiente, Tamara. Porque o tempo neste caso é de máxima importância.

Enrubescendo, Tamara se levantou e se dirigiu ao seu quarto, e Aaron e Call ao deles. Call vestiu lentamente suas roupas de inverno: o uniforme cinza, um suéter grosso e um casaco de moletom com capuz e zíper. A adrenalina de ser acordado pelos magos começava a se dissipar e ele ia percebendo que tinha dormido muito pouco, mas a ideia de Drew perambulando no escuro o fez despertar. Que motivo Drew teria para fugir?

Quando foi pegar sua pulseira, os dedos de Call tocaram a de Alastair e o misterioso bilhete para Mestre Rufus. Ele recordou as palavras de seu pai: *Call, você precisa me escutar. Não sabe o que você é. Precisa sair daí assim que puder.*

Era ele quem deveria estar fugindo, não Drew.

Depois de uma batida, a porta de seu quarto se abriu e Tamara entrou. Ela estava de uniforme, e o cabelo havia sido arrumado em duas tranças bem apertadas em torno de sua cabeça. Ela parecia bem mais desperta do que ele se sentia.

— Call — chamou ela. — Vamos lá, temos de... O que é isso?

— Isso o quê? — Ele seguiu o olhar dela e percebeu que ainda estava com a gaveta aberta, a pulseira e o bilhete de Alastair totalmente à vista. Ele pegou a pulseira e se inclinou para trás, fechando a gaveta com o seu peso. — Eu... é a pulseira do meu pai. De quando ele frequentou o Magisterium.

— Posso ver? — Tamara não esperou resposta, simplesmente estendeu o braço e pegou a pulseira da mão do garoto. Seus olhos escuros se arregalaram enquanto ela a examinava. — Ele deve ter sido um aluno muito bom.

— O que te faz dizer isso?

— Essas pedras. E este... — Ela se interrompeu, piscando. — Esta pulseira não pode ser a do seu pai.

— Bem, acho que podia ser da minha mãe...

— Não — disse Tamara. — Nós vimos as impressões das mãos deles no Hall dos Graduados. Os dois se formaram, Call. Esta pulseira pertenceu a alguém que parou no Ano de Prata, quem quer que tenha sido. Não há ouro. — Ela a devolveu a Call. — Era de alguém que nunca se formou no Magisterium.

— Mas... — Call se interrompeu quando Aaron entrou, o cabelo ondulado colado na testa. Aparentemente tinha jogado água no rosto para despertar.

— Vamos, pessoal — chamou ele. — Mestre Lemuel e Mestre North foram na frente, mas Rufus parece prestes a arrombar a porta.

Call enfiou a pulseira no bolso, sentindo o olhar curioso de Tamara enquanto seguiam Mestre Rufus pelos túneis. A perna de Call estava rígida, como acontecia quase todas as manhãs, por isso ele tinha de seguir em um ritmo mais lento. Aaron e Tamara, porém, tiveram o cuidado de seguir na mesma velocidade que ele. Pela primeira vez, não ficou bravo com isso.

Na saída, encontraram o restante dos aprendizes liderados por seus Mestres, inclusive Lemuel e North. Os outros alunos pareciam tão confusos e preocupados quanto os aprendizes de Mestre Rufus.

Mais algumas voltas e chegaram a uma porta. Mestre Lemuel a abriu e eles entraram em outra caverna, na qual se via uma abertura na extremidade por onde o vento soprava. Eles iam sair — e não pelo mesmo caminho pelo qual tinham entrado naquele primeiro dia. Essa caverna era aberta na outra ponta. Um par de gigantescos portões de metal havia sido engastado na pedra.

Os portões tinham sido evidentemente fabricados por um Mestre do metal. Eram de ferro forjado, terminando em pontas afiadas que quase roçavam o teto da caverna. De um lado ao outro dos portões, o metal formava palavras: *Conhecimento e ação são uma só coisa.*

Era o Portão das Missões. Call lembrou-se do menino amarrado à maca de galhos, com a pele queimada, e percebeu que, na confusão, não havia prestado atenção ao portão propriamente dito.

— Call, Tamara, Aaron — disse Mestre Rufus. Ao seu lado estava Alex, alto, com seus cabelos encaracolados, parecendo estranhamente sombrio. Ele usava o uniforme e um casaco grosso semelhante a um manto. E luvas nas mãos. — Alexander guiará vocês. *Não* saiam de perto dele. O restante de nós estará a uma curta distância, de onde ouviremos se gritarem. Queremos que cubram a área próxima a uma das saídas menos usadas do Magisterium. Procurem qualquer vestígio de Drew e, se o virem, chamem por ele. Acreditamos que é mais provável que ele confie em um de seus colegas do Ano de Ferro do que em um Mestre ou mesmo um aluno mais velho, como Alex.

Call se perguntou por que os Mestres achavam que era mais provável Drew confiar em outro aluno do que neles. Ele se perguntou se sabiam mais sobre o motivo da fuga de Drew do que revelavam.

— O que fazemos então? — perguntou Aaron.

— Assim que o avistarem, Alex fará um sinal para os Mestres. Basta mantê-lo falando até chegarmos. Vocês e os aprendizes de Mestra Milagros vão para o leste. — Ele acenou para alguém do outro lado do terreno lotado, e Mestra Milagros avançou em sua direção, seguida por Celia, Jasper e Gwenda. — Os alunos do Ano de Bronze vão para o oeste, os do Ano de Cobre vão para o norte e os dos Ano de Prata e de Ouro que não estiverem ajudando os Mestres vão para o sul e para o norte.

— E quanto aos animais Dominados pelo Caos na floresta? — indagou Gwenda. — Eles não são perigosos para nós também?

Mestra Milagros olhou na direção de Alex e de outro estudante mais velho.

— Vocês não estarão sozinhos. Fiquem todos juntos e nos sinalizem imediatamente se houver um problema. Estaremos por perto.

Alguns dos grupos de aprendizes já estavam adentrando a noite — conjurando bolas brilhantes que voavam pelo ar como lanternas sem corpo. Um zumbido baixo de sussurros e murmúrios os acompanhava à medida que caminhavam para a floresta escura.

Call e os outros seguiram Alex. Quando o último aprendiz passou pelo portão, este se fechou com um som perturbadoramente definitivo atrás do grupo.

— É o som que ele faz normalmente — explicou Alex, vendo a expressão de Call. — Venham... vamos por aqui.

Ele se dirigiu para a floresta, por um caminho escuro. Call tropeçou em uma raiz. Aaron, sempre procurando uma desculpa, conjurou sua bola de energia azul cintilante, parecendo satisfeito por ser útil. Ele sorria enquanto a esfera girava acima de seus dedos, iluminando o espaço ao redor.

— Drew! — chamou Gwenda. Ecos de outros alunos do Ano de Ferro podiam ser ouvidos a distância. — Drew!

Jasper esfregou os olhos. Estava vestindo o que parecia ser um casaco forrado de pele e um chapéu com protetores de orelha que era um pouco largo para sua cabeça.

— Por que temos de ser colocados em perigo só porque um nerd decidiu que não aguentava mais? — perguntou ele.

— Não entendo por que ele sairia no meio da noite — comentou Celia, abraçando o próprio corpo e tremendo, apesar da comprida parca azul brilhante. — Nada disso faz sentido.

— Não sabemos mais do que vocês — disse Tamara. — Mas, se Drew fugiu, ele deve ter tido uma razão.

— Ele é um covarde — rebateu Jasper. — Essa é a única razão possível para partir.

O solo da floresta estava coberto por uma fina camada de neve, e os galhos das árvores pendiam baixo à volta dos alunos, a luz azul de Aaron iluminando apenas o suficiente para realçar o aspecto sinistro da vegetação.

— Do que você acha que ele deve ter medo? — perguntou Call. Jasper não respondeu.

— Temos de ficar juntos — disse Alex, conjurando três bolas de chamas douradas que começaram a girar em torno deles, marcando os limites do grupo. — Se vocês virem ou ouvirem alguma coisa, me digam. Não saiam correndo.

Folhas congeladas estalaram sob os pés de Tamara quando ela recuou para andar ao lado de Call.

— Então — disse ela baixinho —, por que você achou que aquela pulseira pertencia ao seu pai?

Call olhou para os outros, tentando decidir se estavam a uma distância segura para que não o ouvissem.

— Porque veio dele.

— Ele a mandou para você?

Call balançou a cabeça.

— Não exatamente. Eu... a encontrei.

— Encontrou? — Tamara parecia muitíssimo desconfiada.

— Sei que você acha que ele é louco...

— Ele atirou uma faca em você!

— Ele atirou a faca para mim — replicou Call. — E então mandou esta pulseira para o Magisterium. Acho que ele está tentando dizer a eles... avisá-los sobre alguma coisa.

— Como o quê?

— Algo sobre mim — disse Call.

— Você está dizendo que está em perigo?

Tamara parecia alarmada, mas Call não respondeu. Ele não sabia como contar mais a ela sem revelar tudo. E se realmente houvesse algo errado com ele? Se Tamara descobrisse, ela guardaria seu segredo, independentemente do quanto ruim?

Ele queria confiar na amiga. Ela já havia contado a ele mais sobre a pulseira do que Call descobrira em meses apenas examinando-a.

— Do que vocês estão falando? — indagou Aaron, ficando para trás para se juntar a eles.

Tamara imediatamente se calou, seus olhos indo de um para o outro. Call podia ver que ela não contaria nada a Aaron, a menos que ele dissesse que estava tudo bem. Isso provocou uma sensação estranhamente agradável em sua barriga. Ele nunca tivera amigos que guardassem seus segredos.

— Estamos falando sobre isto — disse ele, puxando a pulseira do bolso e entregando-a a Aaron, que a examinou enquanto Call explicava toda a história: a conversa com o pai, o aviso de que Call não sabia o que ele era, a carta que Alastair enviara a Rufus, a mensagem com a pulseira: *Interdite sua magia*.

— Interditar sua magia? –– A voz de Aaron se elevou.

Tamara pediu que ele falasse baixo. Aaron voltou a falar com um sussurro áspero:

— Por que ele pediria a Rufus para fazer isso? É loucura!

— Eu não sei — sussurrou Call em resposta, dirigindo um olhar ansioso à frente.

Alex e os outros não pareciam estar prestando atenção no trio enquanto subiam uma colina baixa atravessada por grandes raízes de árvores, chamando o nome de Drew.

— Não entendo nada disso — disse Call.

— Bem, evidentemente a pulseira era uma mensagem para Rufus — argumentou Tamara. — Significa alguma coisa. Só não sei o quê.

— Talvez se soubéssemos a quem pertenceu — ponderou Aaron. Ele entregou a pulseira de volta a Call, que a prendeu em seu braço, acima da própria pulseira, debaixo da manga.

— Alguém que não se formou. Alguém que deixou o Magisterium aos dezesseis ou dezessete anos... ou alguém que morreu aqui. — Tamara mexeu no braço do amigo e observou o bracelete novamente, franzindo a testa diante das pequenas medalhas com símbolos. — Não sei exatamente o que isso significa. Excelência em alguma coisa, mas em quê? Se soubéssemos, isso nos diria algo. E eu também não sei o que essa pedra preta significa. Nunca vi uma assim antes.

— Vamos perguntar a Alex — sugeriu Aaron.

— De jeito nenhum — replicou Call, sacudindo a cabeça e olhando, desconfiado, para os outros que marchavam pela neve no escuro. — E se houver mesmo algo errado comigo e ele puder descobrir só de olhar para a pulseira?

— Não há nada de errado com você — afirmou Aaron em tom resoluto. Mas Aaron era o tipo de pessoa que tinha fé nos outros e acreditava em coisas assim.

— Alex! — chamou Tamara em voz alta. — Alex, podemos te perguntar uma coisa?

— Tamara, não — sibilou Call, mas o aluno mais velho já havia ficado para trás a fim de alcançá-los.

— O que foi? — perguntou ele, os olhos azuis curiosos. — Está tudo bem com vocês?

— Eu só estava me perguntando se poderíamos ver sua pulseira — disse Tamara, com um olhar de reprimenda na direção de Call.

Call relaxou.

— Ah. Claro — concordou Alex, soltando a pulseira e entregando-a a ela. A peça consistia em três faixas de metal, a última de bronze. Também tinha várias pedras preciosas engastadas: vermelha e laranja, azul e índigo e escarlate.

— Para que servem estas? — perguntou Tamara com ingenuidade, embora Call tivesse a sensação de que ela provavelmente sabia a resposta.

— A realização de diferentes tarefas. — Alex falava em um tom prosaico. Ele não estava se gabando. — Esta é por usar o fogo com êxito para afastar um elemental. Esta, por usar o ar para criar uma ilusão.

— O que significaria se você tivesse uma preta? — perguntou Aaron.

Os olhos de Alex se arregalaram. Ele abriu a boca para responder no mesmo instante em que Jasper gritou:

— Vejam!

Uma luz forte brilhou no topo da colina oposta à deles. Enquanto olhavam, um grito cortou a noite, agudo e terrível.

— Fiquem aqui! — ordenou Alex e começou a correr, escorregando pela encosta da colina em que estavam, seguindo em direção à luz. De repente, a noite estava cheia de ruídos. Call podia ouvir outros grupos gritando e chamando uns aos outros.

Algo deslizou pelo céu acima deles — algo escamoso e semelhante a uma cobra —, mas Alex não estava olhando para cima.

— Alex! — gritou Tamara, mas o garoto mais velho não a ouviu.

Ele havia alcançado a outra colina e começava a escalada. A sombra escamosa encontrava-se sobre sua cabeça, mergulhando e investindo.

Todas as crianças agora gritavam por Alex, tentando avisá-lo — todas elas, exceto Call, que começou a correr, ignorando a dor da torção em sua perna quando ele escorregou e quase rolou encosta abaixo. Ouviu Tamara berrar seu nome e Jasper gritar: "Temos de ficar *aqui*", mas Call não diminuiu a velocidade. Ele seria o aprendiz que Aaron pensava que era, aquele com quem não havia nada de errado. Ele faria o tipo de coisas que resultam em conquistas heroicas misteriosas engatadas na sua pulseira. Ele ia se jogar direto na luta.

Ele tropeçou em uma pedra solta, caiu e rolou até o sopé da colina, batendo o cotovelo com força na raiz de uma árvore. *Ok*, pensou, *não foi o melhor começo*.

Levantou-se cambaleando e começou a subir novamente — ele podia ver as coisas mais nitidamente agora, com a luz que descia do topo do monte. Era uma luz clara e cortante, que dava a cada pedra e a cada buraco um relevo nítido. A subida ficava mais íngreme à medida que Call se aproximava do topo; ele caiu de joelhos e escalou assim os últimos metros, rolando para a superfície plana do topo da elevação.

Algo passou por ele então, algo enorme, que provocou uma lufada de ar que lançou sujeira em seus olhos. Call engasgou e tornou a ficar de pé, cambaleando.

— Socorro! — Ele ouviu uma voz fraca chamando. — Por favor, me ajude!

Call olhou ao redor. A luz brilhante tinha desaparecido; havia apenas a luz das estrelas e o luar para iluminar o topo da colina coberto por um emaranhado de raízes e arbustos.

— Quem está aí? — perguntou.

Call ouviu um ruído que pareceu um soluço.

— Call?

Ele começou a andar cegamente em direção à voz, avançando em meio à vegetação rasteira.

Atrás dele, as pessoas gritavam seu nome. Ele chutou algumas pedras para o lado e quase escorregou por um pequeno declive. Então se viu dentro de uma depressão escondida nas sombras do solo, forrada de arbustos espinhosos. Uma figura encolhida encontrava-se caída no lado oposto.

— Drew? — chamou Call.

O garoto franzino esforçou-se para se virar. Call podia ver que um de seus pés estava preso no que parecia ser a toca de um roedor, torcido em um ângulo feio e de aspecto doloroso.

Às suas costas, duas bolas de brilho suave iluminaram a noite. Call olhou para trás e percebeu que elas flutuavam acima da colina onde os outros alunos estavam. Ele mal conseguia vê-los de onde se encontrava, e não tinha certeza se eles podiam vê-lo.

— Call? — As lágrimas no rosto de Drew reluziam ao luar.

Call aproximou-se dele rapidamente.

— Você está preso? — perguntou.

— É c-claro — sussurrou Drew. — Eu tento fugir, e isto é o mais longe que consigo chegar. É hu-humilhante.

Ele estava batendo os dentes. Vestia apenas uma camiseta fina e jeans. Call não podia acreditar que ele havia planejava fugir do Magisterium vestido assim.

— Me ajude — pediu Drew, tremendo. — Me ajude a me soltar. Tenho de continuar correndo.

— Mas eu não entendo. O que houve de errado? Pra onde você vai?

— Não sei. — O rosto de Drew se contorceu. — Você não tem ideia de como Mestre Lemuel é. Ele... ele descobriu que, às vezes, quando estou sob muito estresse, eu me saio melhor. Muito melhor. Sei que é estranho, mas sempre fui assim. Em um dia de teste eu me saio melhor do que na prática normal. Então ele deduziu que poderia me fazer melhorar, me mantendo sob estresse o tempo todo. Eu mal... quase nunca durmo. Ele só me deixa comer às vezes, e nunca sei quando isso vai ser. Ele fica me apavorando, invocando ilusões de monstros e elementais enquanto eu estou sozinho no escuro, e eu... eu quero me aprimorar. Quero ser um mago melhor, mas eu simplesmente... — Ele desviou o olhar e engoliu em seco, seu pomo de adão subindo e descendo. — Eu não consigo.

Call o observou com mais atenção. Era verdade que Drew não parecia mais o menino que ele havia conhecido no ônibus a caminho do Magisterium. Estava mais magro. Muito mais magro. Dava para ver como o jeans ficava largo, preso por um cinto puxado até o último buraco. Suas unhas foram roídas e ele estava com olheiras escuras.

— Ok — disse Call. — Mas você não vai conseguir ir a lugar nenhum com isto. — Ele se inclinou para a frente e colocou a mão no tornozelo de Drew, que estava quente ao toque.

Drew gritou.

— Isso dói!

Call examinou o tornozelo, que aparecia abaixo da bainha do jeans de Drew. Estava inchado e escuro.

— Eu acho que você deve ter quebrado um osso.

— V-você acha? — Drew parecia em pânico.

Call se voltou para dentro de si mesmo, através de si mesmo, mergulhando no chão em que estava ajoelhado. *A Terra quer unir.* Ele a sentiu ceder sob seu toque, criando um espaço onde a magia poderia se espalhar, da mesma forma que a água subia para preencher um buraco aberto na areia da praia.

Call canalizou a magia através de si mesmo, de sua mão, deixando-a fluir para Drew. Drew arquejou.

Call afastou a mão.

— Desculpe...

— Não. — Drew olhava para ele com admiração. — Está doendo menos. Está funcionando.

Call nunca havia feito magia assim antes. Mestre Rufus já tinha falado sobre cura, mas eles nunca haviam praticado. No entanto, ele conseguiu. Talvez, de fato, não houvesse nada de errado com ele.

— Drew! Call! — Era Alex, seguido por um reluzente globo de luz que iluminava as pontas de seus cabelos como um halo. Ele derrapou no declive, quase atropelando os dois. Seu rosto estava pálido ao luar.

Call se afastou.

— Drew está preso. Acho que o tornozelo dele está quebrado.

Alex se curvou sobre o menino mais novo e tocou a terra que prendia sua perna. Call se sentiu estúpido por não ter pensado na mesma coisa enquanto o solo esfarelava e Alex puxava os braços de Drew sob os ombros, soltando-o. Drew gritou de dor.

— Você não me ouviu? O tornozelo dele está *quebrado*... — começou Call.

— Call. Não há tempo. — Alex se ajoelhou para erguer Drew nos braços. — Temos de sair daqui.

— O q-quê? — Drew parecia quase atordoado demais para raciocinar. — O que está acontecendo?

Alex corria os olhos pela área com ansiedade. Call de repente se lembrou de todos os avisos sobre o que espreitava na floresta fora das cavernas da escola.

— Os Dominados pelo Caos — disse Call. — Eles estão aqui.

## CAPÍTULO DEZESSEIS

Um uivo baixo atravessou a noite. Alex começou a subir o aclive, gesticulando, impaciente, para que Call o seguisse. Com dificuldade, Call subiu atrás do rapaz, a perna doendo.

Quando chegaram ao topo, Call viu Aaron e Tamara vindo pela crista da colina, com Celia, Jasper e Rafe logo atrás. Estavam ofegantes e alertas.

— Drew! — Tamara engasgou, fitando a figura inerte nos braços de Alex.

— Animais Dominados pelo Caos — disse Aaron, parando em frente a Call e Alex. — Estão vindo pelo outro lado da colina.

— De que tipo? — perguntou Alex, com urgência.

— Lobos — respondeu Jasper, apontando.

Ainda carregando Drew nos braços, Alex virou-se e olhou, com expressão de horror. O luar mostrava formas escuras saindo da floresta e avançando na sua direção. Cinco lobos esguios, com a pelagem da cor de um céu tempestuoso. Seus focinhos farejavam o ar, os olhos faiscando, selvagens e estranhos.

Alex curvou-se e pôs Drew cuidadosamente no chão.

— Escutem — gritou ele para os outros alunos, que se aproximavam em grupo, temerosos. — Façam um círculo ao nosso redor enquanto curo Drew. Eles sentem a presença dos fracos, dos feridos. Vão atacar.

— Só precisamos manter longe os Dominados pelo Caos até os Mestres chegarem — disse Tamara, correndo para a frente de Alex.

— Certo, mantê-los longe, *muito* simples — repetiu Jasper, asperamente, mas entrou na formação com os demais, criando um círculo com seus corpos, de costas para Alex e Drew. Call se viu ombro a ombro com Celia e Jasper. Os dentes de Celia batiam.

Os lobos Dominados pelo Caos apareceram, selvagens, espalhando-se pelo topo da colina como sombras. Eram imensos, muito maiores do que qualquer lobo que Call já vira. Grossos fios de baba pendiam de suas mandíbulas abertas. Seus olhos queimavam e giravam, despertando outra vez aquela sensação dentro da cabeça de Call, a coceira-queimação-sede. *Caos*, pensou ele. *O caos quer devorar*.

Por mais apavorantes que fossem, quanto mais Call os observava, mais via beleza em seus olhos: eram como o interior de um caleidoscópio, mil cores diferentes ao mesmo tempo. Ele não conseguia desviar o olhar.

— Call! — A voz de Tamara atravessou seus pensamentos, e, com um solavanco, Call retornou para o corpo, percebendo de repente que saíra da formação e estava vários passos à frente do grupo. Ele não tinha se afastado dos lobos. Tinha *se aproximado* deles.

A mão de alguém agarrou seu pulso. Era Tamara, apavorada, mas determinada.

— PARE! — ordenou ela, e começou a tentar arrastá-lo de volta para junto dos demais.

Depois disso, tudo aconteceu muito rápido. Tamara puxou Call; ele resistiu. Sua perna fraca cedeu e ele caiu, os cotovelos batendo dolorosamente no chão rochoso. Tamara levou a mão para trás e fez um gesto como se fosse lançar uma bola de beisebol. Um círculo de fogo disparou de sua palma na direção de um lobo que repentinamente estava muito perto.

O fogo explodiu em seu pelo, e o lobo uivou, mostrando uma boca cheia de dentes afiados. Mas ele continuou avançando — na verdade, seu pelo agora estava eriçado como se tivesse sido eletrificado. A língua vermelha pendia de sua boca enquanto o animal se aproximava cada vez mais. Estava a poucos metros de Call, que lutava para firmar as pernas, Tamara se abaixou para passar as mãos sob seus braços, tentando puxá-lo para cima. Os Dominados pelo Caos não eram facilmente afugentados, como um dragonete. Eles não se importavam com nada, a não ser dentes, sangue e loucura.

— Tamara! Call! Voltem para cá! — gritou Aaron, assustado.

Os lobos Dominados pelo Caos se aproximavam, cercando Call e Tamara, o grupo de aprendizes esquecido. Alex estava no meio, segurando Drew, que continuava inconsciente. Alex aparentava estar paralisado, olhos e boca abertos.

Call conseguiu se levantar, empurrando Tamara para trás de si. Ele encarou o lobo que estava mais próximo, sustentando seu olhar. Os olhos do animal ainda giravam, mesclando vermelho e dourado, a cor do fogo.

*É isso*, pensou Call. Sua mente parecia ter ficado mais lenta. Era como se ele estivesse se movimentando dentro da água.

*Meu pai estava certo. O tempo todo, ele estava certo. Vamos morrer aqui.*

Ele não estava com raiva... mas também não sentia medo. Tamara lutava para puxá-lo para trás. Mas ele não conseguia se mexer. Não queria se mexer. O mais estranho dos sentimentos pulsava dentro de si, como um nó sob as suas costelas. Podia sentir a estranha pulseira em seu braço latejar.

— Tamara — sussurrou ele. — Volte.

— Não!

Ela deu um puxão na parte detrás de sua blusa. Call tropeçou... e o lobo saltou sobre eles.

Alguém, talvez Celia ou Jasper, gritou. O lobo voou pelo ar, terrível e belo, sua pelagem soltando faíscas. Call começou a levantar as mãos.

Uma sombra atravessou a visão de Call. Alguém deslizando e parando entre ele e o lobo, alguém de cabelos claros, alguém que fincou os pés e estendeu os dois braços como se não conseguisse deter o lobo apenas com as mãos. *Alex*, pensou Call de início, atordoado, e, em seguida, com uma sensação gelada de choque: *Aaron*.

— Não! — gritou, lançando-se para a frente, mas Tamara não o soltou. — Aaron, *não!*

Os outros aprendizes gritavam também, chamando Aaron. Alex saíra do lado de Drew e abria caminho entre os aprendizes.

Aaron não se mexeu. Ele tinha os pés fincados tão firmemente no chão que era como se tivessem criado raízes ali. Suas mãos estavam erguidas, com a palma para a frente, e do centro delas começou a se derramar algo semelhante a fumaça, a mais escura que

Call já vira, densa e sinuosa, e Call soube, sem imaginar como, que aquela era a substância mais escura do mundo.

Com um uivo, o lobo se contorceu, virou de lado e despencou no chão, perto de Tamara e Call. Seu pelo estava todo eriçado e os olhos giravam enlouquecidamente. Os outros lobos uivaram e ganiram, unindo seus bramidos à loucura da noite.

— Aaron, o que está fazendo? — perguntou Tamara tão baixo que Call não tinha certeza se Aaron a tinha escutado. — É você quem *está* fazendo isso?

Mas Aaron não parecia ouvir. A escuridão vertia de suas mãos; seu cabelo e sua roupa estavam grudadas no corpo por causa do suor. A escuridão agora girava mais rápido, tentáculos aveludados saídos dela se enrolando na matilha de Dominados pelo Caos. O vento ficou mais forte, fazendo estremecer as árvores. O chão tremeu. Os lobos tentaram voltar, correr, mas estavam cercados pela escuridão — escuridão que se tornara uma coisa sólida, uma prisão que encolhia cada vez mais.

O coração de Call batia descontroladamente. Ele sentiu um terror repentino e pulsátil diante da ideia de estar preso dentro daquela escuridão, do nada que se fechava, apagando-o, consumindo-o.

Devorando-o.

— Aaron! — gritou ele, mas o vento açoitava as árvores, abafando o som. — Aaron, *pare!*

Call podia ver os olhos cintilantes, em pânico, dos lobos Dominados pelo Caos. Por um momento, eles se voltaram para ele, faíscas na escuridão. Então o breu se fechou ao seu redor, e eles desapareceram.

Aaron caiu de joelhos, como se tivesse sido baleado. E ficou ali ajoelhado, ofegante, uma das mãos na barriga, enquanto o vento amainava e o chão se acomodava. Os aprendizes olhavam em total silêncio. Os lábios de Alex estavam se movendo, sem que nenhuma palavra saísse deles. Call procurou os lobos, mas agora só havia uma massa de escuridão, dissipando-se como fumaça, onde antes as criaturas haviam estado.

— Aaron! — Tamara afastou-se de Call e correu para Aaron, curvando-se para pousar a mão em seu ombro. — Ah, meu Deus, Aaron, Aaron...

Os outros aprendizes tinham começado a sussurrar.

— O que está acontecendo? — indagou Rafe, em tom de lamento. — O que houve?

Tamara estava dando tapinhas nas costas de Aaron, tentando acalmá-lo. Call sabia que devia se juntar a ela, mas estava imobilizado. Não conseguia parar de pensar em como Aaron ficara pouco antes de a escuridão devorar o lobo, a maneira como pareceu invocar alguma coisa, chamar alguma coisa — e foi *essa coisa* que veio.

Ele pensou no poema.

*O fogo quer queimar, a água quer correr, o ar quer levitar, a terra quer unir. Mas o caos, o caos quer devorar.*

Call olhou para trás, para a confusão de alunos. A distância, além deles, podia ver luzes se deslocando velozmente — as bolas luminosas criadas pelos Mestres, vindo em sua direção. Ele podia ouvir o som de suas vozes. Drew tinha uma expressão estranha no rosto, resignada e um tanto perdida, como se a esperança o tivesse abandonado. Havia lágrimas em suas bochechas. Celia encarou Call, e depois olhou para Aaron, como se perguntasse a Call: *Ele está bem?*

Aaron tinha o rosto enterrado nas mãos. A postura destravou os pés de Call, e ele correu a curta distância até o amigo, caindo de joelhos ao seu lado.

— Você está bem? — perguntou.

Aaron ergueu o rosto e assentiu com a cabeça devagar, ainda atordoado.

Tamara encontrou o olhar de Call por cima da cabeça de Aaron. Seus cabelos haviam se soltado das tranças e caíam sobre os ombros. Ele não pensava que um dia a veria tão desarrumada.

— Você não compreende — disse ela a Call em voz baixa. — Aaron é o que eles vêm procurando. Ele é o...

— Eu ainda estou aqui, você sabe, não? — disse Aaron, com a voz tensa.

— O Makar — concluiu Tamara, com um sussurro quase inaudível.

— *Não* sou — protestou Aaron. — Não posso ser. Não sei nada sobre caos. Não tenho nenhuma afinidade...

— Aaron, filho. — Uma voz suave cortou a frase do garoto.

Call olhou para cima e viu, para sua surpresa, que era Mestre Rufus. Os outros Mestres também estavam ali, as bolas de luz criadas por eles parecendo vagalumes enquanto corriam entre os alunos, conferindo se havia feridos e procurando acalmá-los. Mestre North pegara Drew do chão e o carregava nos braços, a cabeça do menino pousada em seu peito.

— Eu não queria... — começou Aaron, parecendo infeliz. — O lobo estava ali, e de repente *não estava*.

— Você não fez nada de errado. Ele teria atacado você se não tivesse agido. — Mestre Rufus estendeu a mão e gentilmente puxou Aaron, ajudando-o a se pôr de pé. Call e Tamara deram um passo atrás. — Você salvou vidas, Aaron Stewart.

Aaron soltou um soluço entrecortado. Parecia estar tentando se recompor.

— Estão todos olhando para mim, todos os outros alunos — sussurrou ele.

Call se virou para olhar, mas sua visão foi subitamente bloqueada pelo aparecimento de dois Mestres. Mestre Tanaka e uma mulher que ele vira uma vez antes, com um grupo de alunos do Ano de Ouro, e cujo nome ele desconhecia.

— Eles estão olhando para você porque você é o Makar — disse a maga, com os olhos fixos em Aaron. — Porque você pode usar o poder do caos.

Aaron não disse nada. Parecia ter levado um tapa no rosto.

— Estávamos à sua espera, Aaron — disse Mestre Tanaka. — Você não faz ideia de há quanto tempo.

Aaron estava ficando tenso, com cara de quem estava prestes a sair correndo. *Deixem o pobre em paz,* Call queria dizer. *Não veem que ele está ficando assustado?* Aaron tinha razão: Todos olhavam para eles agora — os outros alunos, reunidos, seus Mestres. Até mesmo Lemuel e Milagros desviaram os olhos de seus aprendizes tempo suficiente para encarar Aaron. Somente Rockmaple tinha ido embora — retornara ao Magisterium para cuidar de Drew, supôs Call.

Rufus pousou a mão no ombro de Aaron em um gesto protetor.

— Haru — disse ele, fazendo um sinal com a cabeça para Mestre Tanaka. — E Sarita. Obrigado por suas palavras gentis.

Ele não parecia particularmente grato.

— Parabéns — disse Mestre Tanaka. — Ter um Makar como aprendiz... é o sonho de todo Mestre. — Ele parecia bastante amargo, e Call se perguntou se estaria zangado com aquela história de escolher primeiro no Desafio. — Ele deve vir conosco. Os Mestres precisam falar com ele...

— Não! — exclamou Tamara, e imediatamente cobriu a boca com a mão, como se estivesse surpresa com a própria explosão. — Eu só quis dizer...

— Foi um dia estressante para os alunos, especialmente para Aaron — disse Rufus aos dois Mestres. — Estes aprendizes, a maioria deles do Ano de Ferro, acabam de ser atacados por uma alcateia de lobos Dominados pelo Caos. O menino pode voltar para sua cama?

A mulher que ele chamara de Sarita negou com a cabeça.

— Não podemos deixar um mago do caos sem controle andando por aí, sem nenhum entendimento de seus poderes. — Ela parecia lamentar realmente. — Fizemos uma varredura completa na área, Rufus. O que quer que tenha acontecido com esses lobos foi uma anomalia. O maior perigo para Aaron no momento, e para todos os outros alunos, é Aaron.

Ela estendeu a mão.

Aaron olhou para Rufus, aguardando sua permissão. Rufus assentiu, com ar cansado.

— Vá com eles — disse. E deu um passo atrás.

Mestre Tanaka chamou Aaron com um gesto, e o menino foi até ele. Ladeado pelos dois Mestres, ele caminhou na direção do Magisterium, parando apenas uma vez a fim de olhar para Call e Tamara.

Call não pôde deixar de pensar que ele parecia muito pequeno.

# CAPÍTULO DEZESSETE

Assim que Aaron se foi, o restante dos Mestres começou a agrupar os aprendizes em fileiras, com os do Ano de Ferro no centro e os mais velhos nas fileiras externas. Tamara e Call ficaram um pouco à parte, observando os outros correrem de um lado para o outro. Call se perguntou se ela sentia o mesmo que ele — a ideia de encontrar o Makar que todos procuravam parecia uma coisa distante, impossível, e agora ele era justamente Aaron, seu amigo Aaron. Call olhou para trás, para o local onde os lobos estavam antes de Aaron mandá-los para o vazio, mas o único sinal da matilha eram as pegadas enormes na neve. As marcas de patas ainda brilhavam com uma luz fraca e discreta, como se cada uma tivesse sido feita com fogo e ainda guardasse um pouco desse calor em seu interior.

Enquanto Call olhava para lá, algo pequeno disparou entre as árvores, como uma sombra se deslocando. Ele estreitou os olhos, tentando ver melhor, mas não houve mais movimentos. O que quer que fosse tinha ido embora ou nunca estado lá. Ele estremeceu, lembrando-se de *algo* enorme que sentira roçar nele quando estava correndo até Drew. Acontecimentos recentes o haviam deixado hiperconsciente de cada brisa aleatória. Talvez estivesse imaginando coisas.

Mestra Milagros afastou-se do grupo de aprendizes, agora reunidos em um arremedo de ordem, e foi até Tamara e Call, com uma expressão gentil.

— Precisamos voltar agora. É improvável que haja mais Dominados pelo Caos por aí, mas não podemos ter certeza. É melhor nos apressarmos.

Tamara acenou com a cabeça, parecendo mais abatida do que Call lembrava de tê-la visto, e começou a caminhar penosamente pela neve. Juntando-se aos outros aprendizes do Ano de Ferro no centro do grupo, eles começaram a jornada de volta ao Magisterium. Os Mestres haviam assumido postos fora do grupo, as bolas brilhantes criadas por eles lançando fragmentos de luz pela madrugada. Celia, Gwenda e Jasper caminhavam ao lado de Rafe e Kai. Jasper havia colocado seu casaco forrado de pele sobre Drew quando ele estava deitado no chão, um gesto atipicamente simpático de sua parte, e que o deixou tremendo no ar gelado da manhã.

— Drew disse por que fugiu? — perguntou Celia a Call. — Você ficou lá embaixo com ele antes de Alex chegar. O que ele lhe disse?

Call balançou a cabeça. Ele não tinha certeza se era segredo.

— Pode contar pra gente — disse Celia. — Não vamos rir dele nem fazer bullying.

Gwenda olhou para Jasper e ergueu as sobrancelhas.

— A maioria de nós, pelo menos.

Jasper olhou para Tamara, que não disse nada.

Mesmo que Jasper fosse quase sempre um idiota, nesse momento, lembrando que Tamara e ele foram bons amigos no Desafio de Ferro, Call sentiu pena dele. Lembrou da ocasião em que o vira na biblioteca, esforçando-se para fazer uma chama acender, e na maneira como Jasper tinha gritado, mandando-o ir embora. Call se perguntou se Jasper, como Drew, havia pensado em fugir.

Ele lembrou de Jasper dizendo que somente os covardes deixavam o Magisterium. Então parou de sentir pena.

— Ele me disse que Mestre Lemuel era duro demais com ele — contou Call. — Que o desempenho dele é melhor sob estresse, então Lemuel está sempre tentando aterrorizá-lo para que melhore.

— Mestre Lemuel faz esse tipo de coisa com todos nós: saltar de trás das paredes, gritando, e dar treinamentos no meio da noite — argumentou Rafe. — Ele não está sendo mau. Está tentando nos preparar.

— Certo — disse Call, pensando nas unhas roídas e nos olhos assombrados de Drew. — Ele fugiu sem motivo. Afinal, quem não gostaria de ser perseguido em meio à neve por uma matilha de lobos Dominados pelo Caos se tivesse a chance?

— Talvez você não soubesse a gravidade da situação, Rafe — interveio Tamara, parecendo perturbada. — Já que Mestre Lemuel não é assim com você.

— Drew está *mentindo* — insistiu Rafe.

— Ele disse que Mestre Lemuel não o deixava comer — acrescentou Call. — E ele está mesmo mais magro.

— O quê? — perguntou Rafe rispidamente. — Isso não aconteceu. Vocês o viram no Refeitório com o restante de nós. E, de qualquer forma, Drew nunca me contou nada disso. Ele teria dito algo.

Call deu de ombros.

— Talvez ele achasse que você não acreditaria nele. E parece que estava certo.

— Eu não teria... eu não... — Rafe olhou para os outros, mas eles desviaram o olhar, constrangidos.

— Mestre Lemuel não é legal — disse Gwenda. — Talvez Drew não visse escolha, a não ser fugir.

— Não é assim que os Mestres devem agir — ponderou Celia. — Ele deveria ter contado a Mestre North. Ou a alguém.

— Talvez ele pense que *é* assim que os Mestres agem — replicou Call. — Levando-se em conta que ninguém explicou exatamente para a gente como eles *devem* agir.

Ninguém tinha nada a dizer diante disso. Por algum tempo, eles caminharam em silêncio, as botas pisoteando a neve. De esguelha, Call continuava a ver a pequena sombra que os acompanhava, indo de árvore em árvore. Ele quase a apontou para Tamara, só que ela não tinha dito uma só palavra desde que os Mestres levaram Aaron de volta ao Magisterium. Ela parecia perdida nos próprios pensamentos.

O que seria? Não parecia grande o suficiente para ser ameaçador. Talvez fosse um pequeno elemental, como Warren, ansioso para se revelar. Talvez *fosse* Warren, assustado demais para se desculpar. O que quer que fosse, Call não conseguia tirá-lo da cabeça. Então atrasou o passo, até ficar para trás do restante do grupo. Os outros estavam cansados e distraídos o suficiente para que, alguns momentos depois, ele conseguisse ir em direção às árvores sem que ninguém percebesse.

A floresta estava silenciosa, a luz dourada do sol nascente fazendo a neve brilhar.

— Quem está aí? — chamou Call baixinho.

Um focinho apareceu por trás de uma das árvores. Algo peludo e de orelhas pontudas surgiu, espiando Call com os olhos dos Dominados pelo Caos.

Um filhote de lobo.

A criatura ganiu um pouco e recuou, sumindo do seu campo de visão. O coração de Call martelava no peito. Ele deu meio passo à frente, estremecendo quando sua bota quebrou um galho. O filhote de lobo não tinha ido longe. Call pôde vê-lo encolhido contra a árvore, o pelo marrom pálido agitado pela brisa da manhã. Ele farejou o ar com o focinho preto e úmido.

Não parecia ameaçador. Parecia um cachorro. Um filhote de cachorro, na verdade.

— Está tudo bem — disse Call, tentando dar um tom tranquilizador à sua voz. — Venha aqui. Ninguém vai te machucar.

A cauda pequena e felpuda do lobo começou a abanar. Ele cambaleou na direção de Call através das folhas mortas e da neve com patas não muito firmes.

— Ei, lobinho — disse Call, baixando a voz.

Ele sempre quis um cachorro, queria desesperadamente, mas o pai nunca o deixou ter animais de estimação. Incapaz de se conter, Call estendeu a mão e acariciou a cabeça do lobo, seus dedos afundando no pescoço do filhote, que abanou a cauda ainda mais rápido e ganiu.

— Call! — Alguém, Celia, ele pensou, chamou lá da frente. — O que você está fazendo? Aonde você foi?

Os braços de Call se moveram contra a sua vontade, como se ele fosse uma marionete manipulada por cordas, e o menino estendeu as mãos para pegar o lobo e enfiá-lo dentro do casaco. Ele gemeu e cravou as garrinhas na camisa de Call enquanto este fechava o zíper do casaco. Call olhou para o próprio corpo — não dava, de fato, para ver que algo estava errado, disse a si mesmo. Só parecia ter uma barriguinha.

— Call! — Celia chamou novamente.

Ele hesitou. Tinha certeza total e absoluta de que levar um animal Dominado pelo Caos para o Magisterium era uma infração passível de expulsão. Talvez até de interdição da magia. Era uma coisa insana para se fazer.

Então o lobinho esticou o pescoço e lambeu a parte inferior de seu queixo. Ele se lembrou dos lobos desaparecendo na escuridão que Aaron havia conjurado. Seria um deles a mãe desse filhote? Seria ele agora órfão de mãe... exatamente como Call?

Então respirou fundo e, fechando o zíper do casaco até o alto, saiu mancando atrás dos outros.

— Onde você estava? — perguntou Tamara a ele. Ela havia saído de seu estado de choque e agora parecia irritada. — A gente estava começando a se preocupar.

— Prendi o pé em uma raiz — respondeu Call.

— Da próxima vez, grite ou algo assim. — Tamara parecia muito cansada e distraída para considerar sua história com atenção.

Jasper, olhando para ele, exibia uma expressão estranha no rosto.

— Estávamos falando sobre Aaron — disse Rafe. — Sobre o quanto é estranho que ele não soubesse que era capaz de usar a magia do caos. Eu nunca teria imaginado que ele era um Makar.

— Deve ser assustador — observou Kai. — Usar o tipo de magia que o Inimigo da Morte. Quero dizer, a sensação não deve ser nada boa, certo?

— É apenas *poder* — disse Jasper em um tom superior. — Não é a magia do caos que torna o Inimigo o monstro que ele é. Ele se tornou assim porque foi corrompido por Mestre Joseph e enlouqueceu totalmente.

— O que você quer dizer com ele foi corrompido por Joseph? Esse era o Mestre dele? — perguntou Rafe, parecendo preocupado, como se talvez pensasse que Mestre Lemuel, sendo horrível, pudesse torná-lo um vilão também.

— Ah, conte logo a história, Jasper — disse Tamara, cansada.

— Ok — concordou Jasper, parecendo grato por ela estar falando com ele. — Para aqueles que não sabem de nada, o que é constrangedor, aliás, o nome verdadeiro do Inimigo da Morte é Constantine Madden.

— Belo começo — disse Celia. — Nem todo mundo é um aluno com legado, Jasper.

Embaixo da jaqueta de Call, o lobo se contorceu. Call cruzou os braços sobre o peito e torceu para que ninguém percebesse que seu casaco estava se mexendo.

— Você está bem? — perguntou Celia. — Você parece um pouco...

— Estou *bem* — insistiu Call.

Jasper prosseguiu:

— Constantine tinha um irmão gêmeo chamado Jericho, e, como todos os magos que se saem suficientemente bem no Desafio, eles ingressaram no Magisterium quando tinham doze anos. Naquela época, havia muito mais foco em experimentos. Mestre

Joseph, o Mestre de Jericho, era superinteressado na magia do caos. Mas, para fazer todos os experimentos que desejava, precisava de um Makar para acessar o vazio. Não podia fazer isso sozinho.

A voz de Jasper tornou-se baixa e sinistra.

— Imaginem o quanto ele ficou feliz quando Constantine se revelou um Makar. Jericho não precisou de muitos argumentos para concordar em ser o contrapeso do irmão, e os outros Mestres tampouco precisaram de muitos argumentos para deixar Mestre Joseph trabalhar com os dois irmãos fora do ensino regular. Ele era um especialista em magia do caos, embora ele mesmo não pudesse realizá-la, e Constantine tinha muito a aprender...

— Isso não parece bom — disse Call, tentando ignorar que, embaixo do casaco, o lobinho estava mastigando um de seus botões, o que fazia cócegas enlouquecidamente.

— Não parece mesmo — acrescentou Tamara. — Jasper, isso não é uma história de fantasmas. Você não precisa contar dessa forma.

— Não estou contando de forma alguma, mas da maneira que aconteceu. Constantine e Mestre Joseph foram ficando cada vez mais obcecados com o que poderia ser feito com o vazio. Eles tiraram pedaços do vazio e os colocaram dentro de animais, tornando-os Dominados pelo Caos, como aqueles lobos lá atrás. A distância, pareciam animais normais, mas eram mais agressivos e o cérebro deles estava embaralhado. O caos puro em seu cérebro o deixa louco. O vazio é como tudo e nada ao mesmo tempo. Ninguém consegue ter o caos na cabeça por muito tempo sem enlouquecer. Certamente não um esquilo.

— Existem esquilos Dominados pelo Caos? — perguntou Rafe.

Jasper não respondeu. Ele estava concentrado.

— Talvez seja por isso que Constantine fez o que fez. Talvez o vazio o tenha enlouquecido. Não sabemos de fato. Só sabemos que ele tentou um experimento que ninguém havia tentado antes. Era difícil demais. Quase o matou e destruiu seu contrapeso.

— Você quer dizer o irmão dele — comentou Call. Sua voz ficou um pouco estranha no final da frase, mas o lobo escolheu aquele momento para parar de morder e começar a lamber seu peito. Call tinha certeza de que o filhote estava babando.

— Sim. Ele morreu no chão da sala de experimentos. Dizem que seu fantasma...

— Cale a boca, Jasper — disse Tamara, que caminhava abraçada a outra garota do Ano de Ferro, cujos lábios tremiam.

— Bem, seja como for, Jericho foi morto. E talvez vocês pensem que isso seria o bastante para deter Constantine, mas só o fez piorar. Tornou-se uma obsessão para ele encontrar uma maneira de trazer o irmão de volta. De usar a magia do caos para trazer os mortos de volta.

Celia assentiu.

— Necromancia. Isso é totalmente proibido.

— Ele não teve sucesso. Mas conseguiu introduzir a magia do caos em seres humanos vivos, criando assim o primeiro Dominado pelo Caos. A magia aparentemente expulsava a alma das pessoas de modo que elas não sabiam mais quem eram. E o obedeciam cegamente. Não era o que Constantine queria, e talvez essa não fosse sua intenção, mas o fato é que ele não parou ali seus experimentos. Finalmente, os outros Mestres descobriram o que ele estava fazendo. E começaram a tentar descobrir uma maneira de arrancar sua magia, mas não sabiam que Mestre Joseph ainda era leal a ele.

Mestre Joseph o tirou de lá... explodiu uma das paredes do Magisterium e levou Constantine com ele. Muitas pessoas dizem que a explosão quase matou os dois e que Constantine ficou com cicatrizes horríveis. Agora ele usa uma máscara de prata para cobrir as cicatrizes. Os animais Dominados pelo Caos que ele criou e que sobreviveram fugiram com a explosão também, e é por isso que há tantos na floresta aqui por perto.

— Então, o que você está dizendo é que o Inimigo da Morte é da maneira que é por causa do Magisterium — disse Call.

— Não — replicou Jasper. — Não foi isso que eu...

O Portão das Missões surgiu em seu campo de visão, distraindo Call com a promessa de que, se conseguisse chegar ao quarto, seria um milhão de vezes mais fácil esconder o lobo. Pelo menos, seria mais fácil escondê-lo de todas as pessoas, exceto de seus colegas de quarto. Ele pegaria um pouco de água e comida para o filhote e então... e então resolveria o que fazer.

Os portões estavam abertos. Eles passaram sob as palavras *"Conhecimento e ação são uma só coisa"* e entraram nas cavernas do Magisterium, onde uma rajada de ar quente atingiu Call no rosto, apresentando-lhe outro problema. Lá fora, ele estava congelando. Ali dentro, enquanto caminhavam em direção aos quartos, com o casaco fechado até o queixo, estava superaquecendo rapidamente.

— Então, o que Constantine queria? — perguntou Rafe.

— O quê? — Jasper parecia distraído.

— Em sua história. Você disse "Não era o que ele queria". Os Dominados pelo Caos. Por que não?

— Porque ele queria o irmão de volta — respondeu Call. Não conseguia acreditar que Rafe estava sendo tão estúpido. — Não alguns... zumbis.

— Eles não são como zumbis — discordou Jasper. — Eles não comem pessoas, os Dominados pelo Caos. Eles simplesmente não têm lembranças nem personalidade. Eles são... vazios.

Eles estavam quase na área dos quartos do Ano de Ferro agora, e havia braseiros espaçados ao longo dos corredores, cheios de pedras incandescentes. Ter uma trouxinha peluda enfiada no casaco estava elevando a temperatura de Call. Além disso, a respiração do filhote era quente em seu pescoço. Na verdade, Call pensou que o lobo devia estar dormindo.

— Como você sabe tanto sobre o Inimigo da Morte? — perguntou Rafe, um tom duro na voz.

Call não ouviu a resposta de Jasper porque Tamara estava sibilando em seu ouvido.

— Você está bem? — perguntou ela. — Está ficando roxo.

— Estou bem.

Ela o olhou rapidamente.

— Tem alguma coisa dentro do seu casaco?

— Meu cachecol — respondeu ele, esperando que ela não se lembrasse de que ele não o estava usando antes.

Ela franziu as sobrancelhas.

— Por que você faria isso?

Ele deu de ombros.

— Estava com frio.

— Call...

Mas eles haviam chegado aos quartos. Com enorme gratidão, Call abriu a porta com a pulseira, e ele e Tamara entraram. Ela estava se despedindo dos outros quando ele bateu a porta atrás de si e cambaleou em direção ao quarto.

— Call! — chamou Tamara. — Você não acha que deveríamos... eu não sei, conversar? Sobre Aaron?

— Mais tarde — arquejou Call, quase caindo no quarto e fechando a porta com um chute. Ele se jogou de costas no momento em que o lobo pôs a cabeça para fora da gola do casaco e olhou à sua volta.

Livre, parecia loucamente animado, indo de um lado para o outro no quarto, as unhas fazendo ruído na pedra. Call rezou para que Tamara não ouvisse enquanto o filhote farejava debaixo da cama de Call, ao redor do armário e em cima do pijama que Call largara no chão quando fora acordado mais cedo.

— Você precisa de um banho — disse ele ao lobo.

O filhote parou de rolar, ficando de pernas para o ar, e abanou o rabo, a língua pendurada no canto da boca. Enquanto observava seus estranhos olhos mutantes, Call se lembrou das palavras de Jasper.

*Eles* não têm lembranças nem personalidade. São... vazios.

Mas o lobo tinha muita personalidade. O que significava que Jasper não entendia tanto sobre o que significava ser Dominado pelo Caos quanto pensava. Talvez fossem assim quando o Inimigo os criou, talvez até tenham ficado vazios por toda a vida, mas o filhote de lobo já havia nascido com o caos dentro dele. Ele estava crescendo assim. Não era o que eles pensavam.

As palavras do pai voltaram a ele, fazendo-o estremecer de uma forma que não tinha nada a ver com o frio.

*Não sabe o que você é.*

Afastando esse pensamento, Call subiu na cama, tirou as botas e pressionou o rosto no travesseiro. O lobo saltou ao lado dele, cheirando a folhas de pinheiro e terra recém-revolvida. Por um momento, Call se perguntou se o lobo iria mordê-lo. Mas o filhote se acomodou ao seu lado, girando duas vezes no mesmo lugar antes de deitar o corpinho junto à barriga de Call. Com o peso quente do lobo Dominado pelo Caos colado nele, Call mergulhou imediatamente no sono.

## CAPÍTULO DEZOITO

Call sonhou que estava preso sob o peso de um enorme travesseiro felpudo. Acordou grogue, agitando os braços, e quase acertou o filhote de lobo deitado em seu peito e que o olhava, ansioso, com enormes olhos cor de fogo.

A plena e esmagadora consciência do que tinha feito atingiu Call, e ele saiu de baixo do lobo, tão rápido que deslizou para fora da cama e foi parar no chão. A dor ao bater com o joelho na pedra fria fez com que ele despertasse de vez. Então se viu ajoelhado, fitando diretamente os olhos do filhote de lobo, que tinha se aproximado da beirada da cama e o encarava.

— Mruf — grunhiu o filhote.

— Shhhh — sibilou Call. Seu coração estava disparado. O que ele fizera? Tinha mesmo trazido um animal Dominado pelo Caos para dentro do Magisterium? Ele bem podia ter tirado toda a roupa, coberto o corpo com líquen e corrido pelas cavernas gritando

ME EXPULSEM! INTERDITEM MINHA MAGIA! ME MANDEM PARA CASA! Daria no mesmo.

O filhote choramingou. Seus olhos rodopiavam feito cata-ventos, fixos em Call. A língua projetou-se para fora e, em seguida, tornou a sumir.

— Puxa vida — murmurou Call. — Você está com fome, não é? Ok. Vou arrumar alguma coisa para você comer. Fique aqui. Isso. Bem aqui.

Ele se levantou e olhou o despertador na mesinha de cabeceira. Onze horas, e o alarme ainda não tinha disparado. Estranho. Abriu a porta do quarto silenciosamente, e no mesmo instante se deparou com Tamara, já de uniforme, tomando café da manhã na mesa da sala compartilhada. Era uma variedade de comidas de aparência deliciosamente normal: torradas com manteiga, linguiça, bacon, ovos mexidos e suco de laranja.

— Aaron voltou? — perguntou Call, fechando a porta do quarto com cuidado ao passar, então encostando-se nela, no que esperava ser uma pose despreocupada.

Tamara engoliu a torrada que tinha mordido e balançou a cabeça.

— Não. Celia passou aqui antes e disse que as aulas de hoje foram canceladas. Não sei o que está havendo.

— Acho melhor eu trocar de roupa — disse Call, esticando a mão para pegar uma linguiça da mesa.

Tamara olhou para ele.

— Você está bem? Está agindo engraçado.

— Estou bem. — Call pegou outra linguiça. — Já volto.

Então correu para o quarto, onde o filhote de lobo estava deitado em cima de uma pilha de roupas, agitando as patas no ar.

Assim que viu Call, ficou de pé e correu para ele. Call prendeu a respiração ao lhe oferecer a linguiça. O lobo cheirou a comida e a engoliu de uma só vez. Call lhe deu a segunda linguiça, observando, desolado, enquanto ela desaparecia igualmente rápido. Passando a língua no focinho, o lobo aguardava com expectativa.

— Ah — disse Call —, acabou. Espere que vou pegar mais alguma coisa.

Vestir um uniforme limpo deveria ter levado segundos, mas não com o lobo saltando por todo o quarto. Revitalizado pelas linguiças, ele roubou a bota de Call e a arrastou pelos cadarços para debaixo da cama, mastigando o couro. E então, depois que Call pegou a bota de volta, o lobo agarrou a bainha de sua calça e começou a brincar de cabo de guerra.

— *Pare!* — implorou Call, puxando, mas isso só pareceu deixar o lobo mais empolgado. Ele pulava na frente de Call, louco para brincar.

— Eu já volto — prometeu Call. — Fique quieto. E depois vou levar você para dar um passeio.

O lobo inclinou a cabeça para o lado e voltou a rolar de costas pelo chão.

Call aproveitou esse momento para sair do quarto, fechando a porta rapidamente.

— Ah, ótimo — disse Mestre Rufus, afastando-se da parede oposta para encarar Call. — Você está pronto. Temos uma reunião à qual comparecer.

O coração de Call quase saiu pela boca ao vê-lo. Tamara, limpando as migalhas de torrada do uniforme, olhou para Call de um jeito estranho.

— Mas eu ainda não tomei café — protestou Call, olhando para a comida. Se ele conseguisse pegar mais alguns punhados de linguiça e levar para o quarto, poderia ser o suficiente para o lobo aguentar até ele voltar da reunião. Na outra escola, as reuniões em geral eram palestras de uma hora sobre como coisas ruins poderiam acontecer se você tomasse atitudes erradas, ou sobre qual era o problema com o bullying, ou, pelo menos uma vez, os horrores dos ácaros no colchão. Ele não achava que seria como essas, mas esperava que terminasse rápido. Tinha certeza de que o lobo precisaria passear muito, muito em breve. Caso contrário... Bem, Call preferia nem pensar nessa possibilidade.

— Você comeu duas linguiças — disse Tamara, sem ajudar muito. — Não pode estar morrendo de fome.

— Comeu mesmo? — disse Mestre Rufus, secamente. — Nesse caso, vamos, Callum. Alguns membros da Assembleia dos Magos estarão presentes. Não queremos nos atrasar, pois tenho certeza de que vocês podem adivinhar o assunto.

Call estreitou os olhos.

— Cadê o Aaron? — perguntou ele, mas Mestre Rufus não respondeu, apenas os conduziu para o corredor, onde se juntaram ao fluxo de pessoas que passavam pelas cavernas.

Call jamais vira tanta gente nos corredores da escola. Mestre Rufus se pôs atrás de um grupo de alunos mais velhos acompanhados por seus Mestres, que seguiam na direção sul.

— Sabe para onde estamos indo? — perguntou Call a Tamara.

Ela balançou a cabeça. Estava mais séria do que de costume. Call se lembrou da garota na noite anterior, agarrando-o pelos braços e tentando arrastá-lo para longe do lobo Dominado pelo Caos. Ela arriscara a vida por ele. Call nunca tivera amigos como ela *ou*

Aaron. Agora que os tinha, não sabia muito bem o que fazer com eles.

Chegaram a um auditório circular, com alguns bancos de pedra se erguendo do chão em toda a volta do palco redondo. Mais para o fundo, Call viu um grupo de mulheres e homens de uniforme verde-oliva e imaginou que fossem os membros da Assembleia que Mestre Rufus havia mencionado. Ele levou os dois a um lugar mais adiante e ali, finalmente, viram Aaron.

Ele estava na primeira fila, sentado ao lado de Mestre North, longe o bastante para que Call não pudesse falar com ele sem gritar. Na verdade, só conseguia ver a nuca de Aaron, seus finos cabelos louros espetados. Aparentemente, era o mesmo de sempre.

Um dos Makaris. Um Makar. Soava como um título agourento. Call pensou em como as sombras tinham envolvido os lobos na noite anterior, e em como Aaron parecera horrorizado depois que tudo terminou.

*O caos quer devorar.*

Não parecia o tipo de poder que alguém como Aaron, de quem todo mundo gostava e que gostava de todo mundo, devesse ter. Melhor pertencer a alguém como Jasper, que provavelmente estaria muito interessado em dar ordens na escuridão e em introduzir a magia do caos em animais esquisitos.

Mestre Rufus se levantou e subiu ao palco, dirigindo-se ao centro para tomar seu lugar no estrado.

— Alunos do Magisterium e membros da Assembleia — começou ele. Seus olhos escuros varreram o salão. Call sentiu seu olhar demorar-se nele e em Tamara por um momento, antes de prosseguir: — Todos vocês conhecem a nossa história. Os Magisteriums existem desde o tempo de nosso fundador, Phillippus

Paracelso. Eles existem para ensinar jovens magos a controlar seus poderes e promover uma comunidade de aprendizado, magia e paz, bem como criar uma força para que possamos defender nosso mundo.

"Todos vocês conhecem a história do Inimigo da Morte. Muitos perderam membros da família na Grande Batalha ou no Massacre Gelado. Todos também têm conhecimento do Tratado — o acordo entre a Assembleia e Constantine Madden que assegura que, se nós não o atacarmos nem às suas forças, ele não nos atacará."

— Muitos de vocês — acrescentou Mestre Rufus, seus olhos escuros percorrendo o auditório — também acreditam que o Tratado está errado.

Murmúrios tomaram conta da plateia. O olhar de Tamara moveu-se rapidamente pelos membros da Assembleia, sentados. Ela estava ansiosa, e Call percebeu de repente que dois dos integrantes da Assembleia eram os pais de Tamara. Ele os vira antes, no Desafio de Ferro. Agora estavam sentados muito eretos, as expressões pétreas enquanto olhavam para Rufus. Call podia *sentir* a desaprovação emanando do casal em ondas.

— O Tratado significa que precisamos confiar no Inimigo da Morte: confiar que ele não nos atacará, que não usará esse hiato sem batalhas para aumentar suas forças. Mas o Inimigo não é confiável.

Houve um zumbido entre os membros da Assembleia. A mãe de Tamara estava com a mão no braço do marido, que tentava se levantar. Tamara parecia congelada.

Mestre Rufus elevou a voz.

— Não podemos confiar no Inimigo. Digo isso como alguém que conheceu Constantine Madden quando ele era aluno do

Magisterium. Fechamos os olhos ao aumento no número de ataques de elementais, inclusive um na noite passada, a alguns metros das portas do Magisterium, e de ataques às nossas linhas de suprimento e abrigos. Fechamos os olhos não porque acreditamos nas promessas de Constantine Madden, mas porque o Inimigo é um Makar, um dos poucos já nascidos entre nós para controlar a magia do vazio. No campo de batalha, seus Dominados pelo Caos derrotaram o único outro Makar do nosso tempo. Sempre soubemos que, sem um Makar, estaríamos vulneráveis ao Inimigo e, desde a morte de Verity Torres, aguardamos o nascimento de outro.

Muitos outros alunos agora, sentados, dobravam o corpo para a frente. Estava claro que, enquanto alguns deles tinham ouvido falar no que acontecera na véspera do lado de fora dos portões, ou sabiam porque estiveram lá, outros apenas começavam a imaginar o que Rufus estava prestes a dizer. Call viu um grupo de alunos do Ano de Prata inclinando-se para Alex, um deles puxando sua manga e perguntando, sem emitir som: *Você sabe do que se trata?* Ele balançou a cabeça. Os membros da Assembleia, enquanto isso, cochichavam entre si. O pai de Tamara agora estava recostado na cadeira, mas sua expressão era intensa.

— Tenho a satisfação de anunciar — disse Rufus — que descobrimos a existência de um Makar, aqui no Magisterium. Aaron Stewart, pode se levantar, por favor?

Aaron ficou de pé. Vestia o uniforme preto, e a pele sob seus olhos estava escura pela exaustão. Call se perguntou se eles o tinham deixado dormir. Pensou no quanto Aaron tinha lhe parecido pequeno na noite anterior, ao ser levado da colina. Parecia franzino agora, embora fosse um dos garotos mais altos do Ano de Ferro.

# Holly Black & Cassandra Clare

Ouviram-se muitos arquejos na plateia e muitos sussurros. Depois de, nervoso, correr o olhar pelo auditório por um momento, Aaron começou a se sentar, mas Mestre North balançou a cabeça e fez um gesto indicando que ele deveria permanecer de pé.

Tamara tinha as mãos fechadas sobre o colo e olhava, preocupada, de Mestre Rufus para seus pais, em silêncio e com os lábios contraídos. Call jamais havia se sentido tão feliz por não ser o centro das atenções. Era como se todas as pessoas no auditório estivessem devorando Aaron com os olhos. Somente Tamara estava distraída, provavelmente preocupada, porque sua família parecia prestes a subir no palco e acertar Mestre Rufus com uma estalactite.

Um dos membros da Assembleia desceu de seu banco e levou Aaron para o palco. Quando ele avistou Tamara e Call, sorriu um pouco, erguendo as sobrancelhas como se para dizer, *Que loucura*.

Call sentiu os cantos da boca se erguerem em resposta.

Mestre Rufus saiu do palco e foi sentar-se ao lado de Mestre North, no espaço deixado por Aaron. Mestre North inclinou-se e sussurrou algo para Rufus, que assentiu. De todas as pessoas no auditório, North era o único que não parecia nem um pouco surpreso com o discurso.

— A Assembleia dos Magos gostaria de reconhecer formalmente a afinidade de Aaron Stewart com a magia do caos. Ele é o nosso Makar!

O membro da Assembleia que fez o anúncio sorriu, mas Call podia ver que o sorriso saiu forçado. Provavelmente reprimia alguma coisa que queria dizer a Mestre Rufus; nenhum deles pareceu gostar do discurso. No entanto, ele recebeu aplausos, puxados por Tamara e Call, que bateram os pés e assoviaram como se estivessem em uma partida de hóquei. Os aplausos continuaram até que o membro da Assembleia fez um gesto pedindo silêncio.

— Agora — disse ele —, espera-se que todos vocês entendam a importância dos Makaris. Aaron tem uma responsabilidade com o mundo. Somente ele pode desfazer o dano que o pretenso Inimigo da Morte provocou, livrar a terra da ameaça dos animais Dominados pelo Caos e nos proteger das sombras. Ele deve garantir que o Tratado continue a ser respeitado, para que a paz prevaleça.

Nesse ponto, o membro da Assembleia se permitiu um olhar sombrio na direção de Mestre Rufus. Aaron engoliu em seco.

— Obrigado, senhor. Farei o meu melhor.

— Mas nenhum caminho difícil é trilhado sozinho — prosseguiu o membro da Assembleia, olhando para os demais presentes no auditório. — Será responsabilidade de todos os seus colegas cuidar de você, apoiá-lo e defendê-lo. Ser um Makar pode ser um fardo pesado, mas não terá de carregá-lo sozinho, não é? — Nas duas palavras finais, a voz do membro da Assembleia se elevou.

O público aplaudiu novamente, dessa vez a si mesmos, como uma promessa. Call aplaudiu o mais forte que pôde.

Levando a mão a um dos bolsos do uniforme, o membro da Assembleia tirou uma pedra escura, segurando-a diante de Aaron.

— Guardamos isto por mais de uma década, e é uma grande honra para mim ser a pessoa que vai entregá-la a você. Você vai reconhecê-la como uma pedra de afinidade, que se ganha quando conquista o Domínio de um elemento. A sua é o ônix preto, pelo domínio do vazio.

Call inclinou-se para a frente a fim de ter uma visão melhor, e as batidas do seu coração assumiram um ritmo irregular. Porque ali, na palma da mão daquele membro da Assembleia, estava uma pedra que era gêmea da que se encontrava na pulseira que seu pai enviara a Mestre Rufus. O que significava que a pulseira um dia pertencera a um Makar. Houve apenas dois Makaris nascidos na época de seu pai, portanto somente dois possíveis donos para a pulseira: Verity Torres ou Constantine Madden.

Ele parou de aplaudir. As mãos caíram em seu colo.

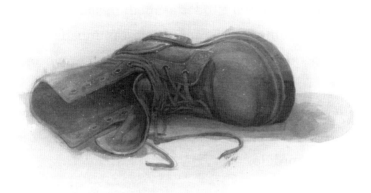

# CAPÍTULO DEZENOVE

Após a cerimônia, Aaron foi rapidamente levado pela Assembleia. Mestre Rufus levantou-se de novo para anunciar que eles teriam o dia de folga. Todos pareceram ficar mais animados com isso do que com o fato de Aaron ser um Makar. Os alunos imediatamente se espalharam, a maioria seguindo para a Galeria, deixando Call e Tamara caminhando sozinhos em direção aos quartos, ao longo de cavernas tortuosas iluminadas por cristais reluzentes.

Tamara falou durante a maior parte do caminho de volta, cheia de empolgação, evidentemente aliviada por seus pais não terem contestado abertamente Mestre Rufus. A princípio ela não pareceu notar que Call respondia basicamente com grunhidos e ruídos evasivos. Era visível que ela acreditava que ter Aaron como o Makar seria incrível para os três. Ela disse que eles não deveriam se preocupar com política, que deveriam pensar em como iriam receber tratamento especial e todas as melhores missões. Ela estava contando a Call como um dia faria uma caminhada sobre o fogo em um vulcão, quando por fim se interrompeu e colocou as mãos nos quadris.

— Por que você está sendo tão desagradável? — perguntou ela.

Call ficou mordido.

— Desagradável?

— Qualquer um pensaria que você não está feliz por Aaron. Você não está com ciúmes, está?

Ela estava tão enganada que, por um minuto, Call não pôde fazer nada a não ser gaguejar.

— Ah, sim, quero todos lá me olhando como... como...

— Tamara?

Jasper estava esperando na porta deles com expressão infeliz.

Tamara se empertigou. Call sempre ficava impressionado com o fato de que ela conseguia parecer ter 1,80 metro, quando na realidade era mais baixa do que ele.

— O que você quer, Jasper?

Ela parecia frustrada por não poder continuar interrogando Call. Pela primeira vez na vida, Call pensou que Jasper poderia ter alguma utilidade.

— Posso falar com você por um segundo? — perguntou ele. Parecia tão infeliz que Call se sentiu mal por ele. — Tenho um monte de aulas extras e... preciso muito da sua ajuda.

— Da minha não? — perguntou Call, lembrando da noite na biblioteca.

Jasper o ignorou.

— Por favor, Tamara. Sei que fui um idiota, mas queria que fôssemos amigos de novo.

— Você não foi um idiota comigo — disse ela. — Peça desculpas a Call e vou pensar no assunto.

— Desculpe — pediu Jasper, olhando para baixo.

— Tanto faz — disse Call. Não era um pedido de desculpas de verdade (e Tamara nem sabia da vez em que Jasper gritou para que ele fosse embora da biblioteca), então Call não achou que tinha de aceitar. Mas pensou que, se Tamara fosse com Jasper, ele ganharia tempo para lidar com o lobo. Tempo de que precisava desesperadamente. — Você devia ajudá-lo, Tamara. Ele precisa de muita, muita, *muita* ajuda. — Seus olhos encontraram os de Jasper.

Tamara suspirou.

— Ok, tudo bem, Jasper. Mas você tem de ser civilizado com os meus amigos, não só comigo. Chega de comentários sarcásticos.

— Mas... e ele? — objetou Jasper. — Ele faz comentários sarcásticos o tempo todo.

Tamara olhou de Call para Jasper. E tornou a suspirar.

— Que tal vocês dois pararem de fazer comentários sarcásticos?

— Nunca! — disse Call.

Tamara revirou os olhos e seguiu Jasper pelo corredor, prometendo a Call que o veria no jantar.

Isso deixou Call sozinho em seu quarto com um filhote Dominado pelo Caos se contorcendo. Pegando o lobo e enfiando-o outra vez no casaco, apesar de alguns ganidos de protesto, Call se dirigiu ao Portão das Missões, andando o mais rápido possível, sem que a perna lhe causasse problemas. Ele temia que a porta que dava para o lado de fora da caverna estivesse trancada, mas acabou sendo fácil abri-la por dentro. Os portões de metal estavam fechados, mas Call não precisava ir tão longe. Torcendo para que ninguém os visse, Call tirou o lobo de dentro do casaco. O animalzinho andou de um lado para o outro, olhando, nervoso, para o metal e farejando o ar antes de finalmente fazer xixi em uma moita de ervas daninhas congeladas.

Call lhe deu mais alguns instantes antes de colocá-lo de volta debaixo do casaco.

— Vamos — disse ele ao filhote. — Precisamos voltar antes que alguém nos veja. E antes que alguém jogue fora as sobras do café da manhã.

Ele voltou pelos corredores, curvando-se ao passar por outros aprendizes para que eles não notassem a forma se movimentando sob seu casaco. Ele mal conseguiu voltar para o quarto antes que o lobo saltasse, querendo a liberdade. Em seguida, ele ficou à vontade, derrubando a lixeira e comendo os restos do café da manhã de Tamara que ainda estavam ali.

Por fim, Call conseguiu forçá-lo de volta ao quarto, para onde trouxe uma tigela de água, dois ovos crus e uma única salsicha fria que havia sido deixada no balcão. O lobo engoliu a comida, com casca e tudo. Em seguida, brincaram de cabo de guerra com um dos cobertores da cama.

No momento em que conseguiu soltar o cobertor e o lobo lançou-se novamente sobre ele, Call ouviu a porta externa se abrir. Alguém estava entrando na sala compartilhada. Ele fez uma pausa, tentando descobrir se Tamara havia mais uma vez percebido que Jasper era um idiota e voltado mais cedo, ou se Aaron tinha retornado. No silêncio, ele ouviu o som distinto de algo sendo jogado contra uma parede. O lobo pulou da cama e se enfiou ali embaixo, ganindo baixinho.

Call foi até a porta do seu quarto. Abrindo, ele viu Aaron sentado no sofá, tirando uma das botas. A outra se encontrava do outro lado da sala. Havia uma marca de sujeira na parede onde ela havia batido.

— Hã, você está bem? — perguntou Call.

Aaron pareceu surpreso ao vê-lo.

— Não pensei que fosse encontrar algum de vocês aqui.

Call pigarreou. Ele se sentiu estranhamente sem jeito. Perguntou-se se Aaron ficaria ali com eles agora que era o Makar ou se seria levado para algum tipo de aposento luxuoso próprio para um "herói que tem de salvar o mundo".

— Bem, Tamara foi para algum lugar com Jasper. Acho que voltaram a ser amigos.

— Tudo bem — disse Aaron, sem muito interesse. Era o tipo de coisa sobre a qual ele normalmente gostaria de falar. Havia outras coisas sobre as quais Call queria conversar com Aaron também, como o lobo e o comportamento estranho dos pais de Tamara, e a pedra preta na pulseira de Aaron, e o que significava a presença de uma semelhante na pulseira que o pai de Call tinha enviado para Rufus, mas Call não sabia como começar. Ou se deveria.

— Então — disse ele —, você deve estar muito animado com tudo essa... coisa da magia do caos.

— Claro — respondeu Aaron. — Estou superempolgado.

Call sabia reconhecer o sarcasmo quando o ouvia. Por um momento, ele não conseguiu acreditar que estivesse vindo de Aaron. Mas lá estava Aaron, olhando para sua bota, o maxilar cerrado. Parecia definitivamente chateado.

— Quer que eu te deixe em paz para jogar a outra bota? — perguntou Call.

Aaron respirou fundo.

— Desculpe — disse ele, esfregando o rosto com a mão. — É que não sei se quero ser um Makar.

Call ficou tão surpreso que, por um instante, não conseguiu pensar em nada para dizer.

— Por que não? — Finalmente conseguiu dizer.

Aaron era perfeito para o papel. Ele era exatamente o que todos achavam que um herói deveria ser — legal, corajoso e capaz de atitudes heroicas, como correr direto para uma matilha de lobos Dominados pelo Caos, em vez de fugir como uma pessoa normal e sã.

— Você não entende — disse Aaron. — Todo mundo está agindo como se fosse uma ótima notícia, mas não é para mim. A última Makar morreu aos 15 anos e, tudo bem, ela postergou a guerra e fez o Tratado acontecer, mas, ainda assim, morreu. E de uma forma horrível.

O que estava de acordo com tudo que o pai de Call já tinha dito sobre os magos.

— Você não vai morrer! — Call disse a Aaron com firmeza. — Verity Torres morreu em uma batalha, uma grande batalha. Você está no Magisterium. Os Mestres não vão deixar você morrer.

— Você não sabe disso — replicou Aaron.

*Foi por isso que sua mãe morreu. Por causa da magia,* soou a voz do pai de Call em sua cabeça.

— Ok, tudo bem. Então você deveria fugir — sugeriu Call de repente.

Aaron levantou a cabeça bruscamente. Call agora tinha sua atenção.

— Eu não vou fugir!

— Bem, você *poderia* — disse Call.

— Não, não poderia. — Os olhos verdes de Aaron estavam brilhando. Ele parecia zangado de verdade agora. — Não tenho para onde ir.

— Como assim? — perguntou Call, mas, lá no fundo, ele sabia, ou imaginava: Aaron nunca falava de sua família, nunca dizia nada sobre a vida em sua casa...

— Você não percebe *nada*? — questionou Aaron. — Você não se perguntou onde meus pais estavam no Desafio? Eu não tenho pais. Minha mãe morreu, meu pai fugiu. Não tenho a menor ideia de onde ele está. A última vez que o vi eu tinha 2 anos. Eu venho de um lar provisório. De vários. Ou eles cansavam de cuidar de mim ou os cheques do governo não eram suficientes e, então, me empurravam para a próxima família. Conheci a garota que me contou sobre o Magisterium no meu último lar provisório. Ela era alguém com quem eu podia conversar... até que o irmão da garota se formou aqui e a levou embora. Pelo menos, você sempre teve seu pai. Estar no Magisterium é a melhor coisa que já me aconteceu na vida. Não quero ir embora.

— Sinto muito — murmurou Call. — Eu não sabia.

— Depois que ela me contou sobre o Magisterium, vir para cá se tornou meu sonho — disse Aaron. — Minha *única* chance. Eu sabia que teria de pagar ao Magisterium por todas as coisas boas que fez por mim — acrescentou ele baixinho. — Só não pensei que seria tão cedo.

— É horrível pensar assim — comentou Call. — Você não deve sua vida inteira a ninguém.

— Claro que devo — insistiu Aaron, e Call percebeu que nunca conseguiria convencer Aaron de que isso não era verdade. Ele pensou no amigo no palco, com todos aplaudindo, ouvindo que ele era a sua única chance. Para uma pessoa tão boa quanto Aaron, não havia a menor hipótese de empurrar essa responsabilidade para outro, mesmo que isso fosse possível. Era isso que o tornava um herói. Eles tinham a pessoa perfeita no lugar certo.

E como Call era seu amigo — quer Aaron quisesse que ele fosse ou não —, ele iria se certificar de que não o obrigassem a fazer nada estúpido.

— E não sou só eu — disse Aaron, cansado. — Sou um mago do caos. Vou precisar de um contrapeso. Um contrapeso *humano*. Quem vai querer isso voluntariamente?

— É uma honra — disse Call. — Ser o contrapeso de um Makar. — Disso, pelo menos, ele sabia. Tinha sido parte do blá--blá-blá animado de Tamara.

— O último contrapeso humano morreu quando a Makar morreu na batalha — argumentou Aaron. — E todos nós sabemos o que aconteceu antes disso. Foi assim que o Inimigo da Morte matou seu irmão. Não consigo ver ninguém fazendo fila para o cargo.

— Eu vou — disse Call.

Aaron parou abruptamente de falar, várias expressões se alternando em seu rosto. A princípio, ele pareceu incrédulo, como se suspeitasse de que Call estivesse fazendo piada ou falando aquilo apenas para ser do contra. Então, quando percebeu que Call falava sério, ele pareceu horrorizado.

— Você não pode! — exclamou Aaron. — Não ouviu nada do que acabei de dizer? Você poderia *morrer*.

— Bem, então não me mate — replicou Call. — Que tal termos como meta não morrer? Nós dois. Juntos. Não morrendo.

Aaron não disse nada por um longo momento e Call se perguntou se ele estava tentando pensar em uma maneira de dizer a Call que agradecia a oferta, mas tinha alguém melhor em mente. Aquilo era uma honra, como Tamara dissera. Aaron não precisava aceitar Call, que não era ninguém especial.

Ele estava prestes a abrir a boca e dizer tudo isso quando Aaron ergueu os olhos. Seus olhos tinham um brilho suspeito e, por um segundo, Call pensou que talvez Aaron nem sempre tivesse sido o cara popular que era bom em tudo. Talvez, nos vários lares provisórios, ele se sentisse sozinho, com raiva e triste, como Call.

— Tudo bem — disse Aaron. — Se você ainda quiser. Quando chegar a hora, quero dizer.

Antes que Call pudesse dizer mais alguma coisa, a porta se abriu bruscamente e Tamara entrou. Seu rosto se iluminou quando viu Aaron. Ela correu e lhe deu um abraço que quase o derrubou do sofá.

— Você viu a cara de Mestre Rufus? — perguntou ela. — Ele está tão orgulhoso de você! E a Assembleia inteira compareceu, até meus pais. Todos eles aplaudindo. Você! Aquilo foi *incrível*.

— Foi mesmo incrível — concordou Aaron, finalmente começando a sorrir de verdade.

Ela bateu nele com uma almofada.

— Não fique convencido — advertiu ela.

Os olhos de Call e os de Aaron se encontraram acima da almofada, e eles sorriram um para o outro.

— Não existe a menor chance de isso acontecer por aqui — replicou ele.

Nesse momento, do quarto de Call, o lobo Dominado pelo Caos começou a latir.

## CAPÍTULO VINTE

Tamara levantou-se de um salto e olhou ao redor da sala como se esperasse que alguma coisa saísse das sombras e avançasse sobre ela.

A expressão de Aaron tornou-se cautelosa, mas ele permaneceu sentado.

— Call — disse ele —, isso está vindo do seu quarto?

— Hã, talvez? — replicou Call, tentando desesperadamente pensar em alguma explicação para o ruído. — É o... toque do meu celular?

Tanara franziu a testa.

— Celulares não funcionam aqui embaixo, Callum. E você já disse que não tem um.

Aaron ergueu as sobrancelhas.

— Tem um *cachorro* aí dentro?

Alguma coisa caiu no chão e os latidos aumentaram, acompanhados pelo som de unhas arranhando a pedra.

— O que está acontecendo? — perguntou Tamara, andando até a porta de Call e abrindo-a de supetão. Então ela gritou e recuou até a parede. Indiferente, o lobo passou por ela aos pulos e entrou na sala compartilhada.

— Isso é um... — Aaron se levantou, a mão indo inconscientemente para o pulso, buscando a pulseira com a pedra preta do vazio.

Call pensou na escuridão envolvendo os lobos na noite anterior, levando-os para o nada. Então correu o mais rápido que pôde para proteger o filhote com seu corpo, abrindo bem os braços.

— Eu posso explicar — disse Call, desesperado. — Ele não é mau! É apenas um cachorro comum!

— Essa coisa é um *monstro* — afirmou Tamara, pegando uma das facas em cima da mesa. — Call, não me diga que você o trouxe para cá de *propósito*.

— Ele estava perdido, chorando lá fora, no frio — argumentou Call.

— Que ótimo! — exclamou Tamara. — Meu Deus, Call, será que você não pensa, nunca pensa? Essas coisas são cruéis... elas matam pessoas!

— Ele não é cruel — disse Call, ajoelhando-se e segurando o filhote pela nuca. — Acalme-se, garoto — disse ele com a maior firmeza de que foi capaz, curvando-se para olhar bem no focinho do lobo. — Eles são nossos amigos.

O filhote parou de latir, olhando para Call com seus olhos caleidoscópicos. E então lambeu seu rosto. Call se virou para Tamara.

— Está vendo? Ele não é mau. Estava apenas excitado por ter ficado trancado no quarto.

— Saia da minha frente — disse Tamara, brandindo a faca.

— Tamara, espere — pediu Aaron, aproximando-se deles. — Admita: é estranho que ele não esteja atacando Call.

— Ele é só um bebê — disse Call. — E está assustado.

Tamara bufou.

Call pegou o lobo no colo e o virou de costas, embalando-o como se fosse um bebê. O lobo se remexeu.

— Está vendo? Veja estes olhos grandes.

— Você pode ser expulso da escola por causa dele — avisou Tamara. — *Todos nós* podemos ser expulsos.

— Menos Aaron — disse Call, e Aaron se encolheu.

— Call — disse ele. — Você não pode ficar com ele. *Não pode.*

Call segurou o lobo mais apertado.

— Bem, eu vou ficar.

— Não pode — insistiu Tamara. — Mesmo que o deixemos viver, temos de levá-lo para fora do Magisterium e deixá-lo lá. Ele não pode ficar aqui.

— Então é melhor matá-lo — disse Call. — Porque ele não vai sobreviver lá fora. E eu não vou deixar você levá-lo. — Ele engoliu em seco. — Então, se você quer que ele saia, pode me dedurar. Vá em frente.

Aaron respirou fundo.

— Ok, então, qual o nome dele?

— Devastação — respondeu Call no mesmo instante.

Tamara deixou a mão cair lentamente ao lado do corpo.

— Devastação?

Call ficou vermelho.

— É de uma peça de que meu pai gostava. "Grita devastação!, e deixa escapar os cães de guerra." Definitivamente, ele é, sei lá, um dos cães de guerra.

Devastação aproveitou a oportunidade para arrotar.

Tamara suspirou, e seu rosto se abrandou. Ela estendeu a outra mão, a que não segurava a faca, para acariciar o pelo do filhote.

— E então... o que ele come?

Acabou que Aaron tinha guardado bacon no refrigerador e o doou para Devastação. E Tamara, depois de ter sido babada e ter visto um lobo Dominado pelo Caos se deitar de costas para ela coçar sua barriga, anunciou que eles deviam encher os bolsos com qualquer coisa que se assemelhasse vagamente a carne e que pudessem trazer do Refeitório, incluindo peixes cegos.

— Mas precisamos conversar sobre a pulseira — disse ela, enquanto jogava uma bolinha de papel para Devastação buscar.

Ele, porém, pegou a bola de papel e a levou para debaixo da mesa, começando a rasgá-la com seus dentinhos.

— A pulseira que o pai de Call mandou para ele.

Call concordou. Com todo o tumulto sobre Aaron e Devastação, ele tinha conseguido empurrar para o fundo da mente a constatação do que a pedra de ônix significava.

— Ela não poderia ter pertencido a Verity Torres, certo? — perguntou ele.

— Ela tinha quinze anos quando morreu — disse Tamara, sacudindo a cabeça. — Mas deixou a escola no ano anterior, portanto sua pulseira seria do Ano de Bronze, e não de Prata.

— Mas, se não é dela... — disse Aaron, engolindo em seco, incapaz de pronunciar as palavras.

— Então é de Constantine Madden — afirmou Tamara, com objetividade. — Faria sentido.

Call sentiu calor e frio por todo o corpo. Era exatamente o que vinha pensando, mas, agora que Tamara dissera em voz alta, ele não queria acreditar.

— Por que meu pai teria a pulseira do Inimigo da Morte? *Como* ele poderia tê-la?

— Qual a idade do seu pai?

— Trinta e cinco — respondeu Call, perguntando-se o que isso tinha a ver.

— Basicamente a mesma idade de Constantine Madden. Eles devem ter frequentado a escola na mesma época. E o Inimigo poderia ter deixado sua pulseira para trás quando fugiu do Magisterium.

Tamara se levantou e começou a andar de um lado para o outro.

— Ele rejeitou tudo que dizia respeito à escola. Não ia querer a pulseira. Talvez seu pai a tenha apanhado, ou encontrado. Talvez eles até... se conhecessem.

— Não tem como. Ele teria me contado — retrucou Call, sabendo, mesmo enquanto falava, que não era verdade. Alastair nunca mencionava o Magisterium, exceto vagamente e para descrever o quanto era sinistro.

— Rufus disse que *ele* conheceu o Inimigo. E aquela pulseira era para ser um recado para Rufus — disse Aaron. — Tinha de ter algum significado para seu pai e para Rufus. Faria mais sentido se ambos o conhecessem.

— Mas qual era o recado? — perguntou Call.

— Bem, era sobre você — respondeu Tamara. — *Interdite sua magia*. Certo?

— Para que me mandassem para casa! Para que eu ficasse em segurança!

— Pode ser — refletiu Tamara. — Ou talvez tivesse a ver com manter outras pessoas a salvo *de você*.

O coração de Call falhou uma batida.

— Tamara — disse Aaron. — É melhor explicar o que está querendo dizer.

— Desculpe, Call — disse ela, e realmente parecia lamentar. — Mas o Inimigo inventou os Dominados pelo Caos aqui, no Magisterium. E nunca ouvi falar de um animal Dominado pelo Caos que fosse amigável com alguém ou alguma coisa, exceto com outros Dominados pelo Caos.

Aaron tentou protestar, mas Tamara ergueu a mão.

— Lembra o que Celia disse naquela primeira noite no ônibus? Sobre um rumor de que alguns dos Dominados pelo Caos têm olhos normais? E que, se alguém nascesse Dominado pelo Caos, é possível que essa pessoa não fosse vazia por dentro. Que talvez ela parecesse normal. Como Devastação.

— Call não é um dos Dominados pelo Caos! — protestou Aaron, elevando a voz. — Essas coisas que Celia estava dizendo, sobre criaturas Dominadas pelo Caos parecerem normais, não existem provas de que sejam verdade. E, além disso, se Call fosse um Dominado pelo Caos, ele saberia. Ou eu saberia. Sou um dos Makaris, então, eu deveria saber, certo? Ele não é. Simplesmente não é.

Devastação correu até Call, como se sentisse que algo estava errado. Ele choramingou um pouco, os olhos girando.

As palavras de Alastair ecoaram na mente de Call.

*Call, precisa me escutar. Não sabe o que você é.*

— Ok, então o que eu sou? — perguntou ele, encostando-se no lobo, pressionando o rosto no pelo macio.

Mas ele podia ver no rosto de seus amigos que eles não sabiam.

↑≋△○@

À medida que as semanas transcorriam, eles não encontravam novas respostas, mas era fácil para Call deixar as perguntas sumirem de sua mente para poder se concentrar nos estudos. Com Aaron treinando não só para ser mago, mas também para ser um Makar, Mestre Rufus tinha de dividir seu tempo. Embora eles treinassem juntos na maior parte do tempo, Call e Tamara muitas vezes ficavam sozinhos, pesquisando sobre magia nas bibliotecas, pesquisando histórias da Segunda Guerra dos Magos e examinando desenhos das batalhas ou fotografias das pessoas envolvidas, procurando os diversos pequenos elementais que povoavam o Magisterium, como treino, e finalmente aprendendo a pilotar um barco através das cavernas. Às vezes, quando Mestre Rufus precisava levar Aaron a algum lugar ou fazer alguma coisa que demoraria o dia inteiro, Call e Tamara se juntavam ao grupo de outro Mestre.

A empolgação por Aaron ser um Makar havia sido levemente ofuscada pela notícia de que Mestre Lemuel estava sendo obrigado a deixar o Magisterium. As acusações de Drew tinham sido ouvidas pela Assembleia, e eles determinaram que não se podia mais confiar alunos a Mestre Lemuel, apesar de ele negar com firmeza as acusações, e apesar das afirmações de Rafe em seu favor. Seus aprendizes foram divididos entre os outros Mestres, ficando Drew com Mestra Milagros, Rafe com Mestre Rockmaple e Laurel com Mestre Tanaka.

Drew saiu da Enfermaria uma semana depois que a notícia sobre Mestre Lemuel se espalhou. No jantar, ele fora até as outras mesas e se desculpara com todos os aprendizes. Desculpou-se várias vezes com Aaron, Tamara e Call. Este pensou em perguntar a Drew o que ele tinha tentado lhe dizer no corredor naquela noite, mas raramente Drew estava sozinho, e Call não sabia exatamente como formular a pergunta.

*Tem alguma coisa errada comigo?*

*Tem alguma coisa perigosa em mim?*

*Como você poderia saber o que eu não sei?*

Às vezes, Call se sentia desesperado a ponto de querer escrever ao pai e perguntar sobre a pulseira. Mas então teria de confessar que havia escondido a carta que o pai enviara a Rufus. Além disso, não recebera mais notícias de Alastair, exceto por outro pacote de balas de gelatina e um novo casaco de lã que chegaram no Natal. Um cartão acompanhava, assinado: *Com amor, Papai.* E mais nada. Sentindo-se vazio, Call enfiou o cartão na gaveta, com as outras cartas.

Felizmente, Call tinha algo mais que ocupava boa parte de seu tempo: Devastação. Alimentar um lobo Dominado pelo Caos em crescimento e mantê-lo escondido exigia muita dedicação e ajuda de Tamara e Aaron. Também exigia ignorar Jasper lhe dizendo, todos os dias, que ele cheirava a cachorro-quente, quando levava comida do Refeitório escondida nos bolsos. Havia ainda o problema de sair sorrateiramente pelo Portão das Missões para passeios regulares. Mas, quando o inverno deu lugar à primavera, ficou claro para Call que agora Aaron, e até Tamara, pensavam em Devastação como seu cachorro também. Muitas vezes, ao voltar da Galeria, ele encontrava Tamara enroscada no sofá, lendo, com o lobo como um cobertor deitado sobre os seus pés.

# CAPÍTULO VINTE E UM

Finalmente o tempo esquentou o suficiente para eles começarem a ter aulas ao ar livre quase diariamente. Em uma tarde luminosa, Call e Tamara foram para a margem da floresta estudar com a turma de Mestra Milagros enquanto Rufus levava Aaron para um treinamento especial.

Eles não se afastaram muito dos portões do Magisterium, mas a vegetação havia crescido o suficiente para bloquear a visão de quase toda a entrada da caverna. O ar quente cheirava a alecrim, valeriana e beladona, que cresciam no terreno, e havia no chão uma pilha crescente de jaquetas e casacos leves enquanto os aprendizes corriam ao sol, brincando de pegar bolas de fogo, usando o ar para controlar a maneira como estas se deslocavam.

Call e Tamara juntaram-se a eles com entusiasmo. Era divertido concentrar-se em erguer uma esfera em chamas e depois lançá-la entre as mãos. Call se esforçava para aproximá-la ao máximo das mãos, mas sem tocar as palmas de fato. Gwenda havia se queimado uma vez e agora tomava cuidado extra; sua bola de fogo mais pairava do que se movia. Embora Call e Tamara tivessem chegado depois, o exercício era bem parecido com os que Mestre Rufus os fizera praticar — principalmente os da areia, que estavam para sempre gravados na mente deles — e então eles aprenderam rapidamente.

— Muito bem — elogiou Mestra Milagros, andando entre eles. Ela havia tirado os sapatos e a camisa do uniforme preto, deixando à mostra uma camiseta com um arco-íris na frente. — Agora quero que vocês criem *duas* bolas. Dividam sua atenção.

Call e Tamara assentiram. Dividir a atenção era instintivo para eles, mas alguns dos outros aprendizes precisavam fazer um grande esforço. Celia conseguiu, assim como Gwenda, mas uma das esferas de Jasper estourou, chamuscando seu cabelo.

Call riu, recebendo um olhar sombrio.

Logo, porém, todos estavam jogando duas bolas de fogo no ar, e em seguida três, não exatamente como malabares, mas algo que se aproximava de uma versão em câmera lenta. Depois de alguns minutos, Mestra Milagros os interrompeu novamente.

— Por favor, escolham um parceiro — disse ela. — O aprendiz que ficar sem par vai praticar comigo. Vamos jogar nossa bola para o parceiro e pegar a que ele jogar para nós. Portanto, apaguem todas as bolas em suas mãos, exceto uma. Prontos?

Celia bateu na manga de Call timidamente.

— Pratica comigo? — perguntou ela.

Tamara suspirou e foi praticar com Gwenda, deixando Jasper como parceiro de Mestra Milagros, já que Drew havia se queixado de dor de garganta e ficara em seu quarto. O fogo andava de um lado para o outro, cortando o ar preguiçoso da primavera.

— Você é muito bom nisso! — exclamou Celia, radiante, enquanto Call conduzia o fogo em loopings antes de levá-lo logo acima das mãos de Celia.

Ela era o tipo de pessoa simpática, que distribuía elogios com facilidade, mas ainda assim era bom ouvir — mesmo que Tamara estivesse revirando os olhos pelas costas de Celia.

— Muito bem! — Mestra Milagros bateu palmas para chamar a atenção de todos. — Ela parecia um pouco descontente; havia uma queimadura em sua manga, onde Jasper devia ter acertado uma bola de fogo. — Agora que todos vocês estão acostumados a usar ar e fogo juntos, vamos adicionar algo ainda mais difícil. Venham por aqui.

Mestra Milagros os conduziu morro abaixo, até um riacho que borbulhava nas rochas. Quatro grossas toras de carvalho balançavam na água, visivelmente sob efeito de magia para que permanecessem no lugar, visto que a corrente fluía em torno delas. Mestra Milagros apontou para as toras.

— Vocês vão subir em uma dessas — disse ela. — Quero que vocês usem água e terra para se equilibrar sobre as toras, ao mesmo tempo em que mantêm pelo menos três bolas de fogo no ar.

Houve um murmúrio de protesto e Mestra Milagros sorriu.

— Tenho certeza de que vocês conseguem — encorajou ela, conduzindo os alunos em direção aos troncos.

Quando Call avançou, ela pousou a mão em seu ombro.

— Call, me desculpe, mas acho melhor você ficar aqui. Com sua perna, não creio que seja seguro que faça o exercício — disse ela baixinho. — Estive pensando em uma versão que poderia se adequar melhor a você. Deixe-me ajudar os outros a começar e, então, explico.

Jasper, passando por eles, olhou por cima do ombro e riu.

Call sentiu uma fúria vermelha e cega ferver dentro dele. De repente, estava de volta à aula de educação física no 6º ano, sentado nas arquibancadas enquanto todos os outros escalavam cordas, ou faziam dribles com bolas de basquete, ou ainda saltavam de um lado para o outro no tatame.

— Eu posso fazer — assegurou ele.

Mestra Milagros deu um passo em direção à margem do riacho, os pés descalços afundando na lama. Ela sorriu.

— Eu sei, Call, mas o exercício vai ser muito difícil para todos os aprendizes e seria ainda mais difícil para você. Acho que ainda não está pronto.

Assim, Call observou os outros aprendizes patinarem na água ou levitaram de modo desajeitado até o seu tronco, oscilando à medida que Mestra Milagros liberava a magia que mantinha a madeira no lugar. Ele podia ver a tensão no rosto dos colegas enquanto tentavam mover a tora contra a corrente, manter-se de pé e fazer uma bola de fogo levitar. Celia caiu quase imediatamente no riacho, encharcando o uniforme — sem conseguir parar de rir. Era um dia quente e Call podia apostar que cair na água era gostoso.

Jasper, surpreendentemente, saiu-se muito bem no exercício. Ele conseguiu se equilibrar no tronco e manter-se de pé enquanto conjurava sua primeira bola de fogo. Ele a jogava entre uma mão e outra, rindo e olhando na direção de Call, fazendo-o pensar no que ele dissera no refeitório.

*Se você aprendesse a levitar, talvez não atrasasse tanto seus colegas, mancando atrás deles.*

Call era um mago melhor do que Jasper; ele sabia disso. E não suportava que Jasper pensasse o contrário.

Dando risadinhas, Celia tornou a subir no tronco, mas seus pés estavam molhados e ela escorregou outra vez, quase de imediato. Ela mergulhou de volta na água e Call, tomado por um impulso que não conseguiu controlar, avançou correndo e pulou no tronco abandonado. Afinal, ele já havia andado de skate antes — mal, admitiu. Mas andara e podia fazer o exercício também.

— Call! — gritou Mestra Milagros, mas ele já estava no meio do rio. Era muito mais difícil do que parecia da margem. O tronco rolou sob seus pés, e ele teve de estender as mãos, recorrendo à magia da terra, para manter o equilíbrio.

Celia emergiu na frente dele, jogando para trás o cabelo molhado. Vendo Call, ela arquejou. O susto de Call foi tão grande que sua magia o abandonou. A tora rolou adiante, Célia mergulhou na direção da margem com um grito e a perna ruim de Call deslocou-se debaixo do garoto. Ele tombou para a frente e caiu na água.

A água era escura, gelada e mais profunda do que ele imaginara. Call se virou, tentando nadar até a superfície, mas seu pé ficou preso entre duas pedras. Ele chutou desesperadamente, mas a perna ruim não era forte o suficiente para libertar a boa. A dor percorreu a lateral de seu corpo enquanto ele tentava se libertar, e ele gritou — silenciosamente, debaixo d'água, bolhas escapando de seus lábios.

De repente, uma mão segurou seu braço e o puxou para cima. Ele sentiu mais dor quando seu pé se soltou do leito do riacho, e então ele se viu na superfície, arquejando. A pessoa que o puxara nadava, atravessando o riacho, e Call podia ouvir os outros aprendizes gritando sem parar enquanto ele era jogado na margem, tossindo e cuspindo água.

Ele olhou para cima e viu olhos castanhos raivosos e cabelos pretos gotejando.

— Jasper? — disse Call, incrédulo, depois tossiu de novo, a boca se enchendo de água. Estava prestes a se virar de lado e cuspir, quando Tamara apareceu de repente, caindo ao seu lado de joelhos.

— Call? Call, você está bem?

Call engoliu a água, torcendo para que não houvesse girinos.

— Estou bem — respondeu ele, a voz rouca.

— Por que você teve de se exibir assim? — perguntou Tamara com raiva. — Por que os meninos são sempre tão burros? Depois que Mestra Milagros disse especificamente para você não fazer isso! Se não fosse por Jasper...

— Ele seria comida de peixe — completou Jasper, espremendo a água de seu uniforme.

— Bem, eu não iria tão longe — disse Mestra Milagros. — Mas, Call, foi uma atitude muito, muito tola.

Call olhou para si mesmo. Uma das pernas de sua calça estava rasgada, ele havia perdido um pé de sapato e o sangue escorria de seu tornozelo. Pelo menos era sua perna boa, pensou ele, então ninguém podia ver a confusão de músculos retorcidos que era a outra.

— Eu sei — disse ele.

Mestra Milagros suspirou.

— Você pode ficar de pé?

Call tentou se levantar. Imediatamente, Tamara estava ao lado dele, oferecendo um braço para ele se apoiar. Ele o aceitou, aprumou-se — e gritou quando a dor o atingiu. A sensação era de que alguém havia enfiado uma faca em seu tornozelo esquerdo: uma dor quente e nauseante.

Mestra Milagros se abaixou e tocou o tornozelo de Call com dedos frios.

— Não está quebrado, mas foi uma torção grave — decretou ela depois de um momento. Ela tornou a suspirar. — A aula acabou por hoje. Call, vamos para a Enfermaria.

↑≈△○◉

A Enfermaria vinha a ser uma sala grande, de pé-direito alto, totalmente livre de estalagmites, estalactites ou qualquer coisa que borbulhasse, gotejasse ou fumegasse. Havia longas fileiras de camas, arrumadas com lençóis brancos, como se os Mestres esperassem que uma grande quantidade de crianças feridas pudesse ser levada para lá a qualquer minuto. No momento, não havia ninguém além de Call.

O mago encarregado era uma mulher alta e ruiva, que tinha uma cobra enroscada nos ombros. O padrão das escamas do réptil mudava conforme ele se movia, passando de manchas de leopardo para listras de tigre e trêmulos pontos cor-de-rosa.

— Coloque-o ali — instruiu a mulher, apontando solenemente enquanto os aprendizes carregavam Call em uma maca feita de galhos que Mestra Milagros havia criado. Se a perna de Call não doesse tanto, teria sido interessante vê-la usar magia da terra para quebrar os galhos e prendê-los com raízes longas e flexíveis.

Mestra Milagros supervisionou a maneira como colocaram Call em uma cama.

— Obrigada, alunos — agradeceu ela, enquanto Tamara hesitava, ansiosa. — Agora vamos, deixem Mestra Amaranth trabalhar.

Call se apoiou nos cotovelos, ignorando a dor lancinante na perna.

— Tamara...

— O que foi? — Ela se virou, os olhos escuros arregalados. Todo mundo estava olhando para eles. Call tentou se comunicar com ela com os olhos. *Cuide de Devastação. Providencie comida suficiente.*

— Ele está ficando vesgo — disse Tamara a Mestra Amaranth, preocupada. — Deve ser a dor. A senhora não pode fazer nada?

— Não com todos vocês aqui. Xô! Xô! — Amaranth agitou a mão e os aprendizes saíram apressados com Mestra Milagros, Tamara parando na porta a fim de lançar outro olhar preocupado a Call.

Ele caiu de volta na cama, pensando em Devastação, enquanto Mestra Amaranth cortava seu uniforme, mostrando hematomas roxos na extensão da perna. Sua perna *boa*. Por um momento, o pânico cresceu em seu peito, dando-lhe a sensação de estar sufocando. E se ele não pudesse mais andar?

A Mestra deve ter visto um pouco do medo em sua expressão, porque ela sorriu, tirando um rolo de musgo de uma jarra de vidro.

— Você vai ficar bem, Callum Hunt. Já curei ferimentos piores do que este.

— Então não é tão ruim quanto parece? — Call ousou perguntar.

— Oh, não — respondeu ela. — É tão ruim quanto parece. Mas eu sou muito, muito boa no que faço.

Um tanto tranquilizado, e decidindo que seria melhor não fazer mais perguntas, Call deixou que ela cobrisse sua perna com o musgo de um tom verde vívido e, em seguida, envolvesse tudo com lama. Por fim, ela lhe deu um gole de um líquido leitoso, que tirou a maior parte da dor e o fez se sentir um pouco como se flutuasse em direção ao teto da caverna, como se o hálito do dragonete o tivesse atingido afinal.

Sentindo-se muito tolo, Call adormeceu.

↑≋△○◎

— *Call* — sussurrou uma garota, bem perto de seu ouvido, soprando seu cabelo e fazendo cócegas em seu pescoço. — Call, acorde.

Em seguida, outra voz. A de um menino dessa vez.

— Talvez devêssemos voltar. Isto é... o sono não ajuda na cura ou algo assim?

— Sim, mas não ajuda a *gente* — disse a primeira voz, dessa vez mais alto e mais rabugenta. Tamara. Call abriu os olhos.

Tamara e Aaron estavam ali, Tamara sentada ao lado dele na cama, sacudindo suavemente seu ombro. Aaron ergueu Devastação, que babava, arfava e abanava o rabo. Ele tinha uma coleira improvisada em torno do pescoço.

— Eu ia levá-lo para passear — disse Aaron. — Mas, como não há ninguém além de você na Enfermaria, pensamos em trazê--lo primeiro para uma visita.

— Também trouxemos seu jantar do refeitório — informou Tamara, apontando um prato coberto por guardanapo na mesinha de cabeceira. — Como você está?

Call experimentou mover a perna dentro do molde de lama. Não doía mais.

— Eu me sinto um imbecil.

— Não foi culpa sua — disse Aaron ao mesmo tempo que Tamara dizia: — Bem, deveria mesmo.

Eles se entreolharam e, então, olharam para Call.

— Desculpe, Call, mas não foi sua *melhor* ideia — disse Tamara. — Você simplesmente roubou o tronco de Celia. Não que ela não vá gostaaaaar de você de qualquer maneira.

— Hein? Ela não gosta — protestou Call, horrorizado.

— Gosta, sim. — Tamara sorriu. — Você poderia bater na cabeça dela com uma tora e ela ainda ficaria toda: *Call, você é tão bom com essa coisa de magia.* — Ela olhou para Aaron, cuja expressão dizia a Call que ele concordava com Tamara e achava tudo hilário.

— Seja como for — continuou Tamara —, nós não queremos que você seja esmagado por um tronco. Precisamos de você.

— Isso mesmo — concordou Aaron. — Você é meu contrapeso, lembra?

— Só porque ele se ofereceu primeiro — disse Tamara. — Você deveria ter feito testes para o papel. — Call tinha receado que Tamara pudesse ficar com ciúmes quando descobrisse que Aaron o escolhera como seu contrapeso, mas sobretudo ela parecia pensar que, por mais que gostasse de Call, Aaron provavelmente poderia ter conseguido alguém melhor. — Aposto que Alex Strike ainda está disponível. E, além de tudo, ele é bonitinho.

— Que seja — disse Aaron, revirando os olhos. — Eu não queria Alex. Queria Call.

— Eu sei — admitiu Tamara. — Ele vai ser bom nisso — acrescentou ela inesperadamente, e Call dirigiu um sorriso agradecido aos dois. Mesmo deitado ali, com a perna enrolada na lama, era bom ter amigos.

— E eu aqui preocupado, achando que vocês iam esquecer Devastação — disse Call.

— Sem chance — rebateu Aaron alegremente. — Ele comeu as botas de Tamara.

— Minhas botas favoritas. — Tamara deu um tapa de leve em Devastação, que se esquivou, tentou se dirigir à porta e olhou tristemente para Call na cama. Um leve gemido saiu de sua garganta.

— Acho que ele quer dar um passeio agora — comentou Call.

— Eu vou levá-lo. — Aaron correu até a porta e enrolou a ponta livre da corda em seu pulso. — Ninguém está nos corredores agora porque é a hora do jantar. Eu volto já.

— Se você for pego, vamos fingir que não o conhecemos! — disse Tamara, bem-humorada, quando a porta se fechou atrás dele. Ela pegou o prato na mesinha de cabeceira de Call e puxou o guardanapo. — Líquen delicioso — disse ela, equilibrando o prato na barriga de Call. — Seu tipo favorito.

Call pegou um pedaço do vegetal e mordeu, pensativo.

— Eu me pergunto se vamos todos estar tão acostumados com líquen que, quando voltarmos para casa, não vamos querer pizza ou sorvete. Vou acabar na floresta, comendo musgo.

— Todo mundo na sua cidade vai pensar que você é maluco.

— Todo mundo na minha cidade já pensa que eu sou louco.

Tamara puxou uma de suas tranças e brincou com a ponta, pensativa.

— Você vai ficar bem quando for para casa nas férias de verão? Call tirou os olhos do líquen.

— Como assim?

— Seu pai — disse ela. — Ele odeia tanto o Magisterium, mas você... você não. Pelo menos eu não acho que odeie. E você vai voltar no próximo ano. Não é isso exatamente que ele não queria?

Call não disse nada.

— Você vai voltar no ano que vem, não é? — Ela se inclinou para a frente, preocupada. — Call?

— Eu quero — respondeu ele. — Quero, mas temo que ele não me deixe. E talvez haja uma razão para ele não deixar... mas eu não quero saber. Se há algo errado comigo, quero que Alastair guarde para si.

— Não há nada de errado com você, exceto que quebrou a perna — disse Tamara, mas ela ainda parecia ansiosa.

— E que sou um exibido — emendou Call, tentando aliviar o clima.

Tamara lhe jogou um pedaço de líquen e ficaram conversando um pouco sobre como todos estavam reagindo ao novo status de celebridade de Aaron — inclusive o próprio Aaron. Tamara estava preocupada com ele, mas Call garantiu a ela que Aaron saberia lidar com tudo.

Então Tamara começou a contar como seus pais estavam animados por ela estar no mesmo grupo do Makar, o que era bom, porque ela queria que eles se orgulhassem dela, e ruim, porque significava que estavam ainda mais preocupados do que o normal que ela se comportasse de maneira exemplar em todos os momentos. E a ideia deles de exemplar nem sempre era igual à da menina.

— Agora que existe um Makar, o que isso significa para o Tratado? — perguntou Call, pensando no discurso de Rufus e na forma como os membros da Assembleia reagiram a ele na reunião.

— Nada no momento — respondeu Tamara. — Ninguém vai querer fazer um movimento contra o Inimigo da Morte enquanto Aaron for tão jovem... Bem, quase ninguém. Mas, assim que o Inimigo souber de sua existência, se é que já não sabe, quem pode dizer o que fará.

Depois de alguns minutos de conversa, Tamara olhou o relógio.

— Aaron já foi há muito tempo — disse ela. — Se ele ficar por lá mais tempo, o jantar vai chegar ao fim e ele será pego voltando pelos corredores. Talvez seja melhor eu ir ver como ele está.

— Certo — disse Call. — Vou com você.

— Acha uma boa ideia? — Tamara ergueu uma sobrancelha, olhando a perna do amigo. Parecia muito ruim, assim envolta em musgo e selada com lama. Call experimentou mexer os dedos dos pés. Nada doeu.

Ele deslizou as pernas pela borda da cama, fazendo o gesso de musgo e lama rachar.

— Não posso mais ficar aqui deitado. Vou acabar ficando maluco. E minha perna está coçando. Quero tomar um pouco de ar.

— Ok, mas vamos ter de ir devagar. E, se alguma coisa doer, você precisa parar, descansar e depois voltar imediatamente para cá.

Call assentiu. Ele se levantou, apoiado na coluna da cama. Assim que ele se endireitou, o gesso quebrou ao meio e caiu, deixando sua panturrilha nua sob a perna cortada da calça.

— Esse é um look que combina com você — disse Tamara, dirigindo-se para a porta. Call calçou rapidamente as meias e as botas, que haviam sido deixadas debaixo da cama. Ele prendeu as partes cortadas das calças nas meias para que não ficassem balançando e pegou Miri, deslizando-a pelo cinto. Então seguiu Tamara e deixaram a Enfermaria.

Os corredores estavam silenciosos, pois os alunos estavam no Refeitório. Call e Tamara tentaram fazer o mínimo de barulho possível enquanto se dirigiam ao Portão das Missões. Call não se sentia muito firme. Ambas as pernas doíam um pouco, embora ele não fosse dizer isso a Tamara. Ele achou que sua aparência devia estar muito bizarra, com as calças cortadas do joelho para baixo e o cabelo todo arrepiado, mas, felizmente, não havia ninguém para vê-lo. Eles encontraram o Portão das Missões e saíram silenciosamente para a escuridão.

A noite estava quente e clara, e a lua no céu delineava as árvores e os caminhos ao redor do Magisterium.

— Aaron! — chamou Tamara em voz baixa. — Aaron, cadê você?

Call se virou, examinando a floresta. Havia algo um pouco sinistro nas árvores, as sombras espessas entre elas, os galhos chacoalhando ao vento.

— Devastação! — chamou ele.

Houve um silêncio, e então Devastação irrompeu de entre as árvores, os olhos cintilantes girando como fogos de artifício. Ele correu até Call e Tamara, arrastando a guia improvisada atrás de si. Call ouviu Tamara arquejar.

— Cadê o Aaron? — perguntou ela.

Devastação choramingou e ficou de pé nas patas traseiras, arranhando o ar. Praticamente seu corpo todo vibrava, o pelo arrepiado, as orelhas girando descontroladamente. Ele gania e dançava na direção de Call, colocando o focinho frio na mão do garoto.

— Devastação. — Call enfiou os dedos no pescoço do lobo, tentando fazê-lo se acalmar. — Você está bem, garoto?

Devastação tornou a gemer e se afastou, escapando das mãos de Call. Então correu em direção à floresta, parou e olhou para trás, para eles.

— Ele quer que a gente o siga — disse Call.

— Você acha que Aaron está ferido? — perguntou Tamara, olhando ao redor freneticamente. — Será que um elemental o atacou?

— Venha — chamou Call, atravessando o terreno escuro, ignorando a fisgada nas pernas.

Devastação, com a certeza de que eles o seguiam, disparou como um tiro, ziguezagueando entre as árvores, apenas um borrão marrom ao luar.

O mais rápido que podiam, Tamara e Call o seguiram.

# CAPÍTULO VINTE E DOIS

As pernas de Call doíam. Ele estava acostumado a sentir dor em uma delas, mas nas duas ao mesmo tempo era uma sensação nova. Ele não sabia como equilibrar seu peso e, embora tivesse apanhado um galho enquanto caminhava pela floresta e o estivesse usando sempre que percebia que ia cair, nada ajudava a aliviar a queimação nos músculos.

Devastação liderava o grupo, com Tamara bem à frente de Call, olhando para trás com frequência, a fim de se certificar de que ele ainda estava atrás dela, e, de vez em quando, diminuindo o passo, impaciente. Call não sabia a distância que já tinham percorrido — com a dor crescente, o tempo começava a parecer impreciso —, mas, quanto mais se distanciavam do Magisterium, mais alarmado Call ficava.

Não porque não confiasse em Devastação para levá-los a Aaron. Não, o que o preocupava era como Aaron podia ter ido tão longe — e por quê. Teria alguma enorme criatura, como um dragonete, voado com ele em suas garras? Teria Aaron se perdido na floresta?

Perdido, não. Devastação o teria guiado para a saída. Então o que teria acontecido?

Eles alcançaram o alto de uma colina, e as árvores começavam a rarear ao longo da descida até uma autoestrada que serpenteava através da floresta. Do outro lado, mais uma colina se erguia, bloqueando o horizonte.

Devastação latiu uma vez e começou a descer. Tamara virou-se e correu até Call.

— Você tem de voltar — disse ela. — Está com dor e não fazemos ideia da distância a que Aaron pode estar. Você deve ir para o Magisterium e contar a Mestre Rufus o que aconteceu. Ele pode trazer os outros.

— Não vou voltar — disse Call. — Aaron é meu melhor amigo e não vou deixá-lo se ele estiver em perigo.

Tamara pôs a mão no quadril.

— *Eu* sou a melhor amiga dele.

Call não sabia direito como essa coisa de melhor amigo funcionava.

— Ok, então eu sou o melhor amigo dele que não é uma garota.

Tamara balançou a cabeça.

— Devastação é o melhor amigo dele que não é uma garota.

— Bem, de qualquer maneira eu não vou embora — decidiu Call, fincando o galho na terra. — Não vou deixá-lo nem vou deixar você. Além disso, faz sentido você voltar, não eu.

Tamara olhou para ele com uma das sobrancelhas erguida.

— Por quê?

Call disse o que ambos provavelmente estavam pensando, mas nenhum dos dois queria pronunciar em voz alta.

— Porque vamos nos meter em uma encrenca muito grande por causa disso. Devíamos ter procurado Mestre Rufus no instante em que Devastação apareceu sem Aaron...

— Não tivemos tempo — argumentou Tamara. — E teríamos de contar a eles sobre Devastação...

— *Vamos* ter de contar a eles sobre Devastação. Não tem outro jeito de explicar o que aconteceu. Vamos ter problemas, Tamara, só depende do tamanho. Por ter um animal Dominado pelo Caos, por não corrermos para os Mestres no segundo em que algo aconteceu ao Makar, por tudo. Problema dos grandes. E, se isso vai recair sobre um de nós, deve ser sobre mim.

Tamara ficou calada. Call não conseguia decifrar a expressão da garota nas sombras.

— É você que tem pais que se importam se você fica no Magisterium e com seu desempenho aqui — argumentou ele, sentindo-se cansado. — Não eu. Foi você que tirou notas altas no Desafio, não eu. Foi você que queria ajuda para se manter dentro das regras e não pegar atalhos... Bem, aqui estou eu tentando ajudar. Você pertence a este lugar. Eu não. Você se preocupa se vai se meter em encrenca. Para mim, não importa. Não tenho importância.

— Isso não é verdade — disse Tamara.

— O que não é verdade? — Call percebeu que fizera um discurso e tanto, e não tinha certeza da parte que ela estava contestando.

— Eu não sou essa pessoa. Talvez eu quisesse ser, mas não sou. Meus pais me criaram para fazer o que tem de ser feito, não importa o que aconteça. Eles não se preocupam com as regras, só com as aparências. Esse tempo todo venho dizendo a mim mesma que vou ser diferente deles, diferente da minha irmã, ser aquela que mantém uma conduta exemplar. Mas acho que me enganei, Call. Não me importo com regras nem com aparências. Não quero ser aquela pessoa que apenas faz o que precisa ser feito. Quero fazer a coisa certa. Não me importa se tivermos de mentir, trapacear, pegar atalhos ou quebrar as regras para isso.

Ele olhou para ela, deslumbrado.

— Sério?

— Sim — respondeu Tamara.

— Isso é demais — disse Call.

Tamara começou a rir.

— O quê?

— Nada. É que você sempre me surpreende.

Ela puxou a manga dele.

— Então vamos embora.

Eles desceram a colina rapidamente, Call tropeçando algumas vezes e apoiando-se com força no cajado improvisado, uma vez quase empalando a si mesmo. Chegando à rodovia, encontraram Devastação à espera na beira da estrada, ofegando de ansiedade enquanto um caminhão passava lenta e ruidosamente. Call se pegou observando o veículo se afastar. Era estranho estar perto de carros depois de tanto tempo.

Tamara respirou fundo.

— OK, não vem nada, então... vamos.

Ela disparou pela rodovia, com Devastação em seus calcanhares. Call mordeu o lábio com força e os seguiu, cada passo uma onda de agonia perna acima e pela lateral do corpo. Quando chegou do outro lado, estava ensopado de suor... não da corrida, mas por causa da dor. Seus olhos ardiam.

— Call...

Tamara estendeu a mão e a terra se agitou sob seus pés. Um instante depois, um jato fino de água surgiu do chão, como se ela tivesse derrubado um hidrante. Call pôs as mãos na água e jogou no rosto, enquanto Tamara juntou as palmas e bebeu. Era bom ficar quieto, só por um momento, até as pernas pararem de tremer.

Call ofereceu água a Devastação, mas o lobo andava de um lado para o outro, olhando entre eles e o que parecia ser uma estrada de terra a distância. Call enxugou o rosto na manga e partiu atrás do lobo.

Ele e Tamara caminhavam em silêncio. Ela diminuíra o ritmo para sincronizarem os passos — e também, imaginou ele, porque devia estar ficando cansada também. Ele podia ver que ela estava tão ansiosa quanto ele; mastigava a ponta de uma de suas tranças, algo que ela só fazia quando estava verdadeiramente em pânico.

— Aaron vai ficar bem — garantiu Call, enquanto começavam a seguir pela estrada de terra, ladeada por cercas vivas. — Ele é um Makar.

— Assim como Verity Torres, e nunca encontraram a cabeça dela — retrucou Tamara, que aparentemente não acreditava nessa história de se manter positivo.

Seguiram um pouco mais adiante, até a estrada se estreitar e se transformar em um caminho. Call respirava forte e tentava fingir que estava tudo bem, apesar da dor quente subindo pelas pernas a cada passo. Era como andar sobre cacos de vidro, só que o vidro parecia estar dentro dele, cortando dos nervos até a pele.

— Deteste dizer isso — admitiu Tamara —, mas acho que não podemos ficar em campo aberto assim. Se houver um elemental mais adiante, vai nos avistar. Vamos ter de nos manter na floresta.

O chão seria mais irregular na floresta. Ela não disse isso, mas certamente sabia que Call iria mais devagar e seria mais cansativo para ele, que ali ele estaria mais sujeito a tropeçar e cair, especialmente no escuro. Ele suspirou, trêmulo, e concordou com a cabeça. Ela estava certa — ficar em campo aberto seria perigoso demais. Não importava se o outro caminho seria mais difícil. Ele disse que não a deixaria nem a Aaron, e manteria sua palavra.

Passo a passo, a mão do menino dolorosamente buscando apoio nos troncos das árvores, os dois seguiram Devastação, que os guiava por um caminho paralelo à estrada de terra. Finalmente, a distância, Call avistou uma construção.

Era imensa e parecia abandonada, as janelas fechadas com tábuas de madeira, e a pavimentação escura de um estacionamento vazio estendia-se à sua frente. Um sinal luminoso se elevava acima das árvores próximas, retratando uma enorme bola de boliche apagada e um único pino derrubado. BOLICHE DA MONTANHA, dizia. O sinal parecia não ser aceso havia muitos anos.

— Está vendo o que estou vendo? — perguntou Call, imaginando se a dor lhe provocava alucinações. Mas por que ele imaginaria algo assim?

— Estou — respondeu Tamara. — Uma antiga pista de boliche. Deve haver uma cidade não muito longe daqui. Mas como Aaron poderia estar aí? E não diga nada do tipo "melhorando sua pontuação" ou "talvez ele esteja em uma liga de boliche" ou coisa parecida. O assunto aqui é sério.

Call encostou-se na casca áspera de uma árvore próxima e resistiu à urgência de se sentar. Temia não conseguir se levantar de novo.

— Estou falando a sério. Pode ser difícil de ver no escuro, mas estou usando a minha cara supersséria. — Ele queria que as palavras saíssem com leveza, mas a voz soava tensa.

Eles se aproximaram da construção, Call semicerrando os olhos, tentando ver se havia luz por trás de alguma das portas ou das tábuas que fechavam as janelas. Deram a volta até os fundos do prédio. Estava ainda mais escuro ali, porque a pista de boliche bloqueava a iluminação da estrada distante. Havia caçambas de lixo empoeiradas e vazias à luz fraca da lua.

— Não sei... — começou Call, mas Devastação pulou, tocando a parede com as patas dianteiras e choramingando.

Call inclinou o pescoço e olhou para cima. Havia uma janela acima deles, quase completamente fechada com tábuas, mas Call pensou ver um pouco de luz escapando entre elas.

— Aqui.

Tamara empurrou uma das caçambas alguns centímetros, aproximando-a da parede. Depois de subir ali, estendeu a mão para ajudar Call a fazer o mesmo. Ele largou a vara e escalou a caçamba pelo lado, içando-se inteiramente com a força dos braços, as botas batendo contra o metal e produzindo um eco.

— Shhh — sussurrou Tamara. — Olhe.

Definitivamente, havia luz vazando entre as tábuas, que estavam pregadas à parede por pregos enormes e de aspecto muito resistente. Tamara olhou para eles desconfiada.

— Metal é magia da terra... — começou ela.

Call tirou Miri do cinto. A lâmina pareceu murmurar em sua mão enquanto ele enfiava a ponta sob um dos pregos e puxava. A madeira se rasgou como um papel, e o prego tamborilou ao bater na tampa da caçamba.

— Legal — sussurrou Tamara.

Devastação saltou sobre a caçamba enquanto Call soltava os outros pregos e retirava a madeira, revelando os restos quebrados de uma janela. Os painéis de vidro estavam faltando, assim como o caixilho. Além da janela, ele podia ver um corredor mal iluminado, não muito abaixo. Devastação esgueirou-se pela abertura, pulou os poucos centímetros até o chão do corredor e deu meia-volta, olhando com expectativa para Tamara e Call.

Call deslizou Miri de volta para o cinto.

— Aqui vamos nós — disse ele, e subiu pela janela. A queda foi leve, mas, mesmo assim, provocou ainda mais dor em suas pernas. Ainda se encolhia em agonia quando Tamara juntou-se a ele, caindo silenciosamente apesar das botas.

Olharam ao redor. Não se assemelhava em nada ao interior de uma pista de boliche. Eles se encontravam em um corredor cujo piso e as paredes eram feitos de madeira escurecida, como se tivesse havido um incêndio ali. Call não sabia explicar exatamente como, mas *sentia* a presença da magia. O ar no local parecia carregado com ela.

O lobo partiu pelo corredor, farejando o ar. Call o seguiu, o coração disparado de pavor. Quando passaram pelo Portão das Missões, atrás de Devastação, jamais teria passado por sua cabeça que acabariam em um lugar como esse. Mestre Rufus ia matá-los quando voltassem. Ia pendurá-los pelos dedos dos pés e obrigá-los a fazer exercícios com areia até seu cérebro escorrer pelo nariz. Isso se conseguissem salvar Aaron do que quer que o tivesse capturado; se não conseguissem, Mestre Rufus ia fazer muito pior.

Call e Tamara ficaram em silêncio absoluto ao passarem por um quarto com a porta entreaberta, mas Call não pôde deixar de espiar lá dentro. Por um instante, achou que estivesse olhando para manequins, alguns em pé, eretos, e outros encostados nas paredes, mas então se deu conta de duas coisas: primeira, de que estavam todos de olhos fechados, o que seria muito estranho para manequins; e segunda, que o peito deles subia e descia conforme respiravam.

Call ficou imóvel, aterrorizado. O que ele estava olhando? O que eram aquelas coisas? Tamara virou-se e o encarou de modo questionador. Ele fez um gesto na direção do quarto e viu o olhar de horror lhe cruzar o rosto quando ela seguiu seu gesto. Tamara tapou a boca com a mão. Em seguida, lentamente, afastou-se da porta, sinalizando para que Call fizesse o mesmo.

— Dominados pelo Caos — sussurrou, quando estavam longe o suficiente e ela havia parado de tremer.

Call não sabia como ela podia ter certeza sem ver os olhos das criaturas, mas concluiu que não queria saber tanto assim, a ponto de perguntar. Já estava tão apavorado que tinha a sensação de que qualquer movimento ia fazê-lo perder o controle. A última coisa que precisava era de mais informações apavorantes.

Se os Dominados pelo Caos estavam ali, isso significava que o lugar era um posto avançado do Inimigo. Todas aquelas histórias que Call escutara, que pareciam falar de alguma coisa que acontecera muito tempo atrás, e que não o tinham preocupado, agora inundavam sua mente.

O Inimigo havia capturado Aaron. Porque Aaron era um Makar. Eles tinham sido idiotas deixando-o sair do Magisterium sozinho. Era evidente que o Inimigo teria descoberto sobre ele e ia querer destruí-lo. Provavelmente ia matar Aaron, se já não o tinha feito. A boca de Call estava seca como papel, e ele se esforçava para se concentrar no ambiente em meio ao pânico.

O teto do corredor ia ficando mais alto à medida que penetravam mais no prédio. Ao longo das paredes, a madeira escurecida deu lugar a painéis de madeira comuns, com um estranho papel de parede na parte de cima — uma estampa de vinhas que, se examinasse cuidadosamente, Call podia jurar ver insetos se movimentando ali dentro. Tremendo, tentou ignorar tudo, exceto manter o silêncio enquanto continuava a andar.

Passaram por diversos quartos fechados até que Devastação parou diante de uma porta dupla, ganiu e voltou-se para Call e Tamara, em expectativa.

— Shhh — disse Call, baixinho, e o lobo silenciou, batendo uma vez com a pata no chão.

As portas eram enormes, feitas de uma madeira escura e sólida, que exibia um padrão de marcas queimadas, como se tivessem sido lambidas pelo fogo. Tamara pôs a mão na maçaneta, girou-a e espiou lá dentro. Então, fechou-a de novo, devagar, e virou-se para Call com os olhos arregalados. Ele pensou que nunca a tinha visto tão assustada, nem mesmo pelos Dominados pelo Caos.

— Aaron — sussurrou ela, mas não estava exultante como ele teria esperado, nem um pouco feliz. Na verdade, parecia prestes a vomitar.

Call passou por ela para olhar.

— Call — sussurrou ela em tom de advertência. — Não... tem mais alguém aí.

Mas Call já estava se inclinando para a frente, o olho colado na rachadura da porta.

O espaço do outro lado era imenso, elevando-se até as vigas maciças e largas que se entrecruzavam no teto. As paredes estavam cobertas de jaulas vazias, empilhadas como caixotes. Jaulas feitas de ferro. As barras finas pareciam manchadas com alguma coisa escura.

De uma das vigas pendia Aaron. Seu uniforme estava rasgado e o rosto, arranhado e ensanguentado, mas, fora isso, parecia ileso. Estava pendurado de cabeça para baixo, com uma pesada corrente presa a um grilhão em um de seus tornozelos, subindo até uma polia aparafusada no teto. Aaron se debatia debilmente, fazendo oscilar as correntes de um lado para o outro.

De pé logo abaixo de Aaron estava um garoto — pequeno, magro e familiar —, olhando para cima com um sorriso maléfico.

Call sentiu seu estômago revirar. Era *Drew*, olhando para Aaron acorrentado, sorrindo. Tinha um pedaço de corrente enrolado em um dos pulsos. E o usava para baixar Aaron na direção de um grande recipiente de vidro cheio de uma escuridão que girava e rugia. Quando Call olhou para a escuridão, ela pareceu se mexer e mudar de forma. Um olho alaranjado se projetou das sombras, injetado com veias verdes pulsantes.

— Você sabe o que tem no recipiente, não é, Aaron? — perguntou Drew, seus lábios retorcidos em um sorriso sádico. — É um amigo seu. Um elemental do caos. E ele quer te sugar, até você secar.

## CAPÍTULO VINTE E TRÊS

Tamara, que havia se abaixado ao lado de Call, emitiu um som estrangulado.

— Drew — ofegou Aaron, obviamente sentindo dor. Ele levou a mão à algema em seu tornozelo, então caiu para trás quando o elemento do caos ergueu um tentáculo de sombra, que foi tomando uma forma mais definida à medida que se aproximava de Aaron, até estar quase sólido, roçando sua pele. Ele tentou se afastar e gritou de agonia. — Drew, me solte...

— O quê? Você não consegue se libertar, Makar? — zombou Drew, puxando a corrente para que Aaron ficasse alguns metros fora do alcance do elemental do caos. — Eu achei que você fosse poderoso. Especial. Mas você não é especial de fato, é? Nada especial.

— Eu nunca disse que era — replicou Aaron, a voz sufocada.

— Você sabe como era ter de fingir ser ruim com a magia? Que eu era um bobalhão? Ouvir Mestre Lemuel lamentar ter me esco-

# Holly Black & Cassandra Clare

lhido? Fui mais bem treinado do que todos vocês, mas não podia demonstrar, ou Lemuel teria adivinhado quem realmente me treinou. Tive de ouvir os Mestres contarem sua versão estúpida da história e fingir que concordava, embora soubesse que, se não fosse pelos magos e pela Assembleia, o Inimigo teria nos dado os meios de viver para sempre. Você sabe como foi descobrir que o Makar era um garoto idiota, vindo de lugar nenhum, que nunca faria nada com seus poderes, exceto o que os magos lhe dissessem para fazer?

— Então você vai me matar — disse Aaron. — Por causa de tudo isso? Porque eu sou um Makar?

Drew limitou-se a rir. Call se virou e viu que Tamara tremia, os dedos entrelaçados com força.

— Temos de entrar lá — sussurrou ele. — Temos de fazer alguma coisa.

Ela se levantou, sua pulseira brilhando nas sombras.

— As vigas. Se subirmos, podemos puxar Aaron e tirá-lo do alcance daquela coisa.

O pânico o inundou. Porque o plano era bom, mas, quando ele imaginou a escalada, a tentativa de equilibrar seu peso enquanto avançava pela viga, soube que não conseguiria. Ele escorregaria. Cairia. Durante toda a árdua jornada pela floresta, com as pernas rígidas e doloridas, ele tinha dito a si mesmo que ajudaria a salvar Aaron. Agora, quando estava bem diante de seu amigo — Aaron em perigo, Aaron precisando ser salvo —, ele era um inútil. O desespero era tão terrível que ele considerou não dizer nada, apenas tentar escalar e torcer pelo melhor.

Mas a lembrança do medo no rosto de Celia, quando ela emergiu no rio e viu Call perder o controle do tronco e jogá-lo em sua direção, fez com que ele se decidisse. Se piorasse as coisas, fingindo que poderia ajudar, estaria apenas colocando Aaron em mais perigo.

— Eu não posso — disse Call.

— O quê? — perguntou Tamara, então olhou para sua perna e pareceu constrangida. — Ah. Certo. Bem, apenas fique aqui com Devastação. Eu volto já. Provavelmente é melhor apenas com uma pessoa de qualquer maneira. Mais furtivo.

Pelo menos, ele conseguira parecer capaz por um tempo, pensou Call. Pelo menos, Tamara pensara nele como uma pessoa que podia fazer coisas e ficou surpresa quando ele não conseguiu. Não era um grande consolo, mas era alguma coisa.

Então, de repente, Call se deu conta do que *poderia* fazer.

— Eu vou distraí-lo.

— O quê? Não! — disse Tamara, sacudindo a cabeça para dar ênfase. — É muito perigoso. Ele tem um elemental do caos.

— Devastação ficará comigo. E não vamos conseguir libertar Aaron de outra forma. — Call a olhou nos olhos e torceu para que ela pudesse ver que ele não iria recuar. — Confie em mim.

Tamara assentiu. Então, dirigindo um rápido sorriso a ele, ela passou silenciosamente pela porta, o ruído de suas botas tão leve que, depois de dois passos, ele não conseguia mais distingui-lo misturado às risadas de Drew e do rugir do elemental do caos. Ele contou até dez — *um mil, dois mil, três mil* — e então escancarou a porta o máximo que pôde.

— Ei, Drew — chamou Call, abrindo um sorriso. — Isto aqui com certeza não me parece uma escola de pônei.

Drew recuou tão forte com o susto que puxou a corrente, erguendo Aaron vários metros acima. Aaron gritou de dor, fazendo Devastação rosnar.

— *Call?* — disse Drew, incrédulo, e Call lembrou-se daquela noite na depressão no solo fora do Magisterium, Drew tremendo e gritando por Call, o tornozelo quebrado. Atrás dele, Call podia ver Tamara começando a escalar a parede oposta, usando as jaulas empilhadas como uma espécie de escada, enfiando as botas entre as barras, movendo-se silenciosamente como um gato. — O que está fazendo aqui?

— É sério? O que *eu* estou fazendo aqui? — perguntou Call. — O que *você* está fazendo aqui? Além de tentar servir um de seus colegas do Magisterium como jantar para um elemental do caos. Afinal, o que Aaron fez a você? Venceu você em um teste? Pegou o último pedaço de líquen no jantar?

— Cala a boca, Call.

— Você acha mesmo que não vai ser pego?

— Não fui pego até aqui. — Drew parecia estar se recuperando da surpresa. Ele dirigiu a Call um sorriso maldoso.

— Foi tudo apenas encenação... todas aquelas coisas sobre Mestre Lemuel, todas aquelas vezes que você fingiu ser um aluno normal? Você sempre foi um espião do Inimigo? — Call não estava apenas ganhando tempo; estava curioso. Drew parecia o mesmo (cabelos castanhos emaranhados, magro, grandes olhos azuis, sardas), mas havia algo por trás de seus olhos que Call não tinha visto antes, algo feio e escuro.

— Os Mestres são tão idiotas — respondeu Drew. — Sempre preocupados com o que o Inimigo estava fazendo fora do Magisterium, preocupados com o Tratado. Nunca pensaram que poderia haver um espião entre eles. Mesmo quando escapei do Magisterium para enviar uma mensagem ao Inimigo, o que eles fizeram? — Ele arregalou os olhos azuis e, por um momento, Call teve um vislumbre do menino no ônibus, parecendo nervoso por causa da escola de magia. — "Oh, Mestre Lemuel é tão mau. Ele me *assusta*." E eles o demitiram! — Drew riu, a máscara inocente escorregando novamente, mostrando a frieza ali embaixo.

Devastação rosnou com isso, deslizando entre Drew e Call.

— Que mensagem você estava passando para o Inimigo? — Call quis saber. Para seu alívio, Tamara estava quase nas vigas. — Era sobre Aaron?

— O Makar — respondeu Drew. — Todos esses anos, os magos esperaram por um Makar, mas eles não eram os únicos. Nós também estávamos esperando. — Ele puxou a corrente que segurava Aaron, que emitiu um gemido de dor, mas Call não ergueu os olhos. Ele não podia. Ele continuou olhando para Drew, como se pudesse fazer com que Drew prestasse atenção apenas nele.

— Nós? — disse Call. — Só estou vendo um maluco aqui. Você.

Drew ignorou a ironia. Ele ignorou até Devastação.

— Você não está pensando que sou eu o responsável por este lugar — disse ele. — Não seja burro, Call. Aposto que você viu os Dominados pelo Caos, os elementais. Aposto que você pode sentir. Você *sabe* quem está no comando do show.

Call engoliu em seco.

— O Inimigo — disse ele.

— O Inimigo... não é o que você pensa. — Drew sacudiu a corrente preguiçosamente. — Nós poderíamos ser amigos, Call. Tenho ficado de olho em você. Poderíamos estar do mesmo lado.

— Não poderíamos mesmo. Aaron é meu amigo. E o Inimigo o quer morto, não é? Ele não quer que outro Makar o desafie.

309

— Isso é tão divertido. Você não sabe de nada. Você acha que Aaron é seu amigo. Acha que tudo o que lhe disseram no Magisterium é verdade. Não é. Eles disseram a Aaron que o manteriam seguro, mas não mantiveram. Não puderam. — Ele puxou a corrente que segurava Aaron, e Call se encolheu, esperando o grito de dor do garoto.

Que não veio. Call ergueu os olhos. Aaron não estava mais pendurado. Tamara o havia puxado até a viga e estava ajoelhada, debruçada sobre ele, seus dedos trabalhando febrilmente para desfazer a corrente em torno de seu tornozelo.

— Não! — Drew puxou a corrente mais uma vez com fúria, mas Tamara a tinha partido na ponta. Drew soltou a corrente quando ela caiu.

— Olhe, agora nós vamos embora — disse Call. — Vou sair daqui e...

— Vocês não vão embora! — gritou Drew, correndo para pousar a mão no recipiente de vidro.

Foi como se ele tivesse enfiado uma chave na fechadura e aberto uma porta, mas de forma mais violenta. O recipiente se estilhaçou, lançando vidro em todas as direções. Call ergueu as mãos para cobrir o rosto enquanto cacos de vidro, como uma chuva de agulhas minúsculas, perfuravam seus antebraços. Um vento parecia soprar pela sala. Devastação estava choramingando e, em algum lugar, Tamara e Aaron gritavam.

Lentamente, Call abriu os olhos.

O elemental do caos crescia à sua frente, enchendo sua visão com sombras. A escuridão da criatura agitava-se com rostos semiformados e bocas cheias de dentes. Sete braços com garras se estendiam para ele de uma só vez, alguns escamosos, outros peludos e outros ainda pálidos como carne morta.

Call teve ânsia de vômito e cambaleou para trás. Sua mão tateava cegamente a lateral do corpo — seus dedos fechando-se em torno do punho de Miri, e ele puxou a lâmina de sua bainha, brandindo-a à frente em um arco grande e curvo.

Miri cravou em *alguma coisa* — alguma coisa que cedeu sob a lâmina como fruta podre. Uivos saíram das muitas bocas do monstro do caos. Agora havia um longo corte em um de seus braços, a escuridão derramando-se da ferida e girando no ar, como fumaça de um incêndio. Outro braço tentou agarrá-lo, mas Call caiu no chão e o membro conseguiu apenas roçar seu ombro. No entanto, onde tocou, seu braço ficou imediatamente dormente e Miri caiu de seus dedos.

Call lutou para se apoiar no cotovelo, tentando passar a mão boa por cima do corpo para procurar Miri. Mas não havia tempo. O elemental se lançou, avançando pelo chão em sua direção como uma mancha de óleo, uma enorme língua parecida com a de um sapo deslizando para fora, indo na direção de Call...

Com um uivo, Devastação se jogou no ar, aterrissando diretamente nas costas do elemental. Seus dentes afundaram na superfície lisa, as garras perfurando a escuridão turva. O monstro teve um espasmo, aprumando-se. Cabeças explodiram por todo o corpo, braços tentavam agarrar Devastação, mas o lobo se manteve firme, montado no monstro.

Vendo sua chance, Call conseguiu se levantar com dificuldade e agarrou Miri com a mão boa. Ele se lançou para a frente e cravou a faca no que ele pensava ser o flanco do elemental.

311

A lâmina saiu coberta de uma substância preta gotejante, a meio caminho entre a fumaça e o óleo. O elemental do caos rugiu e se debateu, arremessando Devastação longe. O lobo voou e atingiu o chão do outro lado da sala, perto de um par de portas. Ele deu um gemido e depois ficou quieto.

— Devastação! — gritou Call, correndo na direção do seu lobo.

Ele estava no meio do caminho, quando ouviu um rosnado às suas costas. Então girou e deparou com o elemental do caos. A raiva vertendo do garoto — se a criatura tivesse ferido Devastação, ele a cortaria em mil pedaços oleosos e nojento. Call seguiu em frente, Miri brilhando em sua mão.

O elemental do caos se encolheu, a escuridão acumulando-se ao seu redor, como se não estivesse mais tão ansioso para lutar.

— Ande, seu covarde — gritou Drew, chutando o elemental do caos. — Pegue-o! Não o deixe escapar, seu grande e estúpido monte...

O elemental do caos saltou — mas não em Call. Girando, ele investiu contra Drew. Drew gritou uma vez, e então o elemental já estava em cima dele, rolando sobre o menino como uma onda. Call estava paralisado, com Miri na mão. Ele pensou na dor gelada que o atingiu com apenas um toque da substância da criatura do caos. E agora aquela substância estava descendo sobre Drew, que se debatia e se retorcia em suas garras, revirando os olhos.

— Call! — A voz arrancou Call de seu choque: era Tamara, gritando para ele das vigas. Ela estava de joelhos e Aaron se encontrava ao seu lado. A algema e as correntes formavam uma pilha retorcida: Aaron estava livre, embora em seus pulsos tivessem vestígios de sangue onde ele evidentemente tinha sido amarrado, provavelmente quando o arrastaram do Magisterium, e Call podia apostar que os tornozelos estariam em pior estado. — Call, dê o *fora* daí!

— Não posso! — Call apontou com Miri: o elemental do caos e Drew estavam entre ele e a porta.

— Vá por ali — disse Tamara, apontando as portas atrás dele. — Procure qualquer coisa... uma janela, qualquer coisa. Encontramos você lá fora.

Call assentiu, levantando Devastação. *Por favor,* pensou ele. *Por favor.* O corpo em seus braços estava quente, e, enquanto apertava o lobo junto ao peito, ele podia sentir a batida constante do coração de Devastação. O peso extra fazia doer ainda mais suas pernas, mas ele não se importou.

*Ele vai ficar bem,* disse a si mesmo com firmeza. *Agora vá.*

Olhando para trás, viu que Tamara e Aaron desciam rapidamente, já perto da outra porta. Mas, ao virar-se novamente, o elemental do caos se erguia de onde estava curvado sobre Drew. Várias bocas se abriram e uma língua roxa em forma de chicote projetou-se para sentir o ar com sua ponta bifurcada. Então ele começou a se mover em direção a Call.

Call gritou e saltou para trás. Devastação estremeceu em seus braços, latiu e saltou para o chão. Então correu em direção às portas na outra extremidade da sala, Call em seu encalço. Eles se lançaram contra as portas juntos, quase arrancando-as das dobradiças.

Devastação parou, derrapando. Call quase caiu por cima do filhote, mal conseguindo evitar a queda.

Ele correu os olhos pela sala — parecia muito o laboratório do Dr. Frankenstein. Provetas com líquidos de cores estranhas borbulhavam por toda parte, maquinários enormes pendiam do teto, girando e virando, e jaulas de elementais de vários tamanhos, muitos deles brilhando intensamente, forravam as paredes.

Então Call ouviu às suas costas um grunhido forte e borbulhante. O elemental do caos os havia seguido até aquela sala e vinha atrás deles, uma nuvem escura e maciça coberta de garras e dentes. Call recomeçou a corrida irregular, lançando no chão provetas cheias de líquidos enquanto disparava na direção do que parecia ser uma coleção de armas antigas expostas em uma das paredes. Se ele atacasse o elemental com aquele machado de aspecto robusto, talvez...

— Pare! — Um homem com túnica preta de capuz saiu de trás de uma enorme estante de livros. Seu rosto estava envolto em trevas, e ele brandia um cajado enorme encimado por uma pedra de ônix. Devastação, ao vê-lo, soltou um gemido e mergulhou sob uma das mesas mais próximas.

Call ficou paralisado. O estranho passou por ele sem olhar, e ergueu o cajado.

— Já chega! — gritou ele com uma voz profunda, e voltou a ponta de ônix do cajado para o elemental.

A escuridão explodiu da ponta, atravessando a sala em direção ao monstro, atingindo-o em cheio. A escuridão foi aumentando, envolvendo o elemental, engolindo-o até não restar nada. Ele deu um último grito, horrível e gorgolejante, e desapareceu.

O homem se virou para Call e puxou lentamente o capuz de suas vestes. Seu rosto estava meio escondido por uma máscara de prata que cobria seus olhos e nariz. Abaixo dela, Call podia ver a saliência de um queixo, um pescoço riscado por cicatrizes brancas.

As cicatrizes eram novas, mas a máscara era familiar. Call já a tinha visto antes em imagens. Tinha ouvido sua descrição. Uma máscara usada para cobrir as cicatrizes de uma explosão que quase matara aquele que agora a envergava. Uma máscara usada para aterrorizar.

Uma máscara usada pelo Inimigo da Morte.

— Callum Hunt — disse o Inimigo. — Eu esperava que fosse você.

O que quer que Call esperava que o Inimigo dissesse não era isso. Ele abriu a boca, mas apenas um sussurro saiu.

— Você é Constantine Madden — disse ele. — O Inimigo da Morte.

O Inimigo se moveu em direção a ele, um redemoinho de preto e prata.

— Levante-se — ordenou ele. — Deixe-me olhar para você.

Lentamente, Call se levantou e encarou o Inimigo da Morte. A sala estava quase silenciosa. Até os gemidos de Devastação pareciam fracos e distantes.

— Olhe só para você — disse o Inimigo. Havia um estranho tipo de prazer em sua voz. — É uma pena a sua perna, claro, mas isso não vai ter importância no fim. Suponho que Alastair preferiu deixá-lo como estava a se envolver com magia de cura. Ele sempre foi teimoso. E agora é tarde demais. Você já pensou nisso, Callum? Que talvez, se Alastair Hunt fosse um pouco menos teimoso, você pudesse andar direito?

Call não tinha pensado nisso. Mas agora o pensamento se alojou como um pedaço de gelo frio em sua garganta, sufocando suas palavras. Ele deu um passo para trás, até que suas costas bateram em uma das longas mesas cheias de frascos e pipetas. Ele ficou paralisado.

— Mas os seus olhos... — E agora o Inimigo parecia exultante, embora Call não conseguisse atinar o que haveria em seus olhos que fosse digno de alguém exultar. Ele se sentia tonto e confuso.

— Dizem que os olhos são as janelas da alma. Fiz muitas perguntas a Drew sobre você, mas nunca pensei em perguntar sobre seus olhos. — Ele franziu a testa, a pele com cicatrizes esticando sob a máscara. — Drew — disse ele. — Onde *está* o garoto? — Ele elevou a voz e chamou: — Drew!

Houve silêncio. Call se perguntou o que aconteceria se ele se esticasse, pegasse um dos recipientes ou jarros e o jogasse no Inimigo... ele conseguiria ganhar tempo? Ele poderia correr?

— *Drew!* — tornou a chamar o mago, e agora havia algo mais em sua voz: um toque de alarme. Ele passou por Call, impaciente, transpondo as portas duplas e entrando na câmara de madeira além.

Houve um longo momento do silêncio mais absoluto. Call olhou ao redor, desesperado, tentando ver se havia alguma outra porta, alguma outra saída, além daquela por onde entrou. Não havia. O que se via ali eram apenas estantes com pilhas de livros empoeirados, mesas lotadas de materiais alquímicos e, no alto das paredes, pequenos elementais de fogo posicionados em nichos de cobre martelado iluminando a sala com seu brilho. Os elementais olhavam para Call com seus olhos pretos e vazios enquanto ele ouvia o barulho vindo da outra sala: um grito prolongado de dor e desespero.

— *DREW!*

Devastação uivou. Call pegou uma das provetas de vidro e cambaleou até a porta dupla. A dor atravessava sua perna, subindo para o corpo, como lâminas de barbear cortando suas veias. Ele queria se jogar no chão; queria deitar e deixar a inconsciência dominá-lo. Ele agarrou o batente da porta e olhou.

O Inimigo estava de joelhos, Drew em seu colo, inerte e irresponsivo. Sua pele já havia começado a adquirir um tom azulado frio. Ele nunca mais acordaria.

O coração de Call teve um sobressalto de horror. Ele não conseguia desviar o olhar do Inimigo curvado sobre o corpo de Drew, o cajado jogado no chão ao seu lado. As mãos cobertas por cicatrizes corriam pelos cabelos de Drew, repetidamente.

— Meu filho — sussurrou ele. — Meu pobre filho.

*Seu filho?,* pensou Call. *Drew é filho do Inimigo da Morte?*

De repente, a cabeça do Inimigo se ergueu. Mesmo através da máscara, Call podia sentir seus olhos: estavam fixos em Call, eram pretos e tinham a fúria de um laser.

— *Você* — sibilou ele. — Você fez isso. Libertou o elemental que matou meu filho.

Call engoliu em seco e recuou, mas o Inimigo já estava se levantando, agarrando seu cajado. Ele o brandiu na direção de Call, que tropeçou, a proveta voando de sua mão e se espatifando no chão. Ele caiu apoiado em um joelho, a perna dobrada, gritando de dor.

— Eu não... — começou ele. — Foi um acidente...

— Levante-se — rosnou o Inimigo. — Levante-se, Callum Hunt, e me enfrente.

Devagar, Call se levantou e encarou o homem com a máscara de prata do outro lado da sala. Call tremia por inteiro: de dor nas pernas e tensão no corpo, de medo e adrenalina e do desejo frustrado de correr. No rosto do Inimigo havia uma expressão fixa de fúria, seus olhos brilhantes de raiva e dor.

Call queria abrir a boca, queria dizer algo em sua própria defesa, mas não havia nada. Drew encontrava-se imóvel, com os olhos vazios, entre os restos do recipiente de vidro destruído — ele estava morto, e a culpa era de Call. Ele não podia se explicar, não podia se defender. Estava enfrentando o Inimigo da Morte, que havia matado exércitos inteiros. Ele não hesitaria diante de um único garoto.

A mão de Call escorregou do punho de Miri. Só havia uma coisa a fazer.

Respirando fundo, ele se preparou para morrer.

Esperava que Tamara e Aaron tivessem passado pelos Dominados pelo Caos, saído pela janela e de volta ao caminho em direção ao Magisterium.

Esperava que, uma vez que Devastação era Dominado pelo Caos, o Inimigo não fosse muito duro com ele por não ser um cão zumbi maligno.

Esperava que seu pai não ficasse muito bravo com ele por ir para o Magisterium e ser morto, como ele sempre avisara que aconteceria.

Esperava que Mestre Rufus não desse seu lugar para Jasper.

O mago estava perto o suficiente para que Call pudesse sentir o calor de sua respiração, ver a torção de sua boca estreita, o brilho de seus olhos e os tremores que percorriam todo o seu corpo.

— Se você vai me matar — disse Call —, vá em frente. Faça isso logo.

O mago ergueu seu cajado — e o jogou de lado. Então caiu de joelhos, a cabeça baixa, toda a sua postura de súplica, como se implorasse por misericórdia.

— Mestre, meu Mestre — murmurou ele. — Me perdoe. Eu não vi.

Call olhava para ele, confuso. O que ele queria dizer?

— Isto é um teste. Um teste da minha lealdade e do meu comprometimento. — O Inimigo respirou fundo, produzindo um som áspero. Estava óbvio que mal conseguia se controlar, e devido a pura força de vontade. — Se você, meu Mestre, decretou que Drew deveria morrer, então sua morte deve ter um propósito maior. — As palavras pareciam arrancadas de sua garganta, como se doesse pronunciá-las. — Agora eu também tenho um interesse pessoal em nossa busca. Meu Mestre é sábio. Como sempre, ele é sábio.

— O quê? — disse Call com a voz trêmula. — Não estou entendendo. Seu Mestre? Você não é o Inimigo da Morte?

Para absoluto choque de Call, o mago ergueu as mãos e tirou a máscara prateada, deixando à mostra o rosto sob ela. Era um rosto cheio de cicatrizes, um rosto velho, enrugado, curtido pelo tempo. Era um rosto estranhamente familiar, mas não o rosto de Constantine Madden.

— Não, Callum Hunt. Eu não sou o Inimigo da Morte — disse ele. — É você.

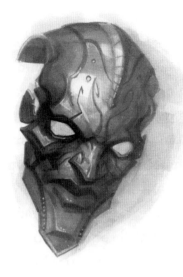

# CAPÍTULO VINTE E QUATRO

— O q-quê? — Call estava boquiaberto. — Quem é você? Por que está me dizendo isso?

— Porque é a verdade — respondeu o mago, segurando a máscara de prata em sua mão. — Você é Constantine Madden. E, se me olhar de perto, vai saber meu nome também.

O mago ainda estava ajoelhado aos pés de Call, a boca começando a se retorcer em um sorriso amargo.

*Ele é louco*, pensou Call. *Tem de ser. O que ele está dizendo não faz nenhum sentido.*

Mas a familiaridade do seu rosto... Call o tinha visto antes, ao menos em fotografias.

— Você é Mestre Joseph — disse Call. — Foi professor do Inimigo da Morte.

— Fui *seu* professor — corrigiu Mestre Joseph. — Posso me levantar, Mestre?

Call não respondeu. *Estou preso*, pensou. *Preso aqui com um mago louco e um cadáver.*

Aparentemente tomando o silêncio por permissão, Mestre Joseph se levantou com certo esforço.

— Drew disse que suas lembranças se foram, mas eu não podia acreditar. Pensei que, quando me visse, quando eu lhe contasse a verdade sobre você, poderia recordar alguma coisa. Não importa. Pode não lembrar, mas eu lhe garanto, *Callum Hunt*, a centelha de vida dentro de você... a *alma*, se preferir... e tudo que anima a casca que é o seu corpo pertencem a Constantine Madden. O verdadeiro Callum Hunt morreu choramingando quando era um bebê.

— Isso é loucura — argumentou Call. — Coisas assim não acontecem. Ninguém pode simplesmente trocar almas.

— É verdade, não posso — concordou o mago. — Mas *você* pode. Se me permite, Mestre?

Ele estendeu a mão. Passado um momento, Call se deu conta de que ele estava pedindo permissão para segurar a sua mão. Call sabia que não devia tocar Mestre Joseph. Grande parte da magia era transmitida pelo toque: tocando elementos, extraindo o poder dos mesmos através de si. No entanto, por mais insanas que fossem, havia algo nas palavras de Mestre Joseph que atraía Call, alguma coisa que sua mente não conseguia abandonar.

Devagar, ele estendeu a mão e Mestre Joseph a pegou, envolvendo com seus dedos grossos e marcados por cicatrizes os menores de Call.

— *Veja* — sussurrou ele, e um choque elétrico atravessou o corpo de Call.

Diante de seus olhos, tudo ficou branco e, de repente, foi como se ele estivesse assistindo a cenas projetadas em uma enorme tela na sua frente.

Ele viu dois exércitos se enfrentando em uma vasta planície. Era uma guerra de magos — explosões de fogo, setas de gelo e violentas rajadas de vento corriam entre os combatentes. Call viu rostos familiares: um Mestre Rufus muito mais jovem, Mestre Lemuel adolescente, os pais de Tamara e, montando um elemental do fogo e liderando todos eles, Verity Torres. A magia do caos se derramava sombriamente de suas mãos estendidas enquanto ela atravessava como um raio o campo de batalha.

Mestre Joseph se ergueu no ar, um pesado objeto em sua mão. Tinha um brilho cor de cobre e assemelhava-se a uma pata de cobre, com dedos esticados como garras. Ele reuniu uma rajada de magia do vento e a lançou pelo ar. Ela se enterrou na garganta de Verity.

A garota caiu para trás, o sangue jorrando em fitas pelo ar, e o elemental do fogo que montava uivou e empinou. Um raio lançou-se de suas garras e atingiu Mestre Joseph, que caiu, sua máscara de prata se deslocando e revelando seu rosto.

— Não é Constantine! — gritou uma voz rouca. A voz de Alastair Hunt. — É Mestre Joseph!

A cena mudou. Mestre Joseph estava em pé em uma sala de mármore escarlate, gritando com um grupo de magos encolhidos.

— Onde está ele? Exijo que me digam o que aconteceu com ele!

Passos pesados vieram da porta aberta. Os magos se afastaram, criando um corredor pelo qual marcharam quatro dos Dominados pelo Caos, carregando um corpo. O corpo de um jovem de cabelos louros, um grande ferimento no peito, as roupas ensopadas de sangue. Eles o pousaram aos pés de Joseph.

Mestre Joseph desmoronou, pegando nos braços o corpo do rapaz.

— Mestre — sussurrou ele. — Oh, meu Mestre, inimigo da morte...

O rapaz abriu os olhos. Eles eram cinzentos — Call nunca tinha visto os olhos de Constantine Madden antes, nunca pensara em perguntar de que cor eram. Tinham o mesmo cinza dos olhos de Call. Cinzentos e vazios como um céu de inverno. Seu rosto coberto por cicatrizes estava flácido, sem emoção.

Mestre Joseph arquejou.

— O que é isso? — perguntou ele, virando-se para os outros magos com fúria no rosto.

— Seu corpo vive, ainda que por um fio, mas sua alma... onde está sua alma?

A cena mudou mais uma vez. Call estava parado em uma caverna escavada no gelo. As paredes eram brancas, mudando de cor onde as sombras as tocavam. O chão estava coberto de corpos: magos caídos, alguns de olhos abertos, outros em poças de sangue congelado.

Call sabia onde estava. O Massacre Gelado. Ele fechou os olhos, mas não fez diferença — ainda podia ver, pois as imagens estavam dentro de sua mente. Ele observou Mestre Joseph andar com cuidado entre os cadáveres, parando aqui e ali para virar um corpo e olhar seu rosto. Depois de alguns momentos, Call se deu conta do que ele fazia. Estava examinando as crianças mortas, sem tocar nos adultos. Finalmente, ele parou e fixou o olhar, e Call viu o que ele observava. Não era um corpo, mas um conjunto de palavras entalhadas no gelo.

*MATE A CRIANÇA*

As cenas mudaram novamente, e agora elas voavam, velozes, como folhas na brisa: Mestre Joseph em cidades pequenas e grandes, uma após outra, procurando, sempre procurando, examinando os registros de nascimento em um hospital, registros de propriedades, qualquer possível pista...

Mestre Joseph no piso de concreto de um playground, observando um grupo de meninos ameaçando outro menor. De repente, o chão sob os pés das crianças tremeu e se sacudiu, e uma imensa rachadura dividiu o playground quase ao meio. Quando os valentões fugiram, o menino menor, caído no chão, se levantou, olhando ao redor, perplexo. Call se reconheceu. Magrinho, cabelos escuros, os olhos cinzentos como os de Constantine, a perna ruim torcida debaixo do corpo.

Ele sentiu Mestre Joseph começar a sorrir...

Call voltou à realidade com um choque, como se tivesse desabado de uma grande altura sobre o próprio corpo. Cambaleou para trás, arrancando sua mão da de Mestre Joseph.

— Não — disse, sufocado. — Não, eu não entendo...

— Ah, acho que entende, sim — rebateu o mago. — Acho que você entende muito bem, Callum Hunt.

— Pare com isso — disse Call. — Pare de me chamar de Callum Hunt assim... é sinistro. Meu nome é Call.

— Não, não é — disse Mestre Joseph. — Esse é o nome que pertence àquele corpo, à casca que usa. Um nome que você vai descartar quando estiver pronto, assim como vai descartar esse corpo e entrar no de Constantine.

Call ergueu as mãos no ar.

— Não posso fazer isso! E sabe por quê? Porque Constantine Madden *ainda está por aí*. Eu realmente não entendo como posso ser essa pessoa que comanda exércitos, cria elementais do caos e faz lobos gigantes com olhos bizarros, quando essa pessoa já existe e é OUTRO! — Call estava gritando, mas sua voz soava suplicante, até mesmo para os próprios ouvidos. Ele só queria que tudo isso parasse. Não podia deixar de ouvir o terrível eco infinito das palavras de seu pai.

*Call, precisa me escutar. Não sabe o que você é.*

— Ainda está por aí? — repetiu Mestre Joseph com um sorriso amargo. — Ah, a Assembleia e o Magisterium acreditam que Constantine ainda age ativamente no mundo, porque foi isso que os fizemos acreditar. Mas quem o viu? Quem falou com ele desde o Massacre Gelado?

— Pessoas o viram... — começou Call. — Ele se reuniu com a Assembleia! Ele assinou o Tratado.

— Mascarado — disse Mestre Joseph, segurando a máscara de prata que usava quando Call o viu. — Eu me fiz passar por ele na batalha com Verity Torres; sabia que podia fazer de novo. O Inimigo permaneceu oculto desde o Massacre Gelado, e, quando foi obrigado a aparecer, assumi seu lugar. Mas o próprio Constantine? Foi mortalmente ferido há doze anos, na caverna onde Sarah Hunt e muitos outros morreram. No entanto, quando sentiu que a vida o deixava, ele usou o que já tinha aprendido, o método de deslocar a alma para outro corpo a fim de se salvar. Exatamente como sabia tirar um pedaço de caos e colocar dentro dos Dominados pelo Caos, ele pegou a própria alma e a instilou dentro do melhor recipiente disponível. Você.

— Mas eu nunca estive no Massacre Gelado. Nasci em um hospital. Minha perna...

Holly Black & Cassandra Clare

— Uma mentira que Alastair Hunt contou para você. Sua perna foi quebrada quando Sarah Hunt o deixou cair no gelo — disse Mestre Joseph. — Ela sabia o que tinha acontecido. A alma de seu filho fora expulsa do corpo, e a alma de Constantine Madden tomou seu lugar. Seu filho se tornara o Inimigo.

Call escutou um rugido em seus ouvidos.

— Minha mãe não...

— Sua *mãe*? — disse Mestre Joseph com sarcasmo. — Sarah Hunt era apenas a mãe da casca que contém você. Até ela sabia disso. Ela não teve forças para matá-lo, mas deixou um recado. Um recado para aqueles que viriam ao campo de batalha depois que ela estivesse morta.

— As palavras no gelo — murmurou Call. — Sentiu-se tonto e enjoado.

— *Mate a criança* — disse Mestre Joseph, com uma satisfação cruel. — Ela as arranhou no gelo com a ponta dessa faca que você carrega. Foi seu último ato neste mundo.

Call sentiu-se prestes a vomitar. Ele levou a mão atrás de si, buscando a borda de uma mesa e se apoiou ali, respirando forte.

— A alma de Callum Hunt está morta — disse Joseph. — Forçada a deixar o seu corpo, aquela alma secou e morreu. A alma de Constantine Madden fincou raízes e cresceu, recém-nascida e intacta. Desde então, seus seguidores trabalham para fazer parecer que ele não partiu deste mundo, para que você ficasse em segurança. Protegido. Para que você tivesse tempo de amadurecer. Para que pudesse viver.

*Call quer viver*. Isso era o que Call tinha acrescentado, como brincadeira, ao Poema em sua mente; agora não parecia uma piada. Agora, horrorizado, ele se perguntava até que ponto era verdade.

Seu desejo de viver era tanto, a ponto de roubar a vida de outra pessoa? Teria sido ele mesmo que fizera isso?

— Eu não lembro nada sobre ser Constantine Madden — sussurrou Call. — A vida inteira fui apenas eu...

— Constantine sempre soube que podia morrer — argumentou Joseph. — Era seu maior medo, a morte. Ele tentou repetidamente trazer o irmão de volta, mas jamais conseguiu recuperar sua alma, tudo que fazia de Jericho quem ele era. Então decidiu fazer tudo que fosse preciso para permanecer vivo. Todo esse tempo, Call, esperamos que você tivesse idade suficiente. E aqui está você, quase pronto. Logo a guerra vai recomeçar, de verdade... e dessa vez temos certeza de que vamos vencer.

Os olhos de Mestre Joseph brilhavam com alguma coisa muito semelhante à loucura.

— Não vejo por que você acha que algum dia eu estarei do seu lado — disse Call. — Vocês pegaram Aaron...

— Sim — disse Joseph —, mas queríamos *você*.

— Então você fez todo esse esforço, o sequestro, só para me fazer vir até aqui para... o quê? Para me dizer tudo isso? Por que não me contou antes? Por que não me pegou antes que eu fosse para o Magisterium?

— Porque pensamos que você *soubesse* — resmungou Mestre Joseph. — Pensei que você estivesse se escondendo de propósito, permitindo que sua mente e seu corpo crescessem para que pudesse novamente se tornar o formidável adversário da Assembleia que foi antes. Não o abordei porque imaginei que, se desejasse ser abordado, teria entrado em contato comigo.

Call soltou uma risada amarga.

— Quer dizer que você não se aproximou de mim porque não queria estragar meu disfarce, e todo esse tempo eu nem mesmo sabia que estava disfarçado? Isso é hilário demais.

— Não vejo nada de engraçado nisso. — Mestre Joseph não alterou sua expressão. — É uma sorte que meu filho... que Drew tenha descoberto que você não fazia ideia de quem realmente é, ou você poderia ter se revelado inadvertidamente.

Call encarou Mestre Joseph.

— Você vai me matar? — perguntou ele, bruscamente.

— Matar você? Eu estava *esperando* por você — disse Joseph. — Todos esses anos.

— Bem, todo esse seu plano estúpido não serviu para nada, então — disse Call. — Vou voltar e contar a Mestre Rufus quem eu sou realmente. Vou contar a todo mundo no Magisterium que meu pai tinha razão, e que eles deviam ter dado atenção a ele. E vou deter você.

Mestre Joseph sorriu, balançando a cabeça.

— Acho que conheço você bem o bastante, qualquer que seja sua aparência, para saber que não vai fazer isso. Você vai voltar, terminar seu Ano de Ferro e, quando retornar para o Ano de Cobre, conversaremos de novo.

— Não, não vamos conversar. — Call se sentiu infantil e pequeno, o peso do horror começando a esmagá-lo. — Vou contar a eles...

— Contar a eles quem você é? Vão interditar sua magia.

— Não vão...

— Vão, sim — insistiu Mestre Joseph. — Se não o matarem. Vão interditar sua magia e mandá-lo para um pai que agora sabe, com certeza, que não é seu pai.

Call engoliu em seco. Ele não tinha pensado, até aquele momento, em qual seria a reação de Alastair a essa revelação. Seu pai, que tinha implorado a Rufus que interditasse sua magia... por via das dúvidas.

— Vai perder seus amigos. Acha mesmo que eles deixariam você se aproximar de seu precioso Makar, sabendo quem você é? Vão criar Aaron Stewart para ser seu inimigo. É o que eles vêm procurando todo esse tempo. É isso que Aaron é. Ele não é seu companheiro. É a sua destruição.

— Aaron é meu amigo — disse Call, com um tom de desesperança. Ele percebia como sua voz soava, mas não conseguia evitar.

— Como quiser, Call. — Mestre Joseph tinha o olhar sereno de um homem que sabia do que estava falando. — Parece que seu amigo tem algumas escolhas a fazer. Assim como você.

— Eu escolho — disse Call. — Eu escolho voltar para o Magisterium e contar a verdade a eles.

Joseph abriu um sorriso reluzente.

— É mesmo? — replicou ele. — É fácil me desafiar aqui. Não esperaria menos de Constantine Madden. Você sempre foi desafiador. Entretanto, no fim das contas, quando precisar fazer sua escolha, vai realmente desistir de tudo que lhe importa em nome de um ideal abstrato que só compreende parcialmente?

Call balançou a cabeça.

— Mas eu teria de abrir mão de qualquer jeito. Você não vai exatamente me deixar voltar para o Magisterium.

— Claro que vou — assegurou Mestre Joseph.

Call deu um pulo para trás, batendo dolorosamente o cotovelo na parede.

— *O quê?*

— Ah, meu Mestre — disse em voz baixa o mago mais velho. — Você não vê...

Ele não terminou a frase. Com um terrível estrondo, o telhado se abriu ao meio. Call mal teve tempo de olhar para o alto antes que tudo acima explodisse com uma chuva de estilhaços de madeira e concreto. Ele ouviu o grito rouco de Mestre Joseph, um instante antes que uma montanha de detritos se derramasse entre eles, encobrindo o mago. O chão se dobrou sob Call, que caiu de lado, esticando o braço para segurar Devastação, que se contorcia, em pânico.

O prédio tornou a se sacudir, e Call enterrou o rosto no pelo do lobo, tentando não sufocar no denso redemoinho de poeira. Talvez o mundo estivesse acabando. Talvez os aliados de Mestre Joseph tivessem decidido explodir o lugar. Ele não sabia e quase não se importava.

— Call?

Acima do zumbido em seus ouvidos, Call ouviu a voz familiar. Ele rolou o corpo, uma das mãos ainda agarrando o pelo de Devastação, e viu o que havia partido o prédio ao meio.

O enorme anúncio luminoso, onde se lia BOLICHE DA MONTANHA, tinha atravessado o telhado, cortando o prédio ao meio como um machado que se crava em um bloco de concreto. Aaron estava agachado no alto do letreiro luminoso, como se o estivesse montando no momento da queda, com Tamara logo atrás. O letreiro luminoso faiscava e chiava onde fios elétricos haviam se rompido e dobrado.

Aaron saltou para o chão e correu para Call, abaixando-se para segurar seu braço.

— Call, venha!

Incrédulo, Call tentou se levantar, deixando Aaron puxá-lo. Devastação choramingou e pulou, colocando as patas dianteiras na cintura de Aaron.

— Aaron! — gritou Tamara.

Ela estava apontando para algo atrás deles. Call virou-se e tentou enxergar através das nuvens de pó e entulho. Não havia sinal de Mestre Joseph. Mas isso não significava que estivessem sozinhos. Call virou-se de novo para Aaron.

— Dominados pelo Caos — disse, preocupado.

O corredor estava cheio deles, marchando sobre os escombros, com um andar estranhamente regular, seus olhos turbulentos queimando como fogueiras.

— Venha! — Aaron virou-se e correu na direção do letreiro luminoso, pulando sobre ele e estendendo a mão a fim de puxar Call para cima.

O letreiro luminoso ainda estava preso à base. A parte principal tinha desabado sobre o prédio na diagonal, como uma colher caída dentro de um caldeirão e que ficara apoiada na borda. Tamara já estava subindo correndo pelas palavras BOLICHE DA MONTANHA, com Devastação em seus calcanhares. Call começou a segui-la, mancando, quando se deu conta de que Aaron não o acompanhava. Ele girou o corpo rapidamente, fagulhas saltando dos fios a seus pés.

O cômodo abaixo deles se enchia depressa de Dominados pelo Caos, que metodicamente seguiam na direção do letreiro luminoso. Vários deles já escalavam o letreiro. Aaron estava parado poucos metros acima destes, olhando para baixo.

Tamara já havia subido pelo letreiro luminoso o bastante para pular para o telhado.

— Venham! — Ele a ouviu gritar, quando ela percebeu que eles não a haviam seguido e que ela não tinha como voltar para o luminoso.

— Call! *Aaron!*

Aaron, porém, não se mexia. Ele se equilibrava no luminoso como se este fosse uma prancha de surf, e tinha uma expressão sombria no rosto. Seus cabelos estavam brancos do pó do concreto, o uniforme cinza, rasgado e ensanguentado. Lentamente, ele levantou a mão e, pela primeira vez, Call viu não o seu amigo, mas o Makar, o mago do caos, alguém que um dia poderia vir a ser tão poderoso quanto o Inimigo da Morte.

Alguém que seria inimigo do Inimigo.

Seu inimigo.

A escuridão partiu da mão de Aaron como um raio sombrio: disparou à frente e envolveu os Dominados pelo Caos em tentáculos de sombra. Quando a escuridão os tocava, as luzes em seus olhos se apagavam, e eles escorregavam para o chão, flácidos e vencidos.

*É o que eles vêm procurando todo esse tempo. Sua destruição. É isso que Aaron é.*

— Aaron! — gritou Call, deslizando pelo letreiro luminoso na direção do garoto.

Aaron não se virou, nem mesmo pareceu ouvi-lo. Continuava no mesmo lugar, a luz sombria explodindo de sua mão, abrindo um caminho através do céu. Sua figura era aterrorizante.

— Aaron — ofegou Call, e tropeçou em um nó de fios partidos.

Uma dor excruciante atravessou sua perna quando seu corpo se torceu e ele caiu, derrubando Aaron no chão e parcialmente o imobilizando debaixo de si. A luz sombria sumiu quando as costas de Aaron bateram no metal do luminoso, suas mãos presas entre ele e Call.

— Me deixe em paz! — gritou Aaron, parecendo fora de si, como se talvez, em sua fúria, tivesse esquecido quem Call e Tamara eram. Ele se contorceu debaixo de Call, tentando libertar as mãos.

— Eu preciso... eu preciso...

— Você precisa *parar* — disse Call, agarrando Aaron pela frente do uniforme. — Aaron, não pode fazer isso sem um contrapeso. Você vai morrer.

— Não importa — disse Aaron, lutando para se livrar de Call. Call não o soltou.

— Tamara está esperando. Não podemos abandoná-la. Você tem de vir. Vamos. *É preciso.*

Aos poucos a respiração de Aaron foi se acalmando, seus olhos focalizando Call. Atrás dele, mais Dominados pelo Caos se aproximavam, rastejando sobre os cadáveres de seus companheiros, os olhos cintilando no escuro.

— Ok — disse Call, saindo de cima de Aaron, forçando-se a se erguer e a se apoiar na perna dolorida. — Ok, Aaron. — Ele estendeu a mão. — Vamos.

Aaron hesitou, mas depois levantou a mão e deixou que Call o ajudasse a se levantar. Call o soltou e virou-se, começando a subir novamente no anúncio luminoso. Dessa vez, Aaron o seguiu. Subiram alto o bastante para saltar até o telhado ao lado de Tamara e Devastação. Ao bater nas telhas, Call sentiu o impacto percorrer suas pernas e todo o seu corpo, até os dentes.

Tamara assentiu, aliviada, ao vê-los, mas seu rosto ainda mostrava tensão — os Dominados pelo Caos ainda estavam atrás deles. Ela girou, correu para a beirada do telhado inclinado e mais uma vez saltou, dessa vez sobre a caçamba. Call cambaleou atrás dela.

E lá se foi ele, descendo pela lateral do prédio, o coração disparado, em parte por medo do que os perseguia e em parte por um medo do qual nem mesmo a mais veloz das corridas o ajudaria a escapar. Seus pés bateram com força na tampa de metal da caçamba e ele caiu de joelhos, sentindo as pernas como se fossem feitas de sacos de areia — pesadas, dormentes e não muito sólidas. Ele conseguiu rolar até passar sobre a borda, e se manteve em pé, apoiando-se na lateral de metal, tentando recuperar o fôlego.

Um segundo depois, ouviu Aaron saltar no chão ao seu lado.

— Você está bem? — perguntou Aaron, e Call sentiu uma onda de alívio, mesmo no meio de todo o resto: Aaron parecia Aaron de novo.

Ao ouvir o som de batidas metálicas, Call e Aaron se viraram para ver que Tamara afastara a caçamba do prédio. Os Dominados pelo Caos, sem ter sobre onde saltar, se aglomeravam, confusos, na beirada do telhado.

— Eu... eu estou bem. — Call olhou de Aaron para Tamara, que o fitavam com expressões idênticas de preocupação. — Não posso acreditar que vocês voltaram por minha causa — acrescentou Call. Ele se sentia tonto e enjoado, e tinha certeza de que, se desse um único passo à frente, cairia novamente. Pensou em dizer a eles que deviam deixá-lo e correr, mas não queria ser abandonado.

— Claro que voltamos — disse Aaron, franzindo a testa. — Afinal, você e Tamara vieram até aqui para me resgatar, não foi? Por que não faríamos o mesmo por você?

— Você é importante, Call — disse Tamara.

Call queria dizer que salvar Aaron era diferente, mas não conseguiu encontrar um jeito de explicar por quê. Sua cabeça estava girando.

— Bem, foi muito impressionante... o que vocês fizeram com o anúncio luminoso.

Tamara e Aaron se entreolharam rapidamente.

— Não era o que estávamos tentando fazer — admitiu Tamara. — Queríamos chegar ao topo dele para avisar o Magisterium. A magia da terra saiu um pouco do controle e... bem... Ah, funcionou, certo? É isso que importa.

Call assentiu. Era o que importava.

— Obrigado pelo que você fez lá em cima também — agradeceu Aaron, colocando a mão no ombro de Call e lhe dando tapinhas desajeitados. — Eu estava com tanta raiva... se você não tivesse me impedido de continuar a usar a magia do caos, não sei o que teria...

— Ah, pelo amor de Deus. Por que os garotos têm de falar dos seus sentimentos o tempo todo? É nojento! — interrompeu Tamara. — Ainda há Dominados pelo Caos tentando vir atrás de nós! — Ela apontou para o alto, onde olhos brilhantes e giratórios os observavam da escuridão no telhado. — Vamos, chega, temos de dar o fora daqui.

Ela começou a andar, as longas tranças escuras balançando às suas costas. Preparando-se para a infinita caminhada de volta ao Magisterium, Call tomou impulso, afastando o corpo da parede e deu um único passo excruciante antes de apagar. Ele não chegou nem a sentir a cabeça bater no chão.

# CAPÍTULO VINTE E CINCO

Call acordou mais uma vez na Enfermaria. Como os cristais nas paredes estavam escuros, ele imaginou que provavelmente fosse noite. Estava todo dolorido. Além disso, estava com a sensação de que tinha más notícias para dar a alguém, embora não conseguisse lembrar o quê. Suas pernas doíam, e havia cobertores embolados à sua volta — estava na cama, machucado, mas não conseguia se lembrar como. Ele tinha se exibido durante aquele exercício com o tronco e tinha caído no rio, levando Jasper — logo Jasper, entre todas as pessoas — a salvá-lo. E havia mais... Tamara, Aaron e Devastação e uma caminhada pela floresta, mas talvez isso tivesse sido um sonho. Era o que parecia agora.

Ao se virar de lado, viu Mestre Rufus sentado em uma cadeira perto da cama, a metade do rosto nas sombras. Por um momento, Call se perguntou se Mestre Rufus estaria dormindo, até que viu um sorriso curvar a boca do mago.

— Sentindo-se um pouco mais humano? — perguntou Mestre Rufus.

Call assentiu e fez um esforço para se sentar. No entanto, à medida que o sono foi se dissipando, todas as lembranças voltaram com força: Mestre Joseph com sua máscara de prata, Drew sendo devorado, Aaron pendurado nas vigas com algemas cortando sua pele e Call recebendo a notícia de que tinha a alma de Constantine Madden dentro de si.

Ele deixou-se cair de volta na cama.

*Tenho que contar a Mestre Rufus,* pensou. *Não sou uma pessoa ruim. Vou contar a ele.*

— Está com fome? — perguntou Mestre Rufus, pegando uma bandeja. — Eu trouxe chá e sopa.

— Chá, talvez.

Call pegou a caneca de cerâmica e deixou que aquecesse suas mãos. Tomou um gole para experimentar, e o sabor reconfortante da hortelã o fez se sentir mais desperto.

Mestre Rufus tornou a deixar a bandeja de lado e virou-se para estudar Call com seus olhos encapuzados. Call segurava a caneca como se ela fosse um colete salva-vidas.

— Me desculpe perguntar, mas é preciso. Tamara e Aaron me contaram o que sabiam sobre o lugar onde Aaron estava sendo mantido, mas ambos me disseram que você ficou lá dentro mais tempo, e que esteve em um quarto no qual não entraram. O que você pode me dizer sobre o que viu?

— Eles contaram sobre Drew? — perguntou Call, estremecendo com a lembrança.

Mestre Rufus assentiu.

# Holly Black & Cassandra Clare

— Pesquisamos o que pudemos, e descobrimos que o nome e a identidade de Drew Wallace, na verdade todo o seu passado, consistiam em falsificações muito convincentes, destinadas a colocá-lo dentro do Magisterium. Não sabemos qual era seu verdadeiro nome ou por que o Inimigo o enviou para cá. Se não fossem você e Tamara, o Inimigo teria tido sucesso em nos desferir um golpe terrível e, quanto a Aaron, estremeço em pensar no que poderiam ter feito ao Makar.

— Então não estamos encrencados?

— Por não me informarem que Aaron tinha sido sequestrado? Por não contarem a ninguém aonde vocês tinham ido? — A voz de Mestre Rufus transformou-se em um rosnado. — Desde que nunca mais façam nada semelhante, estou disposto a deixar passar esse comportamento tolo de vocês dois, à luz do êxito que tiveram. Parece bobagem discutir sobre como exatamente você e Tamara salvaram nosso Makar. O importante é que vocês o salvaram.

— Obrigado — agradeceu Cal, na dúvida se estava sendo repreendido ou não.

— Mandamos alguns magos até a pista de boliche abandonada, mas não sobrou muita coisa por lá. Algumas gaiolas vazias e equipamentos destruídos. Havia um cômodo grande que era uma espécie de laboratório. Esteve nesse cômodo?

Call assentiu, engolindo em seco. Aquele era o momento. Abriu a boca para dizer as palavras: *Mestre Joseph estava lá e me disse que sou o Inimigo da Morte.*

Mas as palavras não saíam. Era como se ele estivesse parado à beira de um penhasco, e tudo em seu corpo o incitasse a se atirar, mas sua mente não permitia. Se repetisse o que Joseph tinha dito, Mestre Rufus o odiaria. Todos o odiariam.

MAGISTERIUM – O DESAFIO DE FERRO

E para quê? Mesmo que ele tivesse sido Constantine Madden um dia, não se lembrava de nada. Ele ainda era Callum, não era? Ainda era a mesma pessoa. Ele não se tornara mau. Não desejava prejudicar o Magisterium. E o que era uma alma, afinal? Ela não lhe dizia o que fazer. Ele podia tomar as próprias decisões.

— Sim, tinha um laboratório com muitas coisas borbulhantes e elementais nos nichos que iluminavam o lugar inteiro. Mas não havia ninguém lá. — Call engoliu em seco, preparando-se para a mentira. Seu coração disparou. — O lugar estava vazio.

— Mais alguma coisa? — indagou Mestre Rufus, estudando Call intensamente. — Algum detalhe que acredita que possa nos ajudar? Qualquer coisa, por menor que seja?

— Havia Dominados pelo Caos — respondeu Call. — Muitos. E um elemental do caos. Ele me encurralou dentro do laboratório, mas foi aí que Aaron e Tamara entraram pelo telhado, então...

— Sim, Tamara e Aaron já me contaram de sua impressionante façanha com o anúncio luminoso. — Mestre Rufus sorriu, mas Call podia ver que ele ocultava sua decepção. — Obrigado, Call. Você se saiu muito bem.

Call assentiu. Ele jamais se sentira tão mal.

— Lembro que, quando chegou ao Magisterium, você me perguntou várias vezes se poderia falar com Alastair — disse Mestre Rufus. — Eu nunca atendi, *formalmente*, ao seu pedido. — Ele disse isso com uma ênfase que fez Call enrubescer e se perguntar se finalmente, agora, ele ia se encrencar por ter invadido a sala de Rufus. — Mas vou atendê-lo agora.

Ele pegou um globo de vidro na mesinha de cabeceira e o entregou a Call. Um pequeno tornado já girava ali dentro.

## Holly Black & Cassandra Clare

— Acredito que você saiba como usá-lo. — Então se levantou e andou até a extremidade oposta da Enfermaria, as mãos unidas atrás das costas. Call demorou um instante para se dar conta do que ele estava fazendo: dando-lhe privacidade.

Call segurou o globo de vidro transparente e o estudou. Era como se uma imensa bolha de sabão tivesse endurecido no ar, tornando-se sólida e transparente. Ele se concentrou em pensar no pai — bloqueando pensamentos sobre Mestre Joseph e Constantine Madden, e pensando apenas no pai, no cheiro de panquecas e fumo de cachimbo, na mão de Alastair em seu ombro quando ele fazia alguma coisa certa, do pai explicando meticulosamente geometria, a matéria de que Call menos gostava.

O tornado começou a se condensar e tomou a forma de seu pai, vestido com jeans manchado de óleo e camisa de flanela, os óculos no alto da cabeça, uma chave inglesa em uma das mãos. *Ele deve estar na garagem, trabalhando em um de seus carros antigos*, pensou Call. O pai ergueu os olhos, como se alguém tivesse chamado seu nome.

— Call? — disse ele.

— Pai — respondeu Call. — Sou eu.

O pai pousou a chave inglesa em algum lugar, o que a fez desaparecer da imagem. Ele girou no mesmo lugar, como se estivesse tentando ver Call, embora fosse evidente que não podia.

— Mestre Rufus me contou o que aconteceu. Fiquei muito preocupado. Você foi para a Enfermaria...

— Ainda estou aqui — disse Call, e em seguida acrescentou: — Mas estou bem. Fiquei um pouco machucado, mas estou legal. — Sua voz saiu fraca, até mesmo para os próprios ouvidos. — Não se preocupe.

MAGISTERIUM – O DESAFIO DE FERRO

— Não posso evitar — disse o pai rispidamente. — Ainda sou seu pai, mesmo que você esteja longe, na escola. — Ele olhou ao redor e depois encarou Call, como se pudesse vê-lo. — Mestre Rufus disse que você salvou o Makar. Isso é incrível. Você fez o que um exército inteiro não pôde fazer por Verity Torres.

— Aaron é meu amigo. Acho que a gente o salvou, mas foi por causa da amizade, e não porque ele é o Makar. E a gente não sabia contra o que ia lutar.

— Estou contente por você ter amigos aí, Call. — Os olhos do pai estavam sérios. — Pode ser difícil ser amigo de alguém tão poderoso.

Call pensou na pulseira na carta enviada por seu pai, nos milhares de perguntas sem respostas que tinha. *Você era amigo de Constantine Madden?*, ele queria perguntar, mas não podia. Não agora, e não com o risco de Rufus escutar.

— Rufus também contou que um dos outros alunos do Magisterium estava lá — continuou seu pai. — Alguém trabalhando para o Inimigo.

— Drew... sim. — Call balançou a cabeça. — A gente não sabia.

— Não é culpa sua. Às vezes as pessoas não mostram seu verdadeiro rosto. — O pai suspirou. — Então, esse aluno, Drew, estava lá, mas o Inimigo não?

*Não existe Inimigo. Todos esses anos você vem combatendo um fantasma. Uma ilusão que Mestre Joseph queria que você visse. Mas não posso contar isso porque, se o Inimigo não é Constantine Madden, então quem é ele?*

— Acho que a gente não teria conseguido escapar se ele estivesse lá — argumentou Call. — Acho que tivemos sorte.

— E esse Drew... ele não disse nada a você?

341

— Como assim?

— Alguma coisa sobre... sobre você — respondeu o pai, com cautela. — É estranho o Inimigo deixar um Makar capturado protegido somente por um aluno.

— Tinha um monte de Dominados pelo Caos também — explicou Call. — Mas não, ninguém me disse nada. Eram apenas Drew e os Dominados pelo Caos, e eles não falam muito.

— Não. — O pai quase deu um sorriso. — Não falam mesmo, não é? — Ele tornou a suspirar. — Sinto falta de você aqui, Callum.

— Também sinto sua falta. — Call sentiu a garganta apertar.

— Vejo você quando terminarem as aulas — disse o pai.

Call assentiu com a cabeça, sem confiar na voz, e passou a mão pela superfície do globo. A imagem de seu pai se desfez. Ele ficou sentado, olhando para o dispositivo. Agora que não havia nada dentro dele, podia ver um pouco de seu reflexo no vidro. Os mesmos cabelos pretos, os mesmos olhos cinzentos, os mesmos queixo e nariz ligeiramente pontudos. Tudo era familiar. Ele não era parecido com Constantine Madden. Era parecido com Callum Hunt.

— Eu fico com isto — disse Rufus, pegando o globo de sua mão. Ele estava sorrindo. — É provável que você fique aqui um dia ou dois, para descansar e se curar totalmente. Enquanto isso, há duas pessoas que estão esperando muito pacientemente para vê-lo.

Mestre Rufus foi até a porta da Enfermaria e a escancarou.

Tamara e Aaron entraram correndo.

↑≋△○◉

Estar na Enfermaria porque você se feriu ao fazer algo incrível era totalmente diferente de estar na Enfermaria porque fez uma burrice. Os colegas de iam visitá-lo o tempo todo. Todos queriam ouvir a história vezes sem conta, todos queriam ouvir como os Dominados pelo Caos foram assustadores e como Call enfrentara um elemental do caos. Todos queriam ouvir sobre o anúncio luminoso rompendo o telhado e rir na parte em que Call desmaiou.

Gwenda e Celia levaram para ele barras de chocolate que receberam de casa. Rafe levou um baralho e eles jogaram cartas sobre os cobertores. Call nunca se dera conta de quantas pessoas no Magisterium sabiam quem ele era. Até mesmo alguns dos alunos mais velhos passaram para vê-lo, como a irmã de Tamara, Kimiya, que era superalta e tão séria que assustou Call quando lhe disse que estava muito contente por Tamara tê-lo como amigo, e Alex, que levou um saco das balas de goma favoritas de Call, e o avisou, rindo, que toda essa coisa de herói estava pegando mal para o restante da escola.

Até Jasper o visitou, o que foi extremamente embaraçoso. Ele entrou, parecendo nervoso e puxando o cachecol de caxemira esfarrapado que usava por cima do uniforme.

— Trouxe um sanduíche da Galeria para você — disse ele, entregando-o a Call. — É de líquen, claro, mas o gosto é de atum. Eu odeio atum.

— Obrigado — agradeceu Call, pegando o sanduíche, que estava estranhamente quente, o que o fez pensar que provavelmente estivera no bolso de Jasper.

— Eu só queria lhe dizer — começou Jasper — que todo mundo está falando do que você fez, resgatando Aaron, e eu queria que você soubesse que eu também achei que foi uma boa coisa. O que você fez. E que está tudo bem. Que você tenha ficado com o meu lugar com Mestre Rufus. Porque talvez você o mereça. Então não estou com raiva de você. Não mais.

— É um jeito de fazer tudo girar em torno de você, Jasper — disse Call, que teve de admitir que estava saboreando aquele momento.

— Certo — disse Jasper, puxando o cachecol com tanta fúria que uma parte dele quase se rasgou. — Legal falar com você. Aproveite o sanduíche.

Ele saiu meio cambaleante, e Call se divertiu observando-o. Percebeu que estava contente porque, ao que parecia, Jasper não o odiava mais. Por via das dúvidas, porém, jogou fora o sanduíche.

Tamara e Aaron o visitavam tanto quanto lhes permitiam, jogando-se na cama de Call como se ela fosse um trampolim, ansiosos para atualizá-lo sobre tudo que acontecia enquanto ele estava de cama. Aaron explicou como ele se responsabilizara por Devastação perante os Mestres, alegando que, como o Makar, ele precisava estudar uma criatura Dominada pelo Caos. Eles não gostaram da ideia, mas permitiram, e a partir de então o lobo seria uma presença permanente no alojamento dos três. Tamara disse que a maneira como estavam deixavam Aaron fazer o que queria iria subir à cabeça do garoto, e deixá-lo ainda mais irritante que Call. Eles falavam e riam tão alto que Mestra Amaranth antecipou a alta de Call só para ter um pouco de paz e sossego. O que provavelmente foi uma boa medida, pois Call estava ficando acostumado com a ideia de passar o dia todo deitado, com as pessoas trazendo coisas para ele. Mais uma semana e ele talvez nunca mais saísse dali.

Cinco dias depois de voltar do complexo do Inimigo, Call retomou seus estudos. Entrou no barco com Aaron e Tamara um pouco travado; a perna machucada estava quase recuperada, mas ainda era difícil se movimentar. Quando chegaram diante da sala de aula, Mestre Rufus os aguardava.

— Hoje vamos ter uma atividade um pouco diferente — avisou ele, fazendo um gesto na direção do corredor. — Vamos visitar o Hall dos Graduados.

— Já estivemos lá — confessou Tamara, antes que Call pudesse cutucá-la.

Se Mestre Rufus queria levá-los numa viagem de campo em vez de passar exercícios chatos, era melhor acompanhá-lo. Além disso, Mestre Rufus não sabia que os três tinham estado no Hall dos Graduados, pois na ocasião estavam ocupados se perdendo e fracassando em uma tarefa.

— Ah, é mesmo? — replicou Mestre Rufus, começando a andar. — E o que vocês viram lá?

— A impressão das mãos de pessoas que frequentaram o Magisterium antes — respondeu Aaron, acompanhando. — Alguns parentes. A mãe de Call.

Eles passaram por uma porta que Mestre Rufus abriu com sua pulseira e desceram uma escada em espiral feita de pedra branca.

— Algo mais?

— O Primeiro Portal — respondeu Tamara, olhando em volta confusa. Eles não tinham tomado esse caminho antes. — Mas não estava ativado.

— Ah. — Mestre Rufus passou a pulseira diante da parede sólida e observou enquanto ela tremeluzia e desaparecia, revelando outra sala além. Rufus sorria, para a surpresa do trio. — Sim, existem algumas rotas que atravessam a escola e que vocês ainda não conhecem.

Eles entraram em uma sala pela qual Call se lembrava de ter passado quando pensou que estivessem perdidos, com longas estalactites e lama fumegante aquecendo o ar. Ele se virou, perguntando-se se seria capaz de refazer o caminho até a porta que Mestre Rufus tinha acabado de mostrar a eles, mas, mesmo se pudesse, não tinha certeza se sua pulseira a abriria.

Passaram por outra porta e se viram dentro do Hall dos Graduados. Uma das arcadas parecia turva com alguma substância, algo membranoso e vivo. As palavras esculpidas — *Prima Materia* — brilhavam com uma luz estranha, como se iluminadas de dentro das ranhuras das letras.

— Ah — disse Call. — O que é isto?

O sorrisinho no rosto de Mestre Rufus se transformou em um largo sorriso.

— Estão todos vendo? Ótimo. Achei que veriam. Isso significa que vocês estão prontos para atravessar o Primeiro Portal, o Portal do Controle. Depois que passarem por ele, serão considerados magos por direito próprio, e eu lhes darei o metal para sua pulseira, que formalmente lhes confere o status de alunos do Ano de Cobre. Quão longe vocês chegarão em seus estudos desse ponto em diante vai depender de vocês, mas acredito que todos os três estão entre os melhores aprendizes a que já tive o prazer de ensinar. Espero que deem continuidade aos estudos.

Call olhou para Tamara e Aaron. Eles estavam sorrindo um para o outro e para ele. Então Aaron ergueu a mão, hesitante.

— Mas eu pensei... quero dizer, isto é ótimo, mas não deveríamos atravessar o portal no fim do ano? Quando nos formarmos?

Mestre Rufus ergueu as duas sobrancelhas espessas.

— Vocês são aprendizes. Isso significa que aprendem o que estão preparados para aprender e que atravessam os portais quando estão prontos, e não depois, e certamente não antes. Se conseguem ver o portal, então estão prontos. Tamara Rajavi, você primeiro.

Ela deu um passo à frente, muito ereta, e caminhou até o portal com uma expressão de espanto no rosto, como se não pudesse acreditar no que estava acontecendo. Estendendo a mão, ela tocou o centro, que girava, e emitiu um som agudo, recolhendo os dedos, surpresa. Ela olhou rapidamente para Call e Aaron, e depois, ainda sorrindo, atravessou o portal, desaparecendo de vista.

— Agora você, Aaron Stewart.

— Ok — disse Aaron, assentindo com a cabeça e aparentando certo nervosismo.

Ele enxugou a palma das mãos na calça cinza do uniforme, como se estivessem suadas. Aproximando-se do portal, ele jogou os braços para o alto e lançou-se no que quer que estivesse além, como um jogador de futebol americano fazendo um *touchdown*.

Mestre Rufus balançou a cabeça, divertindo-se, mas não comentou de outro modo a técnica de Aaron para cruzar o portal.

— Callum Hunt, sua vez — disse ele.

Call engoliu em seco e cruzou a sala em direção ao portão. Lembrou-se do que Mestre Rufus dissera quando contou a Call por que motivo o escolhera como aprendiz. *Até o mago passar pelo Primeiro Portal, ao fim do seu Ano de Ferro, sua magia pode ser interditada por um dos Mestres. Você se tornaria incapaz de acessar os elementos, incapaz de usar seus poderes.*

Se sua magia fosse interditada, Callum não poderia se tornar o Inimigo da Morte. Não poderia nem se tornar *como* ele.

Foi isso que o pai pediu a Mestre Rufus que fizesse, enviando junto a pulseira de Constantine Madden como um aviso. Parado ali diante do portal, Call finalmente admitiu para si mesmo: Tamara tinha razão quando disse que o objetivo do aviso de seu pai não era manter Call a salvo. Era manter as outras pessoas a salvo *dele*.

Aquela era a última chance de Call — sua chance final. Se ele atravessasse o Portal do Controle, sua magia não poderia mais ser interditada. Não haveria mais nenhuma maneira fácil de pôr o mundo a salvo do menino. De garantir que ele nunca poderia se voltar contra Aaron. De garantir que ele nunca se tornaria Constantine Madden.

Ele pensou como seria voltar para a escola normal, onde não tinha nenhum amigo, passar fins de semana sob o olhar sombrio do pai. Pensou em nunca mais ver Aaron e Tamara, e em todas as aventuras que os dois viveriam sem ele. Pensou em Devastação em seu quarto, em casa, e em como o lobo seria infeliz. Pensou em Celia, Gwenda e Rafe, e até em Mestre Rufus, pensou no Refeitório, na Galeria e em todos os túneis que ele nunca exploraria.

Talvez, se contasse, as coisas não acontecessem do jeito que Mestre Joseph descreveu. Talvez não interditassem sua magia. Talvez o ajudassem. Talvez até mesmo dissessem a ele que toda aquela história da alma era impossível — que ele era apenas Callum Hunt e que não havia nada a temer, porque ele não iria se tornar um monstro com uma máscara de prata.

Mas talvez não fosse suficiente.

Dando um passo adiante, respirando fundo e baixando a cabeça, Call atravessou o Portal do Controle. A magia o envolveu, pura e poderosa.

Ele podia ouvir Tamara e Aaron do outro lado, rindo.

E sem que tivesse a intenção, apesar da coisa horrível que estava fazendo, Call começou a sorrir.

Este livro foi composto na tipologia Chaparral Pro,
em corpo 12,5/18,25, e impresso na gráfica Santa Marta